Portuguese Lines

FRITHJOF GAUSS

Portuguese Lines

Surf-Roman

Bibliografische Information der Deutschen Nationalbibliothek:
Die Deutsche Nationalbibliothek verzeichnet diese Publikation in der
Deutschen Nationalbibliografie; detaillierte bibliografische Daten
sind im Internet über dnb.dnb.de abrufbar.

© 2021 Frithjof Gauss
Satz, Herstellung und Verlag: BoD –
Books on Demand, Norderstedt

ISBN: 978-3-7534-7719-0

INHALT

LISSABON 1968

1968 überwog in der amerikanischen Bevölkerung die Stimmung, mit dem Vietnamkrieg in ein Desaster geführt worden zu sein. Die daraus entstandene Protestbewegung loderte bereits in der gesamten westlichen Welt. Überall organisierten sich Studenten und propagierten den zivilen Ungehorsam gegen die als autoritär angesehenen Gesellschaftsformen. Die Hippie-Bewegung war auf ihrem Höhepunkt. Trotz der Chance auf einen politischen Wechsel fiel der Protest in Portugal eher gering aus. Warum sollte man sich auch aufregen? Hatte doch ein einfacher Liegestuhl das Ende des Salazar Regimes eingeleitet. Als sich das alternde Staatsoberhaupt für ein Sonnenbad in Estoril auf einen Liegestuhl setzte, zerbrach dieser und der Diktator stürzte so schwer auf seinen Kopf, dass er aus gesundheitlichen Gründen zurücktreten musste. Über viele Jahre hatte er sich an der Spitze des Landes behauptet. Nun wurde er unsanft von einem morschen Liegestuhl entmachtet. Gelassenheit war seit jeher eine der großen portugiesischen Tugenden. Selbst den abgesetzten Salazar ließen sie in Ruhe. Mit fiktiven Kabinettssitzungen gaukelte man dem fortan komplett isoliert lebenden Mann sogar vor, er sei immer noch im Amt.

Das Leben war auch ohne die Politik hart und man tat gut daran, sich an den schöneren Dingen zu erfreuen. Der Winter 1968/69 war beispielsweise eine außerordentlich gute Jahreszeit für die Linha de Cascais, den südlich ausgerichteten Küstenabschnitt zwischen Cascais und Lissabon. Trafen große Dünungen auf Portugal, wurden die Wellen an der offenen Westküste immer wieder zu groß und unsurfbar. Die im Sommer wellenlose »Linha« wurde aber von genau solchen Swells zum Leben erweckt. Die Dünung waberte um den Knick in der Küste, verlor dabei an Größe und küsste die Linha und deren Surfer wach. Zudem formte leicht säuselnder Nordwestwind die einrollenden Lines zur Perfektion. In hohem Bogen hob der Spray von der Wellenlippe ab, während sich eine Welle nach der anderen an den Peaks der Linha abrollte.

Eigentlich war die Linha de Cascais ja für ihren quirligen Jetset bekannt. Sie war quasi die Cote d'Azur Portugals. Besonders im eleganten Badeort Estoril besaßen Aristokraten und Reiche aus ganz Europa ihre Villen. Eine gemütliche Ausfahrt über die palmenumsäumte Avenida Marginal, die Küstenstraße, war stets ein malerisches Erlebnis. Edle Prachtbauten zu einer Seite und gemächlicher Schiffsverkehr des Lissabonner Hafens auf der anderen. Je weiter man in Richtung Lissabon fuhr, desto bürgerlicher wurden die Wohngebiete. Hier lebten auch die wenigen Wellenreiter, die es zu dieser Zeit an der Linha gab.

In Oeiras hockte der junge Pepe auf dem Geländer und beobachtete verzückt die Wellen. Die Strandpromenade war nicht so prachtvoll wie die der Nachbargemeinde Estoril. Das störte Pepe aber nicht im Geringsten. Der hatte eh nur Augen für die Wellen. Er war für einen Surfer noch schmächtig gebaut., schoss aber langsam in die Höhe. Durch leichte Kopfschwünge brachte er immer wieder seinen langen Pony in Position. Sein großer Bruder Rui trug- zum Groll seiner Eltern- überschulterlanges von Sonne und Salzwasser gebleichtes Haar.

Das konnte Pepe sich mit seinen 13 Jahren nicht leisten. Noch nicht. Sein Kurzhaarschnitt mit Seitenscheitel bewahrte ihn vor unnötigem Ärger im Elternhaus. Wobei sein langer Pony auch schon am Essenstisch thematisiert wurde. »Nicht, dass du auch noch so endest wie dein großer Bruder!«, mahnte sein Vater streng. »Ich möchte, dass wenigstens einer von euch eine anständige Ausbildung erfährt und nicht bloß Faulenzen und Wellen im Kopf hat. Schau ihn dir doch an, wie er da draußen in der Provinz verkümmert. Keine Arbeit, nichts zum Essen, wo soll das nur hinführen?«

Pepe stocherte in seinem Essen, nickte stumm. Insgeheim träumte er davon, auch bald das Surferleben seines Bruders zu führen. Er war ganz bestimmt kein Faulpelz. Das Meer und seine Wellen zogen ihn jedoch magisch an. Schon immer. Und dieser neuartige Surfsport schien wie für ihn gemacht zu sein. Leider war Surfmaterial seinerzeit in Portugal mehr als rar. Somit war es ihm quasi unmöglich, ohne seinen Bruder und dessen Surfboard aufs Wasser zu kommen.

Wieder rollte ein perfektes Set über das Riff. Die Wellen waren groß und Pepe konnte nicht genug von ihnen bekommen. Sehnsüchtig stellte er sich vor, wie er diese Wellen absurfte: Take Off, Bottom Turn, Geschwindigkeit machen, wieder ein Bottom Turn und dann BAM! unter die Wellenlippe geturnt. Das gleiche Spiel auf der nächsten Welle und wieder und wieder und wieder.

Den sich nähernden Fahrradfahrer mit Surfboard unterm Arm hatte Pepe früh entdeckt. Er war einer der wenigen Söhne reicher Eltern aus Estoril, der sich dem Surfen zugewandt hatten. Normalerweise gingen die eher zum Tennis- oder zum Golfunterricht. Wellenreiten hatte nichts Elitäres an sich.

Wenn der bis hier rausgeradelt kam, mussten die Wellen in São Pedro und Carcavelos schon zu groß sein, mutmaßte Pepe. Aber das war jetzt eh egal, denn er hatte nur Augen für das auf Hochglanz polierte Surfboard. Es war viel spitzer und kürzer als die Bretter, die er bisher gesehen hatte. Einen kurzen Moment schaute er noch dem Radfahrer hinterher. Dann sprang er auf und rannte davon. Völlig außer Atem fand er endlich seine Freunde und berichtete aufgeregt.

»João, der Typ aus Estoril, hat ein neues Surfboard! Ich habe es mit eigenen Augen gesehen!«

Da es damals weder Surfshops noch Shaper in Portugal gab, war jedes einzelne Board ein kostbares Gut und wurde behütet wie ein Schatz. Die beste Möglichkeit, an Bretter zu kommen, bestand darin, sie von durchreisenden Ausländern zu kaufen, die im Frühjahr auf dem Rückweg von Marokko nach England in Portugal Station machten. Die hielten sich mit Vorliebe in Ericeira oder Peniche auf.

Auch Pepe träumte davon, sein eigenes Board zu besitzen. Es reichte ihm nicht, darauf zu warten, bis ihn die Älteren hin und wieder mal auf ihren Brettern surfen ließen. Seit sein großer Bruder an der Westküste wohnte, kam er viel zu selten aufs Wasser.

Um den Ausländern mit ihren Surfboards näher zu kommen, nervte er seine Eltern so lange, bis sie sich bereit erklärten, mit ihm am Wochenende nach Ericeira zu fahren. Wegen der jodhaltigen Luft war Ericeira ein beliebtes Ausflugsziel für die Lissabonner Stadtmenschen. Gesunde Luft und gutes Essen, das in Form von Meeresfrüchten aller Art serviert wurde. Amêijoas à Bulhão Pato, Mexilhão, Percebes, Lapas, in Olivenöl geschmorter Oktopus oder gegrillte Seeigel mit Zitronensaft beträufelt. Das Ganze mit frisch gehacktem, wohlriechendem Koreander garniert. Hmmm, die Auswahl war lecker und groß. Der Name Ericeira leitete sich vom Seeigel, dem Ouriço, her. Ouriçeira, Land der Seeigel. Ericeiras Einwohner, die Jagozes, waren einfache Leute, die vom Meer und dem Fischfang lebten.

Durch die regelmäßigen Besuche der Lissabonner entwickelte sich in Ericeira schon früh ein wenig Tourismus. In einfachen Unterkünften, Cafés und Restaurants bewirtete man seine Gäste. Die damals mühselige Anfahrt über kleine, schlecht instand gehaltene Landstraßen zwangen die Besucher, mindestens für ein, zwei Nächte in Ericeira zu bleiben. Mit der Zeit zogen einige Stadtmenschen dauerhaft nach Ericeira und wollten hier natürlich auch Geschäfte machen. Bereits 1956 wurde das erste Hotel, das Hotel Turismo, am Praia do Sul eröffnet.

Gut, dass sich die Surfer an den Stränden etwas weiter nördlich von Ericeira, aufhielten. Denn die Jagozes beobachteten die ersten Surfer mit Skepsis. Waren das doch überwiegend Männer mit ungepflegten langen Haaren, die am Strand schliefen und keiner geregelten Arbeit nachgingen. Zuletzt machten ihnen diese seltsamen Hippies auch noch das Angeln streitig. An einem beliebten Landangelpunkt, beim Schlachthof, flogen zuletzt mehrere Steine von der Klippe. Was die Eindringlinge schließlich in die Flucht trieb. Gut so. Sollten sich doch die Saloios mit denen rumärgern. Saloios waren die überwiegend von der Landwirtschaft lebende Bevölkerung des Umlandes.

Pepe und seine Eltern freuten sich auf ein Wiedersehen mit Rui. Einerseits. Anderseits waren seine Eltern in der Zwickmühle. Deren konservatives Leben kollidierte brutal mit dem neuen Lebensstil ihres Sohnes. Somit endeten diese seltenen Besuche eigentlich immer im Streit.

Etwas nördlich von Ericeira, bei Ribamar, hatte sich die alternative Surfer-Kommune in einem alten Weiler eingenistet. Gemeinsam machten sie die alten Ruinen wieder bewohnbar. Aus Strandgut zimmerten sie einfache Dachstühle und deckten diese mit den überall umherliegenden alten Dachziegeln. Da einige der Ziegel zerbrochen waren, reichten sie nicht aus, um alle Dächer erneut zu decken. Also stopften sie mit Palmenwedeln und Blechen übrig gebliebene Löcher im Dach. Um die alte Feuerstelle im Wohnhaus wurde die Küche eingerichtet. Sie war der soziale Mittelpunkt der Kommune. Hier kochten sie gemeinsam, backten Brot und verbrachten fröhliche und gesellige Abende.

Draußen pflanzten sie immer mehr Gemüse an, pflegten die alten Obstbäume und hielten sich seit neuestem sogar

Hühner und Ziegen. Alles wurde untereinander geteilt und getauscht.

Auch halfen sie den umliegenden Bauern bei ihrer Arbeit auf den Feldern, sammelten Muscheln und gingen fischen. Ihre kleine Gemeinde funktionierte wie ein kleines Dorf. Allerdings ohne Rathaus, Kirche oder Polizeistation. Immer mehr junge Leute kamen hierher, um ihre Freiheit zu genießen. Surfen, feiern und lieben war ihre tägliche Beschäftigung. Sie gaben die perfekte Hippiegemeinde ab. Nur dass diese Hippies eben auch surften.

Die erzkatholischen Einwohner von Ericeira wollten mit den Surfern und Hippies nichts zu tun haben. Die Fischer lehnten den Lebensstil dieser langhaarigen Sonderlinge ab. Gerne hätten die Surfer frischen Fisch bei ihnen getauscht. Zogen aber meistens ohne vollzogenes Geschäft wieder ab. Auch in Ribamar stieß die Kommune nicht immer auf Gegenliebe. Sie gingen keiner geregelten Arbeit nach und in der Kirche sah man sie auch nie. Außer Surfen, Musik und Tanzen hatten sie nicht viel im Sinn. Immerhin wurde weder gebettelt noch waren die sie in irgendeiner Art kriminell. Vermutlich wurden es irgendwann einfach zu viele. Eingangs beobachteten die Einheimischen regelmäßig ihre Surfkünste und fanden sie beeindruckend. Letztendlich war es aber nichts Produktives. Zum Graus der älteren Einheimischen interessierte sich bald schon die Dorfjugend für das neue Treiben am Strand. Nicht auszudenken, würde die eigene Jugend nun auch noch den ganzen Tag am Strand verplempern. Völlig unmöglich! Im Café am Dorfplatz hatten die barfüßigen Sonderlinge seit neuestem sogar Hausverbot.

Die Autofahrt von Lissabon nach Ericeira war anstrengend. Nicht die Entfernung war das Problem, sondern das spärlich ausgebaute Straßennetz. Es war ja schon Luxus, überhaupt ein Auto zu besitzen. Als Buchhalter in einer

Bank verdiente Pepes Vater nicht schlecht und der weinrote Peugeot 404 mit rundem, weißem Dach verriet ihrer Nachbarschaft, dass es ihnen gut ging. Pepe saß auf dem Rücksitz der Limousine und erfreute sich an der vorbeiziehenden hügeligen Landschaft. Sein Haar tanzte im Fahrtwind, der durch die offene Dachluke einströmte.

Bei einem kleinen Zwischenstopp schlugen sich alle in die Büsche und leerten ihre Blasen. Mutter öffnete den Kofferraum und bot eine Erfrischung an. Nach einem kräftigen Schluck Wasser lenkte sich Pepes Interesse auf das Brot, Obst und alles, was ihn noch so aus dem Korb anlachte. Mit tatkräftiger Unterstützung ihres Mannes wichen die gierigen Jungenfinger zurück, der Kofferraum wurde verschlossen und die Fahrt ging weiter. Der Picknickkorb sollte nicht leer sein, bevor sie ihr Ziel erreicht hatten.

Als sie in der Ferne das Meer erblickten, senkte sich die Straße langsam zur Küste. Kurz darauf hatten sie freien Blick auf Ericeira. Dicht gedrängt standen die blau weiß getünchten Häuser auf der Klippe. Der Vater freute sich bald am Ziel zu sein. Sicherlich wäre er am liebsten direkt in den Ort gefahren und hätte sich von den Jagozes mit lecker Mariscos bewirten lassen. Dazu noch einen kräftigen Schluck Wein und das Leben wäre in Ordnung. Leider begaben sie sich erst auf die Suche nach seinem Sohn Rui, der sich irgendwo nördlich von Ericeira am Strand herumtrieb.

»Warum nennt man die Ericeiraner eigentlich Jagozes?«, fragte Pepe.

Konzentriert steuerte sein Vater den Wagen auf die Küstenstraße und antwortete: »Als 1910 in Lissabon die Revolte ausbrach, floh der damalige König Manuel II auf sein Jagdschloss nach Mafra. Zwei Jahre zuvor wurden schon sein Vater und Bruder bei einem Attentat auf dem Praça do Comércio erschossen. Warum ist der 5. Oktober einer unserer Feiertage?«

»Das ist der Tag der Gründung der Republik«, antwortete Pepe brav.

Sein Vater nickte zufrieden: » Am 5.Oktober 1910 wurde vom Balkon des Lissabonner Rathauses die Republik ausgerufen. König Manuel II floh von Ericeira aus per Schiff ins englische Exil. Als er am Praia dos Pescadores seinen letzten Fußabdruck in den portugiesischen Sand setzte, wurde er neugierig von einer Schar Einheimischer beobachtet. Ein Kind rief laut: ‚Der König geht. Der König geht!' Darauf hielt der König kurz inne wandte sich zum Kind und meinte: ‚Já gozas?' Was so viel heißt wie: Machst du schon Witze? Seitdem ist jeder in Ericeira Geborener ein Jagoz.«

Pepe drängte seinen Vater, auf der Klippe von Ribeira d'Ilhas anzuhalten. Offiziell natürlich, um von dort oben Ausschau nach seinem Bruder zu halten, konnte man von hier aus doch den gesamten Strand überblicken. Allerdings wusste Pepe auch den perfekten Ausblick über den Surfspot zu schätzen. Ihr Wagen war noch nicht einmal von der Straße gerollt, da sprang er schon raus, huschte auf die Böschung und blieb verzückt stehen. Der Anblick dieser Brecher war für ihn mehr als beeindruckend. Drei Surfer hatten sich aufs Meer gewagt, um sich mit den Wellen zu messen. Als einer von ihnen eine Welle ritt, konnte Pepe es nicht fassen. Nicht nur, dass die Welle riesig war. Nein, dieser Surfer fuhr auch auf so einem neuartigen, spitzgeformten, kurzen Brett. Das war bestimmt ein ausländischer Surfer. Möglicherweise wollte er sein Board verkaufen?

»Und? Hast du Rui entdeckt?«, tauchte sein schnaufender Vater hinter ihm auf.

Hatte er nicht. Pepe fand nicht einmal Zeit, an seinen Bruder zu denken. Seine Aufmerksamkeit gehörte nur dem Surfboard. So eins wollte er auch haben. Das war sein einziger Gedanke.

Kurz darauf parkten sie unten im Tal, am Rande des Hoppelwegs, der zum Strand führte. Die wenigen Surfer-Busse, die dort am Wegesrand standen, hatten allesamt ausländische Kennzeichen. Vorn an der Uferböschung standen kleine Zelte, vor denen einige Surfer im Schneidersitz um ein Feuer saßen und Fisch grillten. Ein junger Mann mit Zottelhaaren und Vollbart spielte Gitarre. Fröhlich schwangen sie ihre Körper im Takt, sangen und freuten sich miteinander ihres Daseins. Pepes Vater war seine Abneigung deutlich anzusehen. Er war wohl auch der Einzige, der sich nicht für die Surfer auf dem Wasser interessierte.

Da Rui nicht am Strand war, fuhren seine Eltern bald darauf nach Ribamar, um dort nach ihm zu suchen. Pepe blieb lieber am Strand und sog die Atmosphäre in sich auf.

Alle Anwesenden beobachteten die drei wagemutigen Surfer und jedes Mal, wenn einer von ihnen eine Welle anstartete, ging ein Raunen durch die Reihen.

Da entdeckte Pepe zwei Freunde von Rui, die er schon aus Oeiras kannte. Von ihnen erfuhr er, dass gerade ein gewisser Jorge mit zwei Australiern auf dem Wasser war. Gebannt schauten sie zusammen aufs Meer. Die Wellen waren wirklich riesig. Pepe wusste, dass dieser Jorge ursprünglich auch von der Linha kam. Er war einer der Besten von ihnen. Er hatte nun schon länger keine Welle mehr geritten. Die Surfer auf dem Wasser waren vorsichtig und wählten ihre Wellen ganz genau aus. Was bei diesen Bedingungen auch angebracht war. Jorge testete heute erstmals eines dieser neuartigen Pintail Surfboards. Mit denen konnte man in kräftiger See angeblich viel kontrollierter surfen. Stolz berichtete Pepe, so ein Board auch schon an der Linha gesehen zu haben. Als Jorge endlich eine Welle anstartete, ein wahres Biest, johlte die Menge. Jorge war ihr Anführer, ihr Guru. Er war als erster nach Ribamar gezogen und hatte die Surferkommune gegründet. Pepe hatte schon viele Geschichten über ihn gehört. Interessierte man sich für das Surfen, war Jorge einfach die Ikone.

Azoren 1966

Zur Zeit der Diktatur gab es nur ein paar handverlesene Wassersportverrückte, die der magischen Anziehungskraft der Wellen verfielen. Verrückt! Ja, für den Rest der Bevölkerung hatten diese den ganzen Tag nur verträumt aufs Meer schauenden Burschen augenscheinlich eine Schraube locker. Das Spiel mit den Wellen hielt die Allgemeinheit für selbstmörderisch, gefährlich und außerdem war das Meer doch viel zu kalt. Bodysurfen, Luftmatratzen und später auch selbstgebaute Holzplanken waren der verrückten Wassermänner ursprüngliches Handwerkszeug.

Man konnte nicht einfach ins Sportgeschäft spazieren und sich vom Herrn Papa ein Surfboard kaufen lassen. Erstens wurden keine Surfboards gehandelt. Zweitens hätte der Herr Papa sicherlich auch kein Verständnis dafür gehabt, ein völlig überteuertes Wasserfahrzeug zu kaufen, das noch nicht einmal für Angeltouren taugte. Und drittens war so ein Sportladen eh nur etwas für die »Rich-Kids« aus Estoril, alle anderen kauften dort höchstens mal zu Weihnachten einen Fußball oder ein Paar Stutzen.

Die ersten mit Surfboard surfenden Surfer in Portugal waren vermutlich amerikanische Soldaten. Die wurden ab dem 2. Weltkrieg auf den Azoren stationiert. England handelte 1943 mit dem neutralen Portugal die Nutzung der Base Aérea das Lajes auf der Insel Terceira aus. Bisher war auf Terceira nicht viel los. Doch plötzlich war neben Kühen, die auf grünen Wiesen weideten, und lokalem Fischfang dieser kleine Flughafen das Objekt der Begierde.

Die Engländer schlossen ein Abkommen mit dem US-amerikanischen Militär, das die Basis fortan auch nutzen durfte. Motiviert bauten die Amerikaner den Flughafen gründlich aus. Dessen strategische Lage war wirklich von großer Bedeutung. Wegen der geringen Reichweite der damaligen Flugzeuge landeten fortan sämtliche Transatlantik-Flüge auf den Azoren zwischen. Das war für die Alliierten eine enorme logistische Erleichterung. Allein für die »Operation Overlord«, der Landung der Alliierten in der Normandie, landeten mehr als 600 Maschinen auf den Azoren. Offiziell wurde das Lajes Field nach Ende des 2. Weltkrieges an Portugal zurückgegeben. Wegen des Kalten Krieges kehrten die Amerikaner aber schnell wieder zurück und brachten unter anderem auch ihre Surfboards mit. Am Praia da Vitória bestaunten neugierige Einheimische, wie die Amerikaner in ihrer Freizeit über die Wellen tanzten.

Es gab schlichtweg zu wenige Bewohner auf der Insel, um die Bedürfnisse der Amis zu erfüllen. Immer mehr Zeitarbeiter kamen vom Festland und freuten sich über lukrative Aufträge. Einige blieben für immer, andere nicht. Jorge Costa war einer von ihnen. Er hatte nicht so viel Erfahrung wie die anderen Bauarbeiter, war dafür aber außerordentlich fleißig. Seine Arbeitskollegen machten sich schwer über ihn lustig, weil er immer so flink war. »Jorge möchte schnell fertig werden, weil er runter zum Strand muss, die Ausländer beim Surfen beobachten«, witzelten sie.

Seine Kollegen glaubten zunächst nicht, dass Jorge ein guter und begeisterter Schwimmer war.

In seinem Heimatort Carcavelos schwamm er regelmäßig im Meer, was zu dieser Zeit wirklich außergewöhnlich für einen Portugiesen war. In den Sommermonaten gab es zwar schon Rettungsschwimmer am Strand. Allerdings überwachten die ihre Badegäste vor allem dabei, wie sie am Flutsaum angeregt plauschten und dabei ihre Füße im knöcheltiefen Wasser kühlten. Wollte Jorge richtig im Meer schwimmen, bekam er schnell Probleme. Das hielten die Rettungsschwimmer für viel zu gefährlich und ließen ihn nicht. Also schwamm er früh morgens oder am Abend. Frohnatur Jorge war begeistert vom Dasein der Rettungsschwimmer und trat bald selbst in den ISN, den portugiesischen Rettungsschwimmer Verband, ein. Nun konnte er regelmäßig im Schwimmbad trainieren und auch im Meer ließen ihn seine neuen Kollegen fortan schwimmen. Ganz besonders liebte er die gemeinsamen Übungstage am Strand. An der Rettungsleine durch die Brandung schwimmen, dort einen Kollegen retten und sich dann im Doppelpack wieder an Land ziehen lassen.

Carcavelos 1967

Natürlich sorgte es am elterlichen Essenstisch für Diskussionen. Trotzdem war Jorge im darauffolgenden Sommer selbst ein Rettungsschwimmer. Das Argument des Nichtstuns hatte er seinem Vater entzogen, und seine Mutter unterstützte ihn. So saß er nun stolz auf seinem Hochsitz am Strand von Carcavelos. Aufmerksam überwachte er das Treiben und zog sich seine gelb leuchtende ISN Cap zurecht. Nur die Diensthabenden durften am Strand ihre Uniform, das gelbe Hemd und die orangefarbene Badehose, tragen.

Für die Mittagszeit war es heute noch außergewöhnlich windstill. Am linken Strandende lag majestätisch das altehrwürdige Forte São Julião da Barra. Seit dem 16. Jahrhundert bewachte es die Hafeneinfahrt von Lissabon. Die Portugal-Flagge auf dem Turm hing schlapp herunter und das Meer lag bleiern vor ihnen.

Mit auf- und ablaufendem Wasser veränderten sich die Strömungsverhältnisse. Entsprechend versetzte Jorge die Flaggen des Badefeldes. Mit Vorliebe erklärte er den Kindern, wie das Meer mit seinen Gezeiten und Strömungen funktionierte. Bald schon – er hatte sich eine Tafel vom ISN besorgt – zeichnete er die sich ständig verschiebenden Sandbänke und Strömungen auf und stellte sie am Strandzugang auf.

Kam mal eine seltene Sommerdünung auf, beobachtete er verliebt die Wellen. Eilig räumte er Flaggen und Rettungsleine zusammen, um nach Feierabend schnellstmöglich ins Wasser zu kommen. An solchen Tagen spielte er bodysurfend
mit den Wellen. Seine Kollegen tauften ihn liebevoll Seehund.

»Na du Seehund, gehst du wieder spielen?«

Genau das passierte auch eines Tages am Praia da Vitória. Jorge musste einfach da raus und den Amis zeigen, wie er die Wellen bodysurfte. Die staunten nicht schlecht über den schwimmenden Maurer und gaben ihm eines ihrer Surfboards zum Probieren. Das wiederum erstaunte den Rest der Bauarbeiter, die mittlerweile komplett versammelt am Strand standen, um ihren Jorge zu beobachten.

Relativ geschickt hatte er das riesige Surfboard ins Line Up manövriert und wartete dort auf die nächste gute Welle. Die amerikanischen Surfer um ihn herum gaben ihm noch Tipps. Leider verstand Jorge sie nicht, da er kaum Englisch sprach. Mit den Wellen kannte er sich aber gut aus. Nach ein paar Fehlversuchen paddelte er sich im perfekten Timing in eine Welle. Seinen Kollegen am Strand blieb die Spucke weg. »Was macht der Junge nur da draußen?« fragten sie sich ehrfürchtig. Und dann brach das große Gelächter aus. Eben noch schoss Jorge auf seiner roten Rakete liegend die Welle hinunter, spitzelte im Wellental ein und wurde von der Wasserwand verschlungen. Kurz darauf wirbelte das knallrote Longboard wild über der Welle durch die Luft. Jorge war nur froh, dass ihn sein Gefährt bei seiner Landung nicht erschlug. Mit Händen und Füßen zeigten ihm die anderen Surfer was er besser machen konnte. Weiter nach hinten trimmen, weiter nach vorne, lenken und so weiter. An diesem Tag war einfach nichts zu machen. Immer wieder endeten seine Versuche im Waschgang. Allerdings hatten ihn die Amis fortan auf dem Zettel. Regte sich das Meer und der Surfspaß ging los, durfte Jorge immer wieder eines ihrer Bretter leihen und sich probieren. Es dauerte nicht lange und der vermutlich erste portugiesische Surfer stand am Praia da Vitória freudestrahlend auf der Planke und glitt über die Atlantik-Wellen.

Carcavelos 1968

Selbstverständlich blieben junge Erwachsene bis zu ihrer Hochzeit im Elternhaus. Nicht selten lebten sogar drei Generationen unter einem Dach. Der Familienzusammenhalt war groß, die Häuser und Wohnungen aber nicht. Umso wichtiger war es, sich täglich im Café und auf den Plätzen der Stadt zu treffen. Neuigkeiten machten hier schneller die Runde als im Radio. Das soziale Miteinander wurde großgeschrieben und niemand wollte zu Hause in seinem kleinen Zimmerchen hocken, während sich draußen das Leben abspielte.

Jorge war wieder nach Carcavelos zurückgekehrt. Er hatte auf den Azoren gutes Geld verdient. Aber der Sommer nahte. Und den wollte er natürlich als Nadador-Salvador an seinem Strand verbringen. Auf Terceira war er bereits ein recht passabler Surfer geworden. Von seinem schwer verdienten Geld hatte er den Amerikanern ein Surfboard abgekauft. Mindestens genauso teuer war dann nochmal dessen Transport im Flugzeug nach Lissabon. Die Airline verlangte tatsächlich, dass er sein Sperrgepäck in einer Holzkiste verpackte. Völlig unmöglich für Jorge, jetzt auch noch teures Holz zu besorgen. Sein Vorarbeiter gab ihm ein paar Wolldecken aus der Wohnbaracke. Daraus schnürte Jorge ein schönes Paket. Die überkandidelte Dame vom Check-in konnte ihn anscheinend nicht leiden. Immer noch bestand sie auf eine Holzkiste. Jorge hätte sich am liebsten an ihrer perfekt sitzenden Uniform vergriffen und sie mal so richtig durchgeschüttelt! Bis ihr das dämliche Hütchen vom Dutt rutschen würde. Er ließ sich aber nichts anmerken und versuchte, sie von seinem überdimensionalen Weihnachtspaket zu überzeugen. Der Sperrgepäck- Arbeiter kam angeschlendert, um seine Arbeit zu verrichten. Die herausgeputzte, unfreundliche Check-In Dame wies auch ihn zurecht. Er erkannte Jorges missliche Lage, ließ sich nicht einschüchtern und erklärte, noch ausreichend Platz im Laderaum des Flugzeuges zu haben.

Zusammen mit Jorges Einwilligung, dass er die Haftung für den Transport übernahm, war die Situation geklärt und sein Board wurde schließlich verladen.

Anstatt sich wie sonst im altehrwürdigen ISN Schwimmbad auf die Badesaison vorzubereiten, ging Jorge nun lieber surfen. Die hohl brechenden Wellen von Carcavelos stellten ihn wieder vor das Problem, regelmäßig via Nose Dive im Waschgang zu landen. Die Amerikaner hatten ihm noch den Tipp gegeben, die Wellen schräg anzustarten. An diesem Angle Take Off arbeitete er jetzt wie besessen. Anders ging es wirklich nicht. Sandmonster nannte er die Wellen, die auf besonders flachem Untergrund brachen. Dabei ordentlich Sand mit hochsogen, um dann beige gefärbt und riesig wie die Dune du Pilat laut krachend auf die Sandbank donnerten. Gerade an großen Tagen musste er sich vor diesen Sandmonstern in Acht nehmen.

Eines Morgens, seine Haare waren noch feucht, lief er vom Frühsurf nach Hause und stoppte für einen obligatorischen Galão und ein Folhada in seinem Stammcafé. Die Sonne bekam langsam Kraft und immer mehr Menschen versammelten sich auf der Praça zum Frühstücksplausch. Noch bevor er seine Bestellung geliefert bekam, kam der alte Chico zu ihm rüber und berichtete aufgeregt: »Drüben in Estoril gibt es einen Jungen, der hat genauso ein Bötchen wie du!« Er zeigte auf das rote Longboard, das zu ihren Füßen lag. Jorge traf es wie ein Schlag. Mit offenstehendem Mund, zur Salzsäule erstarrt, lauschte er Chicos Worten. »Mein Cousin hat ihn beobachtet. Gestern Nachmittag in São Pedro, da ging er mit seinem Boot aufs Meer!«

Als Jorges Frühstück serviert wurde, saß er schon nicht mehr am Tisch. Den ganzen Vormittag verbrachte er in São Pedro do Estoril, um diesen vermeintlichen Surfer zu suchen. Da er ihn am Strand nicht antraf, lief er durch die Gassen und fragte die Leute nach dem Surfer. Es dauerte nicht lange und er bekam erste Hinweise. Ein gewisser Tó hätte so ein neuartiges Sportgerät, mit dem er zum Rudern aufs Meer ging. Dann erklärten sie ihm, wo der Junge wohnte. Hinten bei den Bahnschienen. Wild klopfte er an die Tür und rief. Doch die Tür blieb verschlossen. Das Nachbarfenster öffnete sich und eine ältere Dame schaute erbost, wer hier so einen Radau machte. Ja, hier wohnte Tó, bestätigte sie ihm. Nur leider war der nicht zu Hause.

Zur Mittagszeit setzte Jorge sich auf die Klippe von São Pedro und beobachtete die See. Die Wellen liefen hier viel sanfter und geordneter in die Bucht als seine Sandmonster von Carcavelos. Allerdings mussten unter Wasser einige Felsen liegen, was Jorge für zu gefährlich hielt. Sein Magen knurrte. Er beschloss, zurück nach Hause zu gehen. Kurz vor Parede holte ihn ein Kerl auf dem Fahrrad ein.

»Hey! Bist du der Surfer aus Carcavelos?« Sein Hunger war vergessen!

»Seit wann surfst du?«, fragte Jorge erstaunt. Sein Gegenüber hieß António und wurde kurz Tó genannt. Seine leuchtenden, kastanienbraunen Augen lenkten ein wenig von seinen vorstehenden Zähnen ab.

Sie mussten etwa gleichaltrig sein und wie sich herausstellte, war auch Tó als Rettungsschwimmer tätig. Letzten Sommer hatte er unten an der Algarve gearbeitet. Den Winter über nahm er einen Job als Fischer in Peniche an.

»Ich habe vor gut einem Monat zwei Ausländer in Peniche kennengelernt. Ich liebe das Meer und konnte es nicht fassen, als ich die beiden mit ihren Surfbrettern in den Wellen entdeckte.«

Seitdem er die Australier kennengelernt hatte, verbrachte er jede freie Minute mit ihnen am Strand. »In Peniche hast du jeden Tag gute Wellen!«, schwärmte er. »Je nach Wellengröße ist mal der Nordstrand und mal der Südstrand besser. Du kannst da jeden Tag aufs Wasser gehen. Ich schwöre!«

Den Australiern lief das Visum ab, deshalb mussten sie nach Lissabon zu ihrer Botschaft. Und da sie die Strände zwischen Peniche und Lissabon noch nicht kannten, fuhren sie die Küste runter. »Die haben mich in ihrem Camping Bus mitgenommen! Über eine Woche waren wir unterwegs und haben jeden Strand abgeklappert. In Ribamar, bei Mafra, haben wir die perfekte Surfbucht gefunden. Der Wahnsinn! Wir sind ein paar Tage dort stehen geblieben und wollen auf dem Rückweg auch wieder dorthin zurück.«

»Wo sind die Australier jetzt?«, fragte Jorge.

»Na, die sind nach Lissabon zu ihrer Botschaft. Kommen aber wieder zurück. Die haben mir sogar ein Surfboard hiergelassen!« Tós Augen leuchteten und dann fragte er: »Gehen wir raus?«

Die Begutachtung seines Sportgeräts beanspruchte eine weitere halbe Stunde.

»Wo ist dein Surfanzug?«, fragte Jorge.

»Ich habe keinen.«

Jorge schaute verdutzt. Hatten die Amis auf den Azoren doch alle Neoprenanzüge getragen. »Willst du mir ernsthaft sagen, dass du bei diesen Wassertemperaturen ohne Neo surfen gehst?«

»Den Australiern wurde in Marokko ein Surfanzug geklaut. In Peniche haben die ihren Anzug immer abwechselnd getragen. Das war mein Glück, denn wer ohne Neo surfen ging, war nach spätestens 15 bis 20 Minuten wieder am Strand und lief zum Aufwärmen die Düne rauf und runter. Solange konnte ich dann surfen gehen und nach 15 Minuten war wieder der andere dran.« Sie lachten. »Ein kräftiger Schluck Rotwein ist auch gut zum Aufwärmen«, grinste Tó.

Endlich tingelten sie zusammen rüber nach Carcavelos. Hungrig und erschöpft sank Jorge auf seiner Praça auf einen Café-Stuhl. Er musste unbedingt etwas essen, erntete aber böse Blicke, weil er am Morgen einfach verschwunden war. Nach kurzer Erklärung und Vorstellung seines neuen Kollegen durften sie schnell noch einen Prato do Dia, das typisch portugiesische Mittagsgericht, bestellen. Eigentlich war die Mittagszeit schon vorbei. Aber man kannte sich und deshalb durfte Jorge hier auch später bezahlen. Die darauffolgende Surf-Session endete im absoluten Desaster. Zumindest für Tó, der mit den Wellen von Carcavelos überhaupt nicht zurechtkam. Total frustriert saß er am Strand und war fassungslos.

»Bei Niedrigwasser sind die Bedingungen immer schwieriger«, erklärte Jorge.

Der frierende Tó hatte genug. »Morgen surfen wir in São Pedro!«, sagte er bestimmt.

Es war wie im Traum. Die Australier akzeptieren sofort neben Tó auch noch Jorge mitzunehmen. Mühsam quetschten sie Jorges Rucksack, Surfmaterial und Lebensmittel-Kiste in den eh schon total vollgestopften VW Bus. Eine Nacht schliefen sie noch in Guincho, weil die Australier unbedingt noch diesen Strand erkunden wollten. Die Wellen waren dort aber zu kräftig und so war den Australiern schnell klar, in Ribamar mehr Spaß beim Surfen zu bekommen. Vormittagssurf, Essen kochen, Zelt abbauen: Bis alles wieder im Bulli verstaut war, war es bereits Nachmittag und sie verpassten ihren heiß ersehnten Sunset Surf in Ribeira d'Ilhas.

»Cheers Mates!« Ihre Emaille-Becher klapperten dumpf beim Anstoßen, während sich die Runde breit grinsend in die Augen schaute. Tó hatte noch einen Garafão, eine fünf

Liter Karaffe Rotwein besorgt. »Der ist hausgemacht. Von meinem Onkel aus dem Alentejo.«

Tom und Jake, so hießen die beiden Australier, waren lustige Zeitgenossen. Sie waren nicht sehr groß, aber kompakt und sehr athletisch gebaut. Das schulterlange Haar und ihre Zottelbärtchen ließen sie aussehen wie zwei drollige Kobolde, die ständig Schabernack im Sinn hatten. Besonders Jake, der dazu auch noch einen Schäferhut aus Filz trug.

Da saßen sie nun zu viert am Lagerfeuer, in der Bucht von Ribeira d'Ilhas. Vor ihnen grollte das Meer. Über ihnen funkelten die Sterne und die ersten Glühwürmchen des Jahres tanzten um sie herum. Leider hatten sie es nicht mehr geschafft, im Hellen anzukommen. Aber auch im Mondschein konnten sie schemenhaft die Wellen einrollen sehen. Die Australier verwiesen auf das donnernde Geräusch, und warnten, dass die See kräftig sein musste. Schier endlos schienen die Wellen zu laufen. Jorge hatte so etwas noch nie gesehen und konnte kaum den kommenden Morgen erwarten.

Tó schenkte eine weitere Runde Rotwein ein. »Morgen früh müssen wir dir unbedingt noch eine Fangleine an dein Surfboard machen«, meinte Tom zu Jorge. »Verlierst du hier dein Board, landet es ziemlich sicher in den Felsen!« Tó übersetzte nochmal für Jorge. Der immerhin verstand, dass es um eine Fangleine ging.

Jorge wurde als Erster wach. Genau genommen hatte er vor lauter Aufregung gefühlt die ganze Nacht nicht geschlafen. Er kroch aus dem Zelt und lief schnurstracks zum Meer. Vom Offshore glattgebügelt, lag es ruhig vor ihm. Weiter nördlich rollten ein paar schöne Rechte ein. Die morgendliche Kälte zog seinen Rücken hinauf und er spürte Harndrang. Dann passierte, was er gestern schon in der Dunkelheit schemenhaft gesehen und mehr als deutlich gehört hatte: Draußen auf dem Meer stellte sich ein

Set auf. Majestätisch, fabelhaft, unbeschreiblich. Wie von Geisterhand schoben sich mehrere grüne Wände auf die Küste zu. Ihm klappte die Kinnlade runter. Fast punktgenau an derselben Stelle brach eine Welle nach der anderen und rollte in Perfektion vor ihm in die Bucht. Er konnte die Wellengröße schlecht einschätzen, wusste aber, dass er es probieren musste.

Nachdem er sein Geschäft verrichtet hatte, kletterte er links auf die Felsen, um die Bucht und deren Strömungen von weiter oben zu begutachten. Schätzungsweise einen Kilometer breit war sie. Auf der Nordseite liefen die Wellen ein. Südlich von ihm brachen keine Wellen. Hier schien das Wasser deutlich tiefer zu sein und entsprechend musste hier die Strömung raus aufs Meer ziehen. Hinten auf der Südklippe entdeckte er eine kleine mittelalterliche Festungsanlage. Die geschwungene, von Klippen eingerahmte Bucht glich einem alten römischen Amphitheater. Der Strand bildete den Eingang und von der Meeresseite rollten mächtige Wasserwände ein. Er wunderte sich kurz, warum bitteschön hier in dieser wellenreichen Bucht damals ein Fort gebaut wurde. Er ließ diese Frage ungelöst und kehrte zu seinem Spot-Check zurück. Direkt unter ihm umrahmte ein felsenreiches Dreieck die ins Wasser fallende Klippe. Die meisten Wellen liefen bis in dieses Steinfeld. Man musste also rechtzeitig aus der Welle aussteigen. Das waren wohl auch die Felsen, vor denen die Australier ihn bereits gewarnt hatten. Bei dem Gedanken an den vergangenen Abend spürte er seinen Kopf und den übertrieben viel getrunkenen Rotwein. An sich war Jorge ein Sportsmann, ein Rettungsschwimmer der ISN. Sich zu betrinken war normalerweise nicht seine Sache. Gestern Abend hatte es sich ausnahmsweise so ergeben. Diese wahrhaftig traumhafte Atmosphäre am Feuer, mit den Wellen im Hintergrund und dazu noch seine neuen Surfer Freunde. Er konnte es immer noch nicht fassen.

Jorge überlegte, wie man am besten um die Felsspitze herum in die Rausströmung gelangte, um sich überhaupt erst einmal im Line Up positionieren zu können. Südlich von dem Felsdreieck brachen die Wellen als krachender Shorebreak in einen schmalen Sandstreifen. Am besten kletterte man über das felsige Dreieck, um von dort aus dann ins Meer zu gehen.

Er hörte das Scharren der Schiebetür des VW Busses. Der völlig verwuschelte Lockenkopf von Jake kam zum Vorschein. »Bom dia«, rief Jorge dem hutlosen Zwerg zu. Der winkte kurz nach oben, reckte und streckte sich, mit Blick aufs Meer. Kurz darauf ging er zu den Felsen, um auch sein Geschäft zu verrichten.

Sie fröstelten, da ihr Lagerplatz noch im Schatten der Klippe lag. Der Geruch von frisch gebrühtem Kaffee steigerte ihre Stimmung.

Jorge staunte nicht schlecht: Nachdem Tom den halben Bus ausgeräumt hatte, kam er mit einer Werkzeugkiste zur Feuerstelle. Aus der Kiste zauberte er einen Handbohrer.

»Et voilà!«, grinste er und schwenkte das Gerät stolz hin und her. »Jetzt bohren wir ein kleines Loch in deine Finne und binden dort deine Fangleine an.«

»Ohne Surfanzug kann ich da jetzt noch nicht rausgehen«, schlotterte Tó.

»Draußen auf dem Meer scheint schon die Sonne«, antwortete Tom. »Außerdem hast du doch noch deinen Rotwein dabei.« Alle lachten.

Zusammen erklommen sie erneut die Klippe, um die Wellen zu checken. Die Sonne wurde bereits kräftiger. Trotzdem konnte auch Jorge sich nicht vorstellen, jetzt ohne Surfanzug aufs Wasser zu gehen. Er war in der Zwickmühle. Sollte er seinen Anzug den Australiern leihen und ihnen den Vortritt lassen? Das hätte den Vorteil, weiterhin die Bedingungen und diese sogar inklusive Surfer studieren zu können. Würde er dann aber auch loslegen wollen, hätte er selbst keinen Neo parat. Nichts gegen Tó, aber die Aussies waren eindeutig die besseren Surfer, mit denen Jorge lieber diesen Surfspot erkunden wollte. Die Felsnase unter ihnen gefiel ihm überhaupt nicht und er entschied sich für die erste Variante. Tom und Jake freuten sich riesig, endlich mal wieder für längere Zeit zusammen surfen zu können.

Auch die beiden Kobolde kletterten über Felsen zum südlichen Sandstrand. Im richtigen Timing kamen sie durch den Shorebreak und paddelten raus. Dieser riesengroße Channel war einmalig. Ohne ein einziges Mal abtauchen zu müssen, gelangten die beiden ins Line Up. Kein Vergleich zu Carcavelos oder São Pedro. Der Swell hatte über Nacht nachgelassen. Trotzdem rollten immer noch kopfhohe Schönheiten in die Bucht. Es dauerte nicht lange und die beiden ritten auf den Wellen. Im Vergleich zu den Amerikanern auf den Azoren surften die beiden hier viel kurvenreicher. Immer wieder fuhren sie geschickt auf den Wellen rauf und runter und lehnten sich dabei elegant in die Kurven.

Was Jorge auf den Azoren auch schon gesehen hatte und ihm besonders gut gefiel, war, wenn der Surfer nach vorn auf seine Brettspitze huschte. Noseride nannten sie das. Auch Tom beherrschte dieses Manöver. Mehrere Sekunden konnte er auf der Brettspitze stehen, ohne dabei im Nosedive zu enden. Geschickt passte er Körperspannung und Trimm der Wellenform an.

Als Jorge und Tó an der Reihe waren, setzte immer stärker die Ebbe ein. Dadurch brachen die Wellen nicht mehr so wild in das Steinfeld vor der Klippe. Zum Glück für Tó, der einige Male beim Anstarten der Welle stürzte und immer wieder bis vor die Steine gewaschen wurde. Alleine da draußen zu sitzen und es mit diesen majestätischen Brechern aufzunehmen war schon eine Herausforderung.

Nach einer kleinen Gewöhnungsphase hatte Jorge bald schon ein paar gute Wellen erwischt. Es waren seine bisher längsten Ritte. Er konnte sein Glück kaum fassen. Den nicht endenden Schub der Brecher zu spüren war reinster Wahnsinn!

Wie im Rausch wedelte er auf den nicht endenden Wellen hin und her. Nach dem Ritt paddelte er schnellstmöglich wieder raus, um sich die nächste Welle zu schnappen.

Abends saßen alle völlig erschöpft am knisternden Lagerfeuer. Wieder wehte der Rauch ablandig zum donnernden Meer. Sie fachsimpelten über das Erlebte des Tages und trotz ihrer Müdigkeit war Jake immer noch zu Scherzen aufgelegt. »Ja, Tom gehört schon zum alten Eisen. Der surft wie Midget Farrelly", erklärte der großspurig.

»Midget wer?«, fragte Tó.

»Egal, der gehört zum alten Eisen«, grinste Jake schelmisch. »Total Involvement ist angesagt, mein Lieber. Heute reitet man die Wellen genauso aktiv wie Nat Young. Nicht umsonst ist der Junge Weltmeister geworden.«

Nat Young, Midget Farelly, eine Surf Weltmeisterschaft. Jorge und Tó hatten von all dem noch nie etwas gehört.

»Altes Eisen!«, meldete sich Tom protestierend zu Wort. »1964 war Midget noch Weltmeister. Und du wirst sehen, er kommt zurück.«

Jake krümmte sich vor Lachen und schlug sich auf die Schenkel. »Ein alter Mann, der regungslos auf der Brettspitze steht! Damit gewinnt man heutzutage keinen Blumentopf mehr.«

Tom wendete sich an die Portugiesen. »Okay, es war wirklich überraschend und schön. Nat Young kam aus dem Nichts und hat letztes Jahr alle bekannten Surfer bei der WM geschlagen. Alle dachten, einer der hoch favorisierten Amis würde gewinnen. Aber nichts da! Plötzlich war da dieser 16-jährige Bursche aus Australien!«

»Wäre Tom nicht mit mir nach Europa gereist, hätte er

möglicherweise auch an der WM teilgenommen. Im Ernst, zu Hause hat er auf Surfwettbewerben immer ordentlich mitgehalten«, erklärte Jake ernst. Und fing sofort wieder an zu prusten.

»Zu der Zeit ging es ja nur darum, wer schnellstmöglich rauspaddelt und als Erster wieder am Ufer ist. Wer am längsten auf der Welle reitet, ist der Champion.« Er konnte nicht aufhören zu gackern. »Heute geht es darum, wie man die Welle abreitet und da ist Nat Young einfach der Beste.«

Im Hechtsprung landete Tom auf Jake und sie bildeten ein wild im Sand umherwirbelndes Knäuel. Keine wirklich ernstzunehmende Schlägerei. Trotzdem hatten die beiden ordentlich miteinander zu tun.

»Du hast dich heute aber auch mehr als passabel geschlagen«, meinte Jake zu Jorge, nachdem Tom und er mit der Rauferei fertig waren.

Tó übersetzte noch einmal und Jorge fühlte sich geehrt. »Und der da?«, deutete Jorge auf Tó.

»Der Kerl da drüben? Fürs Erste nicht schlecht. Er hat das Temperament eines wilden Mustangs. Muss aber noch ein bisschen eingeritten werden.«

Alle lachten herzlich. Tó war sich nicht sicher, ob Jake den Mustang-Vergleich tatsächlich von seinem Temperament herleitete oder ob der Witzbold dabei eher an sein Pferdegebiss dachte.

»Die portugiesischen Rassepferde heißen übrigens Lusitanier«, meldete sich Tom.

»Lusitanos«, verbesserte Jorge.

So kam es, dass allen voran Jake Tó fortan Lusitano nannte.

Ribamar 1969

Pepe stand immer noch verzückt am Strand von Ribeira d'Ilhas und berauschte sich an der Surf Szenerie. In der Ferne rollte der Wagen seiner Eltern an. Rui saß auch mit im Auto. Allerdings schien es wieder mal Streit gegeben zu haben. Denn die Stimmung war frostig und schlecht. Trotzdem nahmen sich die Brüder zur Begrüßung in den Arm und freuten sich über ihr Wiedersehen. Pepe berichtete Rui stolz von dem neuartigen Board, das er an der Linha gesehen hatte. Genauso eins wie Jorge gerade da draußen auf dem Wasser surfte. Dann unterstrich er seinen innigen Wunsch, auch so ein Surfboard haben zu wollen, was wiederum ihren Vater auf den Plan rief, der seinen Jüngsten nicht gerne in Verbindung mit dem Surfen sah. So standen sie noch eine Weile da, schauten sich an und keiner wusste so richtig, was er sagen sollte. Auch das geplante Picknick fiel der mäßigen Stimmung zum Opfer. Bald schon drängte ihr Vater zur Rückfahrt. Rui bekam von seiner Mutter noch die Lebensmittel aus dem Korb. Er wurde herzlich von ihr gedrückt und seine Familie fuhr zurück in Richtung Lissabon. Rui blieb lieber am Strand und schaute emotionslos dem Wagen hinterher.

»War das deine Familie?«, fragte Tó, der gerade in seinen Surfanzug gestiegen war und die Szene aus der Ferne beobachtet hatte.

Rui nickte abwesend und erklärte, froh zu sein, dass sie wieder abgefahren seien.

»Ist doch schön, wenn die Familie zusammenhält und man sich aufeinander verlassen kann«, fuhr Tó fort.

Es wurde nie offen darüber gesprochen. Einige Surfer der Kommune stammten offensichtlich aus gutbürgerlichem Hause. Ihr Lebensstil war zwar spartanisch, aber auch der musste finanziert werden. Ganz abgesehen von ihrem Surfmaterial. Kein normaler Fischerjunge konnte sich damals ein Surfboard leisten.

Einige Eltern finanzierten quasi den Kindern ihre Freiheit. Wahrscheinlich hofften sie, ihre Kinder würden bald wieder zur Vernunft kommen und zur Universität zurückkehren.

Jorge und Tó waren die Ersten, die in Ribamar auftauchten. Alle respektierten Tó, trotzdem war Jorge der unangefochtene Leader. Gab es mal Unstimmigkeiten, war Jorge der Schlichter. Auch der Ausbau des neuen Gemeinschaftshauses, einer alten Scheune, stand unter Jorges Aufsicht. Es war nicht immer einfach, aber er hatte auch den besten Draht zu Ribamars Bürgern. Natürlich gehörte auch er zur neuartigen Surfer Kommune. Aber anders als seine Kollegen war er stets höflich, hilfsbereit und offen für Gespräche mit den Einheimischen.

Wo Tó herkam, wusste keiner so genau. Angeblich war er in Brasilien aufgewachsen. Sein Vater hatte dort geschäftlich zu tun und verliebte sich in eine hübsche Einheimische. Bei allen anderen gab es irgendeine Verbindung. Die meisten kannten sich von der Linha. Aber niemand wusste Genaueres über Tó und über seine Familie. Außerdem hatte er nie Geldprobleme. Vor allem, weil er der Mann war, der das Dope verkaufte. Er verriet niemandem, wie er an seine ersten Samen gekommen war und schon gar nicht, wo er seine Pflanzen züchtete. Immer wieder verschwand er für ein paar Tage und kam bald darauf mit frischem Gras zurück. Auch wenn sein Zeugs nicht die allerbeste Qualität hatte, kaufte es ihm jeder ab.

Tó hatte von Beginn an einen guten Draht zu den ausländischen Surfern. Kam ein Bulli in die Bucht gerollt, dauerte es nicht lange und Tó sprach dessen Insassen an, um irgendein Geschäft mit ihm aufzuziehen. Woher auch

immer, er hatte das Geld, um den Engländern ihr Surfmaterial abzukaufen. Gewinnbringend verkaufte er es
in der Community weiter. Neulich erst hatte ihm ein Bus
Haschisch aus Marokko geliefert. Es schien zu funktionieren. Blätterte man Tó dicke Geldscheine in die Hand,
bekam man dafür allerfeinstes »Zero Zero« aus dem Rifgebirge. Tó hatte sich bald einen guten Namen als verlässlicher Geschäftspartner gemacht. Es dauerte nicht lange
bis die Insassen der anrollenden Surfer-Busse gezielt nach
dem Lusitano fragten.

Bald schon kamen die Ausländer im Herbst nach Ribeira
d'Ilhas. Auf dem Weg nach Marokko lieferten sie dem Lusitano Waren aus England. Und auf dem Nachhauseweg
im Frühjahr, brachten sie ihm dann Dope aus Marokko
und überließen ihm auch noch ihre gebrauchten Bretter.
Die Traveler füllten so zweimal ihre Reisekasse und waren
obendrein noch froh, das Haschisch nicht bis ganz nach
England schmuggeln zu müssen.

»Dein Bruder möchte also unbedingt eine Pocket Rocket
haben?«, meinte Tó zu Rui. Das Auto seiner Eltern war
schon längst nicht mehr zu sehen. Und trotzdem schaute
er immer noch abwesend der leeren Straße hinterher.

»Das ist sein Traum, ja. Er würde sich aber auch über
jedes andere Board freuen, da er überhaupt keines besitzt.
Ich wollte ihm eigentlich mein Balsaholzboard geben. Hab
aber noch nicht die Kohle für ein Neues zusammen.«

»Und nun wartet der kleine Bruder sehnsüchtig auf
seine eigenes Brett?«

Rui nickte stumm.

»Du kennst doch die Leute unten an der Linha, nicht
wahr?«

Rui nickte abermals.

»Ich mache dir einen Vorschlag: Du gehst einmal pro
Woche da runter und verkaufst meine Waren. Dafür gebe

ich dir eine Pocket Rocket. Also kannst du dein altes Board deinem Bruder überlassen.«

»Pepe braucht auch noch einen Neoprenanzug.«

»Kein Problem, mein Freund. Wenn es gut läuft, wirst Du bald viel Geld verdienen und kannst dir jegliches Surfmaterial leisten. Komm, wir gehen hoch zur Kommune und ich zeige dir meine Boards.«

Am nächsten Tag ging Rui stolz mit seinem neuen Board zum Strand runter. Auf dem Weg bestaunte jeder sein neues Gefährt. Auf dem Wasser traf er Matt. Eigentlich war Matt, wie alle anderen Aussies auch, nur auf der Durchreise. Dann verliebte er sich aber nicht nur in die Wellen vor Ribamar, sondern auch in ein portugiesisches Mädchen. Jetzt wohnte er schon mehrere Monate in der Kommune.

»Oh, Gratulation, du Glückspilz!«, meinte Matt. »Haben dir deine Eltern gestern das Board gekauft?«

Rui schaute ihn leicht irritiert an.

»Oder bist du etwa in das Geschäft von Lusitano eingestiegen?«

Immer noch keine Antwort.

Matt grinste breit und erklärte, dass es schon okay sei. »Wir alle müssen ja irgendwie zurechtkommen.«

Matt erzählte stolz, gestern einen dicken Schaumblock von einem Isolierunternehmen aus Porto geliefert bekommen zu haben.

Es hatte lange gedauert, bis er überhaupt erst mal herausgefunden hatte, wo er diesen speziellen PU Schaum bekommen konnte. Dann wartete er noch eine weitere Ewigkeit, bis der Schaumklotz endlich geliefert wurde.

Kunstharz und Glasgewebe hatte er bereits bei einem Bootsbauer in Lissabon gekauft. Jetzt wollte er seine eigenen Surfboards bauen, hier in Ribamar.

»Besuchst du mich später in meiner Werkstatt? Ich interessiere mich für die neuen Boardshapes. Dein Board habe ich gestern schon bei Lusitano begutachtet. Lässt du es mich vermessen?«

Der Ausdruck Werkstatt traf zu, weil Matt immerhin ein paar alte Sägen, Hobel und Schleifpapier zusammengetragen hatte. Als Gebäude dienten lediglich die Grundmauern eines alten Schafstalles, der nicht einmal ein Dach besaß. Idyllisch stand der mitten auf einer blühenden Wiese. In der Ferne das Meer. Stolz präsentierte Matt seine Werkstatt.

»Ich habe meinen guten alten Bulli verkauft, um mir das alles hier leisten zu können.«

Unter einer Folie zauberte er den riesigen Schaumstoffblock hervor.

»Wenn ich den Block vorsichtig zersäge, müsste ich daraus mindestens vier Boards bauen können.«

»Da ist doch gar kein Holzstringer drin«, entgegnete Rui skeptisch.

»Tja, wenn ich die Blanks zurechtgeschnitten habe, muss ich jeden einzelnen noch einmal zerteilen und einen Stringer einkleben. Erst dann kann ich mit dem Shapen beginnen.«

Feierlich legten sie Ruis spitzes Surfboard auf die notdürftig aus Latten zusammengenagelten Arbeitsböcke. Die Auflageflächen hatte Matt mit alten Lumpen gepolstert. Sie begutachteten das Board aus allen nur erdenklichen Blickwinkeln, fachsimpelten angeregt und träumten von epischen Wellen, die man mit diesem Brett surfen konnte.

»Dieses Surfboard ist extra für kräftige Wellen und für schnelle Tunnelritte gebaut. Kennst du meinen australischen Buddy Tom?«

Rui zog seine Schultern hoch und schaute unwissend aus der Wäsche.

»Der war vor ein paar Jahren hier und hat mit Jorge und

Tó zusammen die ersten Wellen in Ribeira d'Ilhas geritten. Zurzeit ist er in Südafrika und surft dort genau solche Wellen.«

Matt kramte ein Foto hervor und legte es auf das Surfboard. Rui lehnte sich vor und sah perfekt nach rechts rollende Tunnelwellen.

»Das ist Jeffreys Bay in Südafrika.« Beide schauten sich verzückt an und dann wieder zurück aufs Bild. »An guten Tagen laufen die Wellen da unten genauso wie auf diesem Foto. Erkennst du die Surfer?«

Rui entdeckte die Punkte im Wasser und die Minifiguren, die die Wellen abritten. Ihm klappte die Kinnlade runter. Im Vergleich Mensch zur Welle erkannte er erst jetzt die wahre Größe der Wellen.

»Ja, ja, das ist mindestens double overhead. Für genau solche Wellen sind diese Bretter gebaut.« Matt trommelte auf das Rail von Ruis Pocket Rocket. »Der Spot läuft aber auch schon bei kleinerer Dünung. Kennst du den Film ,The Endless Summer'?«

Erneutes Achselzucken.

»Musst du dir unbedingt mal anschauen. 1964 reisen zwei surfende Freunde um die Welt und erkunden immer neue Surfspots. Unter anderem auch in Südafrika. Im Film surfen sie vom Offshore ausgeblasene endlos rollende Tunnelwellen in Cape Saint Francis. Das ist die Nachbarsbucht von J-Bay. Mann, das glaubst du erst, wenn du es siehst. Das sind die perfekten Wellen! Und die haben da unten gleich zwei solcher Buchten direkt nebeneinander liegen!«

Rui konnte all das kaum verarbeiten. »Warst du schon mal in Südafrika surfen?«

»Bisher noch nicht.« Matt holte sein Maßband raus und fing an, das Board zu vermessen.

»Jorge und Tó suchen hier jetzt auch nach solchen Wellen. An großen Tagen machen diese Bretter auch in Ribeira Spaß. Letztendlich wollen sie sich aber an ihre Pintails gewöhnen, um bald auch Tunnelwellen zu reiten.«

Ehrfürchtig fragte Rui: »Bist du schon mal durch einen Wellentunnel gesurft?«

»Ab und an mal eine kleine Pocket. Aber so richtige Tunnelwellen wie hier auf dem Foto noch nicht.«

Rui war baff.

»Du glaubst gar nicht, was zurzeit auf Hawaii los ist! Da entdecken sie eine Tunnelwelle nach der anderen! Bisher dachten alle, Sunset Beach sei die Mutter aller Surfspots. Da hat Phil Edwards schon wieder einen neuen Spot namens Banzai Pipeline gesurft. Bisher dachte man, diese Welle sei unsurfbar, weil sie zu hohl und zu schnell brach. Dort schießt du nach jedem Take Off durch den Tunnel. Oder du packst es nicht und die Welle hämmert dich gnadenlos ins Riff.«

Rui dachte an die schwierigen Wellen von Carcavelos. Die Biester brachen in sehr flachem Wasser und die Waschgänge waren die Hölle.

»Kennst du Supertubes in Peniche?«

Ruis Achseln zuckten. »Peniche kenne ich. Das liegt etwas nördlich von uns und dort liegt Portugals größte Sardinen-Fangflotte im Hafen.«

»Und neben dem Hafen liegt eine Welle, die Supertubes getauft wurde. Die bricht anscheinend genauso wie Pipeline auf Hawaii.«

»Warst du dort schon mal surfen?«

»Nun ja, direkt neben der Hafenmole kamen etwas entspanntere Wellen rein. Die habe ich gesurft. Wellen wie Supertubes kann man gar nicht mit einem Longboard surfen. Ich hörte von Australiern, die Supertubos schon ausprobiert haben. Persönlich habe ich dort aber noch nie jemanden surfen sehen. Jorge und Tó wollen demnächst mal hochfahren und sich die Welle anschauen.«

»Jorge und Tó haben sich zuletzt häufiger gestritten, oder?«

Matt ließ vom Surfboard ab und richtete sich auf. »Tja, Jorge ist wohl nicht mit Tós Machenschaften einverstanden. Hat Jorge dich schon mit deinem neuen Surfboard gesehen?«

»Nein.«

»Du wirst schon sehen. Das wird er ganz bestimmt nicht unkommentiert lassen.«

»Außerdem tauchen nach Tós Lissaboner Geschäftstouren immer öfter neue Leute auf, die hier in Ribamar leben und surfen wollen. Die Partys werden immer häufiger und auch immer heftiger.«

Rui schaute verlegen, da auch er auf diese Weise nach Ribamar gekommen war.

»Hey, Jorge und ich haben nichts gegen dich und die anderen. Es ist einfach nicht mehr so entspannt wie früher.«

»Ja, anscheinend wurde neulich sogar in der Kommune geklaut«, sagte Rui niedergeschlagen.

Matt warf ihm einen bestätigenden Blick zu. »Tó verwandelt die Kommune in einen Affenstall. Das ist es, was Jorge nicht passt. Ich meine, ich mache auch gerne mal Party. Nicht zu vergessen, dass Tó auch schon ein paar echt nette Mädels eingeschleust hat.« Beide grinsten. »Aber letztendlich verkauft er allen Drogen und Surfstuff und ist somit der einzige Nutznießer dieses Chaos. Vermutlich stehst du ab sofort bis morgens in die Puppen auf den Partys und verkaufst sein Zeugs! Oder? Dafür hast du doch dein Surfboard bekommen?«

Schweigen.

»Ist dir aufgefallen, dass Tó gar nicht mehr so oft in der Kommune übernachtet? Ihm selbst wird der Zirkus zu wild, den er da veranstaltet.«

»Aber dann muss Jorge doch mal auf den Putz hauen! Ich meine, er ist doch der Boss!«

»Tja, ich glaube Jorge wird nicht mehr lange in der Kommune wohnen.«

Schweigen.

»Bis zum Herbst muss ich hier unbedingt noch das Dach gedeckt haben. Dann werde ich auch aus der Kommune ausziehen und hier wohnen. Hilfst du mir, das Dach neu zu decken?«

SYLT 2000

Jan schlotterte am ganzen Körper. Er war drauf und dran einen Passanten zu fragen, ob der ihm sein Auto aufschließen könne. Die Hände tief in die Taschen ihrer warmen Mäntel vergraben, ihre Mützen bis über die Ohren gezogen, so flanierten sie über die Promenade von Wenningstedt. Der Tag neigte sich dem Ende zu und die Temperaturen fielen unaufhaltsam. Er hatte mit letzter Kraft einen nasskalten Handschuh ausgezogen, um den Schlüssel aus dem Versteck im Radkasten zu fingern. Ins Schloss konnte er ihn auch noch stecken. Doch dann verließen ihn die Kräfte in seinen steifgefrorenen Fingern. Unfassbar, aber es war ihm unmöglich, dieses kleine Scheißding zu drehen. Gerade wollte er aufgeben und schaute schon, welche Pelzmütze er am besten ansprach. Plötzlich gab dieser scheinbar unüberwindbare Widerstand im Schloss nach und das Knöpfchen im Wageninneren sprang nach oben. Erfreut lächelte er seinen Kumpel an, der gerade bibbernd neben ihm auftauchte und vorsichtig sein Surfboard auf den Parkplatz legte.

Einem Nichtsurfer konnten sie eh nicht erklären, warum sie mitten im Dezember in die fünf Grad kalte Nordsee springen mussten. So manch ein Strandspaziergänger blieb ungläubig stehen, um sie bei ihrem Unternehmen zu beobachten. Es war bewölkt, aber windstill. Draußen auf dem Meer stachen einzelne Sonnenstrahlen durch die Wolkendecke. Wo sie auf die sonst nur graue Nordsee trafen, leuchtete diese grünlich auf. Im dicken Winterneo mit Booties, Handschuhen und Sturmhaube bewaffnet, konnte man sie auch leicht mit einem Seehund verwechseln. Nur dass die Jungs zwischendurch eine einrollende Welle anpaddelten, auf ihre Planke sprangen und an der sich aufbäumenden Wasserwand entlang glitten. Schelmisch freuend paddelten sie wieder zurück aufs Meer und warteten dort auf die nächste Welle. Okay, bei dieser Eiseskälte mussten die Bedingungen schon wirklich gut sein, um Surfen zu gehen. Heute hatten sie Glück und genau so einen Tag erwischt. Schulterhohe, perfekt geformte Beauties wurden von ihnen geritten.

Sie nutzten die Rausströmung direkt neben einer mit Seepocken und Miesmuscheln bewachsenen Steinbuhne. Das Buhnenkreuz und die Warnschilder am Strand, die im Sommer die Schwimmer warnten, waren eingemottet. Trotzdem wussten die beiden genau, wo die Buhne lag. Wegen der Strömung verhielt sich das Wasser neben ihr unruhiger und in den Wellentälern tauchte sie auch immer mal kurz aus dem Wasser auf. Jan hatte sich von seinem Freund Olaf ein dickes, voluminöses Malibu geliehen. Auf dem saß man nicht so tief im kalten Wasser und kühlte entsprechend langsamer aus. Trotzdem kroch die Kälte unaufhaltsam in die Glieder. Bei solchen Winter-Sessions verließ Jan die Kraft nach ungefähr 45 Minuten. In dieser Zeit hatte er aber schon ein paar schöne Wellen geritten. Allein den Geschmack des Salzwassers im Mund zu haben, war ein Genuss. Da Jan bald nach Portugal fuhr, hätte er sich diesen Surf eigentlich sparen können. Dennoch ging er raus. Es war sein persönlicher Abschied von seinem Strand, wo er mit dem Surfen begonnen hatte.

»Pass auf! Die Spitze da kommt direkt auf dich zu!«, rief Olaf, besorgt um seinen Kumpel. Der hatte den Peak auch schon gesehen, sein Board gedreht und paddelte los.

Als er wieder neben Olaf saß, grinste Jan: »Hatte ein ganz schön zorniges Gesicht diese Wellenspitze.«

Die heutigen Wellen waren alles andere als radikal. Ihr ironisches Gesabbel war mittlerweile Teil ihres verrückten Surferdaseins und wenn sie einmal anfingen, konnten sie stundenlang so weiterreden. Der Ursprung des Ganzen lag einige Jahre zurück, als sie gemeinsam im Camper durch Marokko tourten. Surfen, essen und schlafen, mehr brauchten sie nicht für ihr glückliches Dasein. Na gut, ab und zu etwas zum Rauchen gönnten sie sich auch. Eines Abends, sie lümmelten satt und faul in ihrem Bulli, amüsierte Olaf sich über die eingedeutschten Fachausdrücke in seinem Surfroman.

»Ahhh, hahahaha!« Er klopfte sich vor Lachen auf den Schenkel. »Erkläre mir doch bitte, was ein Spitzschwanz ist«, forderte er Jan auf.

Der drehte nachdenklich seinen Kopf, zog langsam am Joint, atmete ein, Pause, atmete aus, wieder Pause, reichte die Tüte Jan rüber und antwortete:

»Du vermutest wahrscheinlich, dass ich jetzt auf deine Fangfrage hereinfalle.« Er versuchte ernst auszusehen, konnte sich sein Grinsen aber kaum verkneifen. »Da du ein Surferbuch liest, müsste ich jetzt vermuten, dass es sich um ein Pintail Surfboard zum Reiten von großen Wellen handelt. In Wahrheit handelt es sich beim Spitzschwanz aber um dich. Ich weiß nur noch nicht so genau, warum du in einem amerikanischen Roman vorkommst!«

Am kommenden Morgen prüften sie am Anchor Point die Dünung.

»Ganz schöne Schwellung unterwegs«, meinte Olaf mit fachmännischer Miene.

Jan antwortete kurz darauf genauso ernst: »Ohne Spitzschwanz werden wir diesen Punktbruch wohl kaum meistern.«

Mit steigender Zahl übersetzter amerikanischer Surferromane, die sie lasen, bauten sie ihren ironischen Wortschatz aus. Wobei sie manchmal auch Eigenkreationen mit einbauten. Was eigentlich verboten war. Das stand aber nirgends so geschrieben. Außerdem freuten sie sich über ihre besonders lustigen Eigenkreationen.

Zurück an Land mussten sie baldmöglichst raus aus ihrem nassen Neoprenzeugs, da sie sonst auskühlten und an

Ort und Stelle sterben würden. Trotz der Vorweihnachtszeit waren schon einige Kurgäste da und spazierten am Flutsaum entlang. Normalerweise kamen die immer erst nach Heiligabend, den sie zu Hause verbrachten. Zum Jahreswechsel war die Insel dann immer brechend voll.

Die gute alte Nebensaison war anscheinend auch nicht mehr das, was sie einmal war. Die Weihnachtsbeleuchtung auf der Promenade sprang an.

»Hauen wir lieber ab und ziehen uns zu Hause unter der warmen Dusche um«, sagte Jan.

»Ich dachte, wir gehen noch auf einen Punsch in die Strandstraße?«, schaute Olaf fragend.

»Ich ziehe mich doch nicht bei der Eiseskälte auf dem Parkplatz um. Hätten wir jetzt meinen Bulli hier, würde ich die Standheizung anschmeißen und wir könnten es uns gemütlich machen.« Jans Bulli stand aber momentan in Portugal und neben ihnen der gerade erst gebraucht gekaufte VW Bus mit eiskalten Sitzbänken hinten drin.

»Weißt du noch, als uns damals in Dänemark die Neos auf dem Parkplatz festgefroren sind?«

»Ja, anstatt die Neos gleich wegzuräumen, haben wir uns zu lange an der Standheizung aufgewärmt«, schmunzelte Jan.

»Neulich habe ich aus Versehen meinen Neo gesnaped!«, witzelte Olaf. »Beim Versuch ihn vom Parkplatz abzukratzen.«

»Tja, da halfen nur noch die warmen Abgase des laufenden Motors.«

»Wasser haben wir auch noch gekocht und drüber geschüttet.«

»Stimmt.«

»Nach zwanzig Minuten Abgas-Benebelung waren die Wetties wirklich geräuchert.«

»Wie die Dinger danach gestunken haben!«

«Tosches glorreiche Idee, die Wetties nach dem Surfen

in den Trockner des Waschhauses auf dem Campingplatz zu werfen, war auch legendär.«

»Und brauchbar! So konnten wir wenigstens zweimal am Tag surfen gehen.«

»Bis uns eines Tages der Platzwart erwischte und uns fluchend rausschmiss.«

Während sie sich an ihren alten Geschichten erfreuten, luden sie vorsichtig die Bretter ein. Ohne Boardbags. Auf die setzten sie sich, um ihre Sitze vor den nassen Neos zu schützten. Bevor sie losfuhren, schaute sich Jan noch einen kurzen Moment um. Wie lange würde er das hier wohl nicht wiedersehen? In der Ferne, an der Kliffkante und den Dünen vorbei, funkelte Westerlands Kurzentrum. Über ihm flogen Möwen durch die einsetzende Dämmerung und die Touristen strömten jetzt zunehmend zu Gosch und in den Kliffkieker. Er freute sich auf die heiße Dusche.

Viel zu schnell war ihr Fahrzeug bis in die letzte Ritze gefüllt. Mareike und Jan würden wohl mehr Kartons in der Garage einlagern müssen, als ihnen lieb war. Seine Eltern wohnten in einem 60er-Jahre-Klinkerbau unter Reet. Es war nicht so schick wie das alte Friesenhaus der Nachbarn, trotzdem konnte sich ihr Anwesen sehen lassen. Das Grundstück war geräumig und die Schotterauffahrt führte am Haus vorbei bis vor die große Doppelgarage, wo sie gerade ihr Gefährt beluden.

Hier war Jan aufgewachsen und hatte die letzten Jahre in der ausgebauten Garage gewohnt. Die sogenannte Syltgarage war eine beliebte Maßnahme zur Wohnraumbeschaffung, da dieser auf der Insel ziemlich teuer war. Das Tor war nur noch Zierde, oder besser gesagt Tarnung. Dahinter wurde eine Wand gezogen und ein kleines Apartment entstand. Das große Fenster auf der Seitenwand ließ genügend Licht einfallen, um den Raum gemütlich zu machen. Natürlich gab es dafür keine Genehmigung. Aber solange sie keiner anzeigte, wurden sie vom Bauamt in Ruhe gelassen. Und wie sollte sich jemand beschweren, besaßen die Nachbarn doch auch alle Syltgaragen.

Jetzt herrschte das absolute Chaos. Vor der Garage, in der Garage und auf der Rasenfläche. Überall standen Kisten und Möbelstücke. Das Auto seines Vaters rollte langsam die Auffahrt herauf. Unter den Reifen knirschten die Kiesel des Schotterwegs. Es war das sichere Zeichen für die Mittagszeit. Den Essensgeruch aus dem gekippten Küchenfenster hatten sie schon wahrgenommen. Und jetzt spürten sie auch ihren Hunger.

Jans Vater parkte direkt auf der Auffahrt, da vor den Garagen überhaupt kein Platz mehr war. Als er zu ihnen kam, fragte er erstaunt, wie sie all die Sachen noch im Anhänger verstauen wollten.

»Gute Frage«, antwortete Jan. »Vor allem müssen wir in Hamburg alles wieder ausräumen, um die schweren Betten ganz unten zu verstauen.«

»Wie bitte?«, fragte sein Vater ungläubig.

»Ja, wir wollen bei IKEA noch vier Doppelstockbetten kaufen.«

»Wir können froh sein, dass sie uns die Betten überhaupt reserviert haben«, gab Mareike hinzu. »Da haben die von IKEA wirklich eine Ausnahme gemacht.«

Sie standen vor dem offenen Anhänger und bestaunten das Chaos.

»Die Waschmaschine steht so, dass wir sie bis Portugal nicht mehr anfassen müssen. Die Betten-Kartons werden noch locker daneben passen. Deine Korbstühle stapeln wir oben in die Plane. Hoffentlich passt dann auch noch das Fahrrad mit rein. Mein Windsurf-Gerödel müssen wir im Bus auf die Kartons packen.«

»Ich möchte auch mein Fahrrad mitnehmen«, protestierte Mareike.

»Mein Rad ist doch auch für dich gedacht. Und beide Räder kriegen wir beim besten Willen nicht mit. Und von meinem Mountain-Bike haben wir bestimmt mehr als von deinem Alu-Rad. Sorry, aber ist doch so.«

»Und warum lässt du nicht dein Windsurf-Zeugs hier?«

»Was? Das ist doch nicht dein Ernst, oder?«

Ungläubig schaute Mareike erst Jan und dann seinen Vater an.

Die Küchentür vom Elternhaus ging auf und seine Mutter kam zum Vorschein. Als sie zu ihnen herüberkam, flatterte ihre Kochschürze im Wind.

»So, Leute«, wollte Jan ablenken, »nun lasst uns erst einmal essen. Muttern hat sich so eine Mühe gegeben. Da wollen wir doch nichts kalt werden lassen.«

»Recht hat der Jung«, wandte sich Jans Vater an Mareike. »Aber die Sache mit dem Fahrrad werden wir drinnen noch einmal besprechen.«

So kam es, dass sie Jans Windsurf-Material auf Sylt zurückließen und doch zwei Fahrräder mitnahmen.

Jan überredete Mareike noch zu einer letzten Kneipentour durch Westerland. Um sich gebührend von ihren Freunden zu verabschieden. Olaf und Jan waren gut im Fahrwasser und dirigierten die Unterhaltung am Tresen. Sicherlich hatten sie viel Spaß. Wegen ihrer Reise wären Jan und Mareike aber besser rechtzeitig nach Hause gegangen. So saßen sie am nächsten Morgen völlig verkatert am Frühstückstisch seiner Eltern. Die rochen Jans Fahne und machten ihnen Vorwürfe, in diesem Zustand auf Reisen zu gehen. Jan ließ aber nicht mit sich diskutieren.

»Und wenn wir nur bis Hamburg kommen«, sagte er. »Wir fahren heute los.«

Um der unangenehmen Situation zu entfliehen, machte er sich auf, im Garten noch einmal ihr Gefährt zu kontrollieren. Es war ein traumhafter Wintermorgen. Im Osten kämpfte die aufsteigende Sonne mit Dunstschleiern und der Rasen war von weißem Raureif überzogen. Jans Finger fröstelten, als er noch einmal Wasser- und Ölstand prüfte.

Mareike kam zu ihm und beschwerte sich, dass er sie mit seinen Eltern allein zurückgelassen hatte.

»Sorry«, antwortete Jan. »Aber das sind so Situationen, aus denen ich besser verschwinde. Da kann ich mit meinen Eltern einfach nicht drüber reden.«

»Ach ja? Aber mir mutest du das zu?« Ihr Atem dampfte in den Motorraum, wo Jan werkelte. »Oder meinst du etwa, ich habe mich mit deiner Mutter übers Stricken unterhalten?«

»Wie gesagt, es tut mir leid.«

Die Küchentür ging auf und seine Mutter kam, mit einem Einkaufskorb voller Lebensmittel auf sie zu.

»Herr Gott, wo sollen wir denn das noch alles unterbringen?«, lachte Jan und schlug sich theatralisch an die Stirn.

»Na, am besten stellt ihr den Korb zwischen euch auf die Sitzbank. Dann habt ihr alles griffbereit.« Jans Mutter ließ sich nicht abwimmeln.

»Gute Idee, Muttern«, grinste er, während er den Korbinhalt prüfte.

»Ich habe euch auch noch eine Kanne Tee gekocht«, sagte sie.

»Jetzt gibst du uns deine gute doppelwandige Thermoskanne aus Norwegen mit, oder was?«, fragte Jan kopfschüttelnd.

»Ja, so bin ich zu euch«, freute sie sich.

»Aber dann ist doch deine Thermoskanne weg!« Jan kannte die großzügige und fürsorgliche Art seiner Mutter sehr gut, aber dennoch überraschte sie ihn immer wieder damit.

»Ja mein Junge, die schenke ich euch zum Einzug in euer neues Heim in Portugal.«

Liebevoll nahm Jan sie in den Arm und drückte sie, ohne sie mit seinen öligen Fingern zu berühren. Seine Mutter würde er schon sehr vermissen.

Diese ließ ihren Jüngsten äußerst ungern in die Weltgeschichte ziehen. Waren doch alle seine älteren Geschwister auch schon der Arbeit wegen aufs Festland gezogen. Bei ihrem wassersportverrückten Jüngsten hatte sie allerdings nie damit gerechnet. Ihr Mann beruhigte sie und meinte, dass das nur eine Phase sei. Der Jung müsse sich die Hörner abstoßen und würde sicherlich bald wieder heimkehren.

Bald darauf fuhren Jan und Mareike mit ihrem vollgeladenen Gespann zur Autoverladung und setzten zum Festland über. Trotz des Sonnenscheins war die Überfahrt sehr kalt. Die beiden hielten sich mit Decken und dem heißem Tee von seiner Mutter warm.

»Du musst wie alle anderen auch die Handbremse angezogen lassen. Das ist Teil der Sicherheitsvorschriften und auch du musst diese befolgen.« Mareike schaute ihn vorwurfsvoll an. »Jan, das ist kein Spiel und kann wirklich gefährlich werden. Ich verstehe nicht, was du dir überhaupt davon versprichst, jetzt die Handbremse zu lösen.«

Mit einem lauten GRRRRT ... zog er die Handbremse wieder an. »Achte auf den Tee in deiner Tasse«, antwortete er gelassen. »Wahrscheinlich wird er gleich überschwappen. Das Auto steht nun steifer auf der Lore und schaukelt sich somit kräftiger auf.«

Tatsächlich übertrugen sich die Schläge des Zuges nun stärker auf ihr Fahrzeug, was auch den Tee in der Tasse tanzen ließ. Als er die Handbremse wieder löste, gingen die Schläge in ein deutlich sanfteres Schaukeln über.

»Einmal habe ich die Handbremse gar nicht erst angezogen. Als der Zug dann ruckartig anfuhr, bin ich tatsächlich rückwärts auf meinen Hintermann drauf. Das war so ein Architekt aus Düsseldorf. Meine Anhängerkupplung hat ihm eine kleine Delle ins Nummernschild gedrückt. Wegen der wurde meine Versicherung hochgestuft«, erzählte Jan.

»Leider scheinst du nichts daraus gelernt zu haben.«

Mareikes Stimmung besserte sich durch diese kleine Anekdote nicht gerade.

»Tzzz, wegen einer klitzekleinen Delle im Nummernschild!«

Am Horizont wuchs das Festland mit seinen Windrädern am Deich.

»Doch«, antwortete er. »Seitdem löse ich die Handbremse erst, wenn der Zug schon fährt und ziehe sie auch wieder an, wenn er langsamer wird.«

»Männer!«

Als sie rumpelnd das Festland erreichten, fing Jan leise an zu singen: » ... ich bin ein kleiner Friesenjung und wohne hinterm Deich ...«

»Jaja, mein kleiner Friesenjung zieht nun aus in die weite Welt«, jetzt strahlte sie wieder.

»Jo, wir werden jetzt zu Portufriesen. Das wird ein ganz neues Völkchen. Sozusagen die Friesenenklave in Portugal«, kicherte Jan und beide ließen ihre Gedanken ins ferne Portugal schweifen.

Immer wieder beobachtete Jan ihren Anhänger im Rückspiegel.

»Wie sollen wir noch die Betten in Hamburg zuladen, wenn der Hänger bereits so tief liegt?«, dachte er besorgt. »Wir werden völlig überladen sein.« Er wollte Mareike nicht beunruhigen und sagte lieber nichts.

In Hamburg holten sie ihre reservierten Betten ab. Mitten auf dem IKEA-Parkplatz kramten sie so ziemlich alles aus ihrem Anhänger raus. Zum Glück spielte das Wetter mit und ihre auf dem Parkplatz verteilten Habseligkeiten blieben trocken. Vorbeihuschende Passanten schauten erstaunt auf ihr Treiben. Nach einer Runde Hot-Dogs fuhren sie in Richtung Autobahnzubringer. Schon beim Laden stieg Jans Sorge. Die Radkästen kamen den Reifen immer näher.

Der Motor hatte ordentlich zu tun. Jan wollte nicht zu

sehr beschleunigen, um die Kupplung zu schonen. Sie fuhren am Limit. Das was klar. Besorgt schaute er immer wieder in die Rückspiegel. Die Schutzbleche des Anhängers schwangen gefährlich nahe über den Reifen auf und ab. Mittlerweile fuhren sie etwas schneller als 85 km/h. Eine Bodenwelle ließ zunächst den Bus tief schwingen und dann den Anhänger auf seine Reifen aufsetzen. Das gesamte Gespann vibrierte. Jan zog sich der Magen zusammen und er sah, wie sich leichter Qualm aus den Radkästen im Fahrtwind verflüchtigte. Sofort ging er vom Gas und blickte zu Mareike. Die kramte in seiner Kassetten-Sammlung und hatte glücklicherweise nichts bemerkt.

Innerlich kämpfte er mit sich. War es zu gefährlich so weiter zu fahren? Musste er etwas unternehmen? Es würde kostbare Zeit kosten und letztendlich würden sie irgendetwas zurücklassen müssen.

Seit er langsamer fuhr, blieb es ruhig. Allerdings überholte sie nun ein Vierzigtonner nach dem anderen. Versuchte er mit ihnen mitzuhalten, dauerte es nicht lange und die Radkästen saßen wieder auf. Somit pendelte sich ihre Reisegeschwindigkeit um die 80 km/h ein. Die Entscheidung weiterzufahren oder nicht, hatte er der Polizei übertragen. »Wenn sie kommen, dann soll es so sein, und wenn nicht, umso besser.« Allerdings waren sie für seinen Geschmack viel zu langsam unterwegs. Erst nach Mitternacht ließen sie Köln hinter sich und bogen Richtung Aachen ab. Mareike drängelte anzuhalten und zu schlafen.

Durch seine Touren im Campingbus war er Autoreisen gewohnt, allerdings mit Komfort. Dieses Mal war alles anders. Auf dem Parkplatz putzten sie ihre Zähne. Jan legte Mareike Isomatte und Decken auf die Umzugskartons, hinten im Bus. Die waren etwa bis auf einen halben Meter unter die Decke gestapelt. Jan machte ihr die Feuerleiter und sie kroch durch die Schiebetür in ihr enges Nachtlager. Er legte sich vorn im Fahrerhaus quer auf die Sitzbank. Seine Beine konnte er nicht strecken. Nachdem er sich mehrfach im Schlafsack gedreht hatte, fand er endlich seine Position und es wurde ruhig im Auto.

»Schlaf schön, Jan«, säuselte sie schlaftrunken von den Kartons herab.

»Ja, du auch«, antwortete er.

Insgeheim wäre er gerne noch weitergefahren. Gerade in der Nacht mit freien Straßen wären sie gut vorangekommen. Er dachte an vergangene Zeiten.

Früher fuhr er immer durch die Nacht. Die Strecke von Sylt nach Biarritz musste in mindestens vierundzwanzig Stunden geschafft sein.

Durch Belgien war man ratzfatz durch. Nach der französischen Grenze ein kleines Bierchen und für die Paris-Durchquerung ein schnelles Musik-Tape und eine Dose Red Bull. Ab Chartres konnte man den Atlantik quasi schon riechen und ausrechnen, wann man bestenfalls in Hossegor ankam. Wie schön war es immer in die Morgendämmerung zu fahren. Das war meistens bei Bordeaux.

Besessen davon den letzten Streckenrekord zu unterbieten, wurden auf den restlichen Kilometern überhaupt keine Pausen mehr eingelegt, trotzdem zogen die sich zäh wie Kaugummi. Hin und wieder unterbot Jan seine Rekordzeit um ein paar Minuten und war stolz. Dann mutierte er aber auch zum völlig übermüdeten Zombie. In Rekordzeit den Strand erreicht, super! Aber ans Surfen war in diesem Zustand überhaupt nicht mehr zu denken.

Das waren noch richtige Männertouren als er mit seinen Kumpels unterwegs war. Heute bremste Mareike ihn aus und mahnte zur Ruhe. Wehmütig würde Jan deshalb in den Tankstellen an den viel zu teuren Energy Drinks vorbeigehen und spätestens um ein Uhr morgens wohl immer ihr Nachtlager aufschlagen müssen. Mit diesen Gedanken sank er in einen kurzen aber tiefen Schlaf.

Am nächsten Morgen drängelte Mareike zum Aufbruch,

um dem unbequemen Nachtlager zu entkommen. Ihr Atem war deutlich zu sehen. Gerne wäre Jan noch etwas in seinem warmen Schlafsack geblieben. Nach einer Tasse Kaffee und kurzer Katzenwäsche im Rasthaus waren sie auf dem Weg zur deutsch- belgischen Grenze. Erst gegen vier Uhr nachmittags erreichten die beiden Paris. Jan war genervt, da sie mitten in die Pariser Rush Hour geraten würden und er so schnell wie möglich ans Meer wollte.

Am kommenden Tag fuhren sie endlich die französische Atlantikküste entlang. Jan träumte von all den schönen Tagen, die er hier schon verbracht hatte: Hossegor, Biarritz, St. Jean de Luz, all diese berühmten Surfspots rauschten auf den blauen Straßenschildern an ihnen vorbei. Er prüfte den Himmel und malte sich aus, wie die Dünung an die Küste rollte. Hier hatte er seine letzten Sommer verbracht und in Hossegor als Surflehrer gearbeitet. Ursprünglich begann Jan sein Auslandsabenteuer als Handwerker. Als Installateur lötete er alte Leitungen in noch älteren Häusern in Marseille zusammen. Das war wirklich mehr als ein Abenteuer. Auch der Surf auf dem Mittelmeer konnte sich hin und wieder sehen lassen. Ganz besonders die Windsurf-Sessions an der Coté Bleu. Blies der Mistral aus vollen Rohren, war so richtig Action angesagt!

Nach einem Jahr in Marseille brauchte er aber einen Tapetenwechsel. Vor allem reizten ihn die beständigeren Atlantik-Wellen. Den Job als Surflehrer bekam er eher zufällig. Den Tag am Strand zu verbringen, quasi wie als Rettungsschwimmer auf Sylt, fand er nicht schlecht. Aber wie sollte man bitteschön einem Surfschüler in zwei Wochen das Surfen beibringen? Völlig unmöglich! Hatte er selbst doch mindestens einen Sommer lang fast nur Nose Dives fabriziert. Tja, später merkte er, dass die Sylter Autodidakten damals so ziemlich alles falsch gemacht hatten, was man nur falsch machen konnte. Sie lernten auf viel zu kleinen Brettern, paddelten immer gleich raus auf die

Outside und so weiter. Damals war das Wellenreiten für ihn noch Lückenfüller, wenn der Wind zum Windsurfen nicht reichte. Als Jan sah, wie seine Surfschüler in Frankreich bereits nach wenigen Tagen auf den Brettern standen, war er mehr als erstaunt!

Das Surflehrer-Dasein in Frankreich machte ihm Spaß. Kurse geben, nette Leute kennenlernen und in seinem Campingbus leben. Das fand er ja eh schon immer klasse. Zogen die Rettungsschwimmer von Hossegor die rote Fahne auf, weil die Wellen zu kräftig wurden, stieg er in seinen Bus und düste runter zur Core Basque. Am liebsten surfte er große Brecher in Guethary, einem Surf Spot südlich von Biarritz. Hier waren immer viele Longboarder im Wasser und es herrschte ein Hauch von hawaiianischer Nostalgie. Der coole Surfer Life Style rund um Hossegor ging ihm manchmal auf den Keks. Somit waren seine Ausflüge ins Baskenland immer wie eine kleine Zeitreise.

Leider brachte ihm sein Sommerjob nicht genug Geld ein, um den gesamten Winter zu überbrücken. Nachdem sie im Herbst das Surfcamp abgebaut und bis zum kommenden Frühjahr eingemottet hatten, fuhr er mit seinem Bus gen Süden. Er liebte Spanien und Marokko. Zuletzt zog es ihn aber immer mehr nach Portugal. Sparsam zu leben klappte ganz gut. Trotzdem reichte sein Geld maximal bis Januar. Im tristen, grauen Januar nach Sylt zurückzukommen, war wirklich nicht einfach für Jan. Früher verdiente er im Sommer gutes Geld und konnte damit dann den gesamten Winter auf Reisen gehen. Die Sommer auf Sylt waren immer lustig und finanziell ergiebiger als sein momentanes Dasein in Frankreich, deshalb überlegte er ernsthaft, wieder zurückzugehen. Andererseits machte ihm das Kurse geben immer mehr Spaß. Genauso ging es ihm mit Portugal. Im Vergleich zum Tourismus von Hossegor oder Sylt war in Peniche oder Ericeira noch tote Hose. Herzlich willkommen im Wilden Westen, freute Jan sich immer, wenn er Portugals Küste abklapperte. Goldgräberstimmung kam in ihm auf. Und der Plan, seine eigene Sufschule in Portugal zu eröffnen, wuchs.

Mareike kannte er schon aus der Schulzeit. Sie verschwand dann aber für einige Jahre nach Hamburg. Als sie zuletzt auf die Insel zurückkam, sahen sie sich hin und wieder im Westerländer Nachtleben. Dort traf man Jan wirklich nur im Winter an. Da er im Sommer eigentlich jede freie Minute draußen in der Natur verbrachte. Umso erstaunter waren beide, als sie nach so langer Zeit plötzlich noch ein Paar wurden.

Wie konnte er ihre Beziehung mit seinen Portugal-Plänen verbinden? Kurzerhand fragte er sie, ob sie sich ein Leben im Ausland vorstellen könne. Mareike konnte. Im Vergleich zu Jan hatte sie aber viel weniger Auslandserfahrungen. Mal zehn Tage Urlaub auf Malle oder Fuerte zu verbringen, war nicht zu vergleichen mit seinen monatelangen Bustouren kreuz und quer durch Europa. Sie würden bald noch merken, wie unterschiedlich hier ihre Vorstellungen waren. Seine Freundin ließ sich aber von seiner Goldgräberstimmung anstecken und zusammen machten sie sich auf den Weg.

In Südfrankreich wurde das Klima schon milder. Als sie aber aus den Pyrenäen ins spanische Flachland fuhren, bekam die Sonne noch einmal deutlich mehr Kraft. Nach fünf Tagen anstrengender Fahrt erreichten sie endlich ihr neues Zuhause: Ericeira. Es war in den letzten Jahren zum Pflicht-Stopp auf seinen Surf-Trips geworden. Das Meer war hier nicht so warm wie in Frankreich. Die Wellen brachen aber konstanter, größer und auch kräftiger. Allen voran die Point Breaks hatten es ihm angetan.

Aber jetzt freuten sich Jan und Mareike erst einmal darauf, ihr frisch angemietetes Haus einzurichten. Vor einiger Zeit hatten sie sich ein paar Mietswohnungen in Ericeira angeschaut, die sie aber nicht überzeugten. Sie träumten von einem Haus mit Garten. Davon gab es in Ericeira nicht viele. Obendrein war es nicht üblich, ein Haus zu mieten. In Portugal kaufte man sich seine Behausung. Zog man um, wurde das alte Haus ver- und das neue gekauft. Das erste Haus, das ihnen zur Miete angeboten wurde, lag etwas im Landesinneren auf einer kleinen Anhöhe. Sie hatten sich sofort in den traumhaften Ausblick verliebt. Von der Veranda und aus allen Küchenfenstern blickte man in die Ferne. Rechts schimmerte das Meer und nach Süden überschauten sie das hügelige Grün bis hin zur Serra de Sintra. Dieses Haus sollte es sein und der Mietvertrag wurde schnell unterschrieben. Bald würden sie endlich die Schlüssel in der Hand halten!

Ribamar 1968

Jorge hatte sich als Einziger noch keinen Bart stehen lassen. Wie der junge John Lennon kam er daher. Bei seinen Besorgungen im Ort trug er zwar keinen schwarzen Anzug mit Schlips und Kragen, war aber stets gepflegt und höflich. Das gefiel den Saloios. Anders als seine drei Freunde. Die fielen im örtlichen Café sofort auf. Oft triezten sie sich gegenseitig. Blödelten laut herum und dann auch noch in einer fremden Sprache. Wie sollte man da noch in Ruhe seinen Bica trinken und das Neueste austauschen? Manchmal machten sich die Ausländer sogar über die sie neugierig beäugenden Einheimischen lustig. Die verstanden zwar kein Wort, merkten aber trotzdem erbost, dass sie der Inhalt dieser Blödeleien waren.

Zunächst waren die Surfer selbst noch die Neuigkeit schlechthin. Vor allem wegen ihrer tollkühnen Surfkünste. Angler beobachteten sie und berichteten danach ausführlich, was sie gesehen hatten. Die Surfer wurden schnell bekannt und bei jedem Besuch im Ort neugierig begutachtet. Besonders Kinder machten große Augen und hatten keine Scheu, ihr Interesse an ihnen zu zeigen. Jorge genoss vor allem die unmissverständlichen Blicke des Mädchens aus dem Kaufmannsladen, in dem er seit Neuestem möglichst häufig einkaufte. Er spürte auch ihre Zuneigung. Viel Zeit für Konversation blieb ihnen aber nicht, da sie ziemlich schnell vom Ladenbesitzer, ihrem Vater, strengstens beobachtet wurden. So genossen sie ihre Blicke und die stillen magischen Momente ihrer kurzen Zweisamkeit. Am liebsten würde er nach ihrer Hand greifen und sie auf der Stelle aus dem Laden ziehen.

Immer mehr Einheimische kamen runter zum Strand, um sie beim Surfen zu bestaunen. Kein Angler oder Muschelsammler konnte schwimmen. Sie alle hatten gehörigen Respekt vor dem Meer und würden niemals freiwillig ins tiefere Wasser gehen. Diese todesmutigen Surfer waren für sie ein unerklärliches Phänomen. So etwas hatte man hier noch nie zuvor gesehen. Aber warum nur das schlechte Benehmen dieser zotteligen Kerle? Immer wieder fielen sie dumm im Ort auf. Von der frohen neuen Botschaft der ausländischen Surfer im Ort blätterte mit der Zeit der Lack ab.

Tom und Jake mussten bald zurück nach England. Jorge ahnte Böses, als die beiden wie immer blödelnd erzählten, bereits ihr Visum für Portugal überzogen zu haben. Schlagbaum, Reisepass und Grenzkontrollen waren innerhalb Europas noch völlig normal. Wer sich nicht an die Regeln hielt, musste mit Strafen rechnen. Besonders Portugals Estado Novo Regime war da außerordentlich konsequent.

»Ach was! Wir Aussies sind die Entdecker der Moderne! Aussies all over the World!«, prahlte Jake stolz.

«Na dann pass mal auf, dass du nicht bald das Innere einer portugiesischen Gefängniszelle entdeckst«, entgegnete ihm Jorge mahnend.

»Entspann dich, Brother. Wir haben noch ein Jahr Arbeitsvisum in England. Den Sommer über scheffeln wir Kohle in London und kommen im Herbst zu euch zurück.«

Marokko 1965

Das britische Empire hatte für die damalige Zeit ein wirklich außergewöhnliches Wirtschaftsabkommen mit seinen in die Unabhängigkeit drängenden Kolonien, allen voran Australien, Neuseeland, Südafrika und Kanada abgeschlossen. In diesem »British Commonwealth« konnten sich deren Völker quasi frei bewegen. Es war reine Formsache, ein zweijähriges Arbeitsvisum für England zu bekommen. »In England verdienst du deutlich besser als Down Under«, erklärte Tom.

Australische Surfer liebten es, um die Welt zu tingeln und immer neue Küstenlinien zu erkunden. So mancher weißer Fleck auf der Weltkarte der Surfspots wurde von ihren mit bunter Farbe markiert. Sie waren die ersten Surfer in Cornwall. Vermutlich waren die Australier auch die ersten Surfer in Südafrika und auch in Kanada. Sie waren wirklich sehr reise- und entdeckungsfreudig.

Ihr beliebtestes Fortbewegungsmittel waren selbst ausgebaute Vans. Die Longboards landeten auf dem Dachträger und waren ihr Erkennungszeichen Nummer eins. Im Wageninneren musste vor allem Stauraum für Proviant und die wenigen Habseligkeiten der zwei, drei Reise-Buddies vorhanden sein. Das alles verschwand unter dem möglichst groß gebauten Bett, das tagsüber auch als Wohnzimmer und Sofa diente. Die gehobene Ausbau-Variante beinhaltete noch eine kleine Küchenzeile und die de-Luxe-Variante obendrein noch eine kleine Sitzecke mit Tischchen. De Luxe hieß, man konnte sich bei schlechtem Wetter auch richtig sitzend im Camper aufhalten. Vor allem spielte sich ihr Leben aber draußen in der Natur ab. Kochen am Lagerfeuer, schnitzen, angeln, zelten und natürlich surfen.

Trafen sich australische Surfer irgendwo auf der Welt,

zelebrierte man dieses fröhliche Ereignis ausgiebig. Mindestens ein gemeinsames Essen fand statt, um Neuigkeiten und Erfahrungen auszutauschen. Sie versammelten sich vor oder in einem ihrer Busse. Jeder brachte etwas zu essen und zu trinken mit und man ließ es sich gut gehen. Bald schon kramten sie ganze Sammlungen von Landkarten hervor. In meist feuchtfröhlichen Gelagen bei Kerzenschein tauschten sie Erfahrungen und Markierungen ihrer Karten aus. »Was, du willst nach South Africa traveln? Warte, wo ist nur die Südafrika Karte... hier.« Stolz wurde die mit den handschriftlichen Markierungen versehene Karte aufgefaltet und mit den Händen geglättet. Ihre Kartensammlungen beschränkten sich bei Weitem nicht mehr auf ihr gutes altes Empire. Kamen australische Surfer für zwei Jahre nach England, wurde dort möglichst sparsam gelebt, um zwischendurch auf Entdeckungsreisen zu gehen. Das Standardprogramm hieß im Sommer in Cornwall zu surfen und im Herbst nach Frankreich zu fahren. Europa war für die Commonwealth Völker besonders interessant. Zum einen verdiente man in England außerordentlich gut. Außerdem waren die Nachbarländer vielfältig und interessant. In jedem Land sprach man eine andere Sprache und auch die Kulturen waren sehr unterschiedlich. Bald schon rollten die ersten Camper Vans über die spanische Grenze, um das gesamte Baskenland zu erkunden. Mundaka hieß der neueste Farbfleck auf ihren Karten! Erfreulicher Nebeneffekt: Das Leben in Nordspanien war deutlich günstiger als in Frankreich. Oft blieben mehrere Camper für eine Weile zusammen und erkundeten im Konvoi die Küste.

Auf der Flucht vor dem europäischen Winter setzten bald die ersten Australier nach Nordafrika über. Marokko war nun das Winter-Reiseziel schlechthin. Gute Wellen, warmes Wasser, günstiges Leben und wieder eine ganz andere Kultur. Der quirlige Muselmann in langem Kleid mit Zipfelmütze war für die Leute aus der westlichen Welt schon eine Herausforderung. Besonders zu einer Zeit, in der sich der Tourismus- wenn man überhaupt schon von Tourismus reden konnte- auf die Städte Casablanca, Marrakesch und Agadir beschränkte. Außerhalb dieser Städte wurden die australischen Camper Vans wie Raumschiffe und deren Insassen wie noch nie gesehene Aliens betrachtet.

Fünfmal am Tag bestieg der Muezzin das Minarett der Moschee, um die Gemeinde laut rufend zum Gebet aufzufordern. Oft waren die Muezzin blind, da diese oben vom runden Turm eine gute Aussicht über den Ort hatten, aber auch in die Innenhöfe und Zimmerfenster der Häuser, wo sich die Frauen aufhielten. Der erste Ausruf des Tages fand immer zum Sonnenaufgang statt, wenn der Wind noch ablandig wehte und die Wellen glattbügelte. Dann krochen die Australier aus ihren Bussen und gingen mit Surfboards unterm Arm ihrer »Religion« nach. Eine der ersten bekannten Markierungen in der marokkanischen Surfer- Landkarte war Medhia Plage bei Kenitra. Nach und nach wurde die Küste immer weiter gen Süden erschlossen. Und irgendwann erreichte der erste Van Agadir.

Täglich fuhren die unerschrockenen Fischer von Thagazout, einem kleinen Fischernest nördlich von Agadir, in ihren kleinen Holzbooten aufs Meer. Das Boot schaukelte gefährlich im Atlantik und keiner von ihnen konnte schwimmen. Ging mal einer über Bord, warfen die anderen schnellstmöglich ein Rettungsseil hinterher. Konnte er es nicht mehr greifen, war er verloren. Nach getaner Arbeit musste das Boot noch zurück an den Strand manövriert werden. Einen Hafen besaß Taghazout nicht. Geduldig warteten die Fischer vor der Brandungslinie, bis sich die Wellen beruhigten. Dann musste alles ganz schnell gehen. Bevor sich das nächste Set aufstellte, musste bereits

Sand unter ihrem Bug knirschen. Manchmal verschätzten sie sich, brachen ihr Landemanöver ab und fuhren direkt auf die einrollenden Wellen zu. Je kräftiger die See, umso vorsichtiger mussten sie sein. Sie waren erfahren genug und riskierten so wenig wie möglich. Manchmal entstand ein wahres Katz- und Maus-Spiel zwischen ihnen und den Wellen. Nach mehreren Versuchen landeten sie doch unversehrt am Dorfstrand an. Von einer Welle erwischt zu werden, wäre für sie der absolute Supergau gewesen. Totalverlust! Boot weg, Mannschaft und Ladung sowieso.

Auch mussten die Fischer unbedingt ausreichend Abstand von felsigen Küstenabschnitten halten, auf die tosend die Brandung krachte. Genau dort aber fingen sie die besseren Fische. Besonders gefährlich war die Landzunge vorne bei der alten Anker-Fabrik. Für die auswärtigen Surfer war der Anker Point bald das Ziel der Begierde. Ein neuer legendärer Farbfleck im Atlas der Surfspots. Die einheimischen Fischer konnten es nicht glauben, als sie die ersten Außerirdischen am Point beobachteten. Ganz freiwillig stürzten die sich in die mörderisch aufgewühlte See!

Die »Aliens« wiederum schienen im Paradies angekommen zu sein. Endlos rollende Rechte, Sonne, frischer Fisch und etwas, das bei den Hippies immer beliebter wurde: Haschisch.

Absoluter Geheimtipp unter den Aussies war auch Chefchaouen. Die blaue Stadt im nördlichen Rifgebirge hatte nichts mit Surfen zu tun. Die hellblau getünchte Medina sah aus, als wäre sie aus leuchtendem Gletschereis gebaut. Auf den Souks wurde angeboten, was die Region hergab. Neben den ganz alltäglichen Haushaltswaren und Lebensmitteln war das eben auch Haschisch. Im Rifgebirge, unter den Marokkanern auch als das gesetzlose Land bekannt, wurden großflächig Plantagen angebaut. Kräftiger

Sonnenschein in relativ kühlem Gebirgsklima, das liebten die Hanfpflanzen. Hier wurde der Rauchbedarf des gesamten Landes produziert. Tom und Jake waren auch diesem brandheißen Tipp gefolgt.

Sie saßen vor einem Restaurant auf einem kleinen Platz in der Altstadt und ließen sich ihre Gemüse-Tajine mit Ziegenkäse schmecken. Durch den Geruch der orientalischen Gewürze lief ihnen das Wasser im Mund zusammen. Ganz nach einheimischer Art aßen sie ohne Besteck. Sie rissen eine Ecke vom Fladenbrot ab und zogen die obere und untere Kruste auseinander. So bauten sie sich quasi eine kleine Baggerschaufel, mit der sie ihr Essen direkt aus dem leckeren Römertopf schaufelten. Tom erinnerte Jake daran, mit der rechten Hand in die Tajine zu langen, denn der war Linkshänder. Die linke Hand galt bei den Marokkanern als dreckig, da sie nach dem Stuhlgang zur Reinigung des Hinterns diente. »Die linke Hand und ein Krug voll Wasser«, ermahnte Tom grinsend. Es war eine dieser orientalischen Gepflogenheiten, an die sich die Ausländer nur schwer gewöhnten. Mussten sie aber, denn Klopapier gab es seinerzeit in ganz Marokko nicht zu kaufen. Vielleicht sah man es einem Ungläubigen nach. Aber wehe, ein Marokkaner griff mit der linken Hand zum Essen!

Zum Nachtisch bestellten sie sich noch einen Minztee, der in typisch orientalisch geschwungener, silberner Teekanne auf einem Silbertablett serviert wurde. Immer wieder schenkten sie in ihre kleinen Gläschen nach. Ein in langem Gewand gekleideter Marokkaner hastete vorbei und warf ihnen eine kleine Kugel aufs Silbertablett. Erstaunt begutachteten die beiden den kleinen Klumpen Haschisch, rochen und drückten daran herum und stellten erstaunt fest, dass das Zeugs eine außerordentlich gute Qualität zu haben schien. Der Marokkaner stand auf der anderen Seite des Platzes und beobachtete sie. Schemenhaft erkannten sie im Dunkel seiner Kapuze ein Gesicht. Mit einer kurzen Handbewegung deutete er an, sie sollten das Haschisch rauchen. Hier auf dem Platz? Die beiden Aussies schauten sich unsicher um. Ihr Gegenüber bedeutete mit seinen Händen, dass das kein Problem sei. Sie trauten sich nicht, zahlten und gingen. Der Marokkaner folgte ihnen durch die blau leuchtenden Gassen. Als die Zwei in eine ruhige Gasse abbogen, stand er plötzlich vor ihnen. Tom konnte ein paar Worte Französisch und erkannte die Sprache, verstand aber nicht, was dieser zahnlose Mitdreißiger redete. Mit Zeichensprache verständigten sie sich, ihm zu folgen.

In der leeren Gasse drehte er sich zu ihnen um und ermahnte sie mit beiden erhobenen Händen, Abstand zu wahren. Dann ging er weiter, um sie nach ein paar Metern hinter sich her zu winken. Nach einem kleinen Fußmarsch hielt er vor einer rund geschwungenen Holztür. Er vergewisserte sich, dass sie alleine waren und öffnete die Tür.

Drinnen zog der Muselmann die Kapuze seines Gewandes zurück. Kurz geschnittene dunkle Haare und ein dünner Fank Zappa Bart kamen zum Vorschein. Über einen kleinen Innenhof gelangten sie in einen noch kleineren, möbellosen Raum. Als Sitzgelegenheit dienten u-förmig ausgelegte Decken, dazu ein paar an die Wand gelehnte Kissen mit orientalischen Mustern darauf. Bevor sie sich setzten, stellte der Hausherr noch Frau und Kinder vor. Dann verlangte er den Haschischkrümel zurück, bat um eine Zigarette und baute einen Joint. Während sie dasaßen und rauchten, stellte er sich als Hassan vor. Natürlich wollte er ihnen Haschisch verkaufen. Sie rechneten sich aus, wie lange sie noch in Marokko blieben und wollten ihm gerne fünf Gramm abkaufen.

Mit leicht angewidertem Gesicht entgegnete Hassan spöttisch: »Ausländer, die so weit hoch zu uns ins Rifgebirge kommen, machen normalerweise Geschäfte in Kilogramm.«

Das Angebot, zehn Gramm zu kaufen, wies er kopfschüttelnd mit einer herablassenden Handbewegung zurück.

Das Haschisch wirkte bereits und die Aussies konnten kaum noch klar denken. Auf Französisch machte ihr Gastgeber Tom klar, welch gute Geschäfte sie in ihrem Heimatland machen konnten. Tom wurde blass, als er den Kilopreis hörte. In Taghazout hatten sie ein Vielfaches bezahlt! Ganz zu schweigen von den Preisen in England! Jake schnalzte mit der Zunge. »Yeah, das Zeug ist das Beste, das ich jemals geraucht habe. Und dann noch dieser Preis! Holy shit! Wir müssen das Zeug einfach kaufen!« Sie baten um Bedenkzeit, um sich auszurechnen, wie viel Geld sie noch für ihre Heimreise brauchten und was ihnen dann noch blieb, um Haschisch zu kaufen.

Bei dem Gedanken an die Grenzen, die sie noch alle überschreiten mussten, wurde ihnen mulmig zumute. Das Risiko, erwischt zu werden, war groß. Jake dachte weniger ans Geschäftemachen. Er wollte einfach nur diesen wunderbar gutriechenden, klebrigen Pollen besitzen. »Wir fragen Hassan, ob er uns zum Bauern bringt, der das Zeug produziert«, meinte Jake voller Tatendrang. »Ich habe noch nie eine richtige Marihuana-Plantage gesehen. Du etwa?« Tom schüttelte abwesend den Kopf. Er machte sich Gedanken, wie sie das Zeug in ihrem Bus verstecken konnten. Mit einer weiteren Idee riss Jake seinen Freund euphorisch aus dessen Grübeleien:»Am besten besorgen wir uns ein paar Samen. Dann können wir das Zeug in England selber anbauen.«

Tom schickte ein Telegramm zu seinen Eltern nach Australien. Ihr Auto hätte einen Getriebeschaden und sie bräuchten Geld für die Reparatur. Ihre außergewöhnlichen Wünsche, eine Plantage zu besichtigen und Samen zu kaufen, wies Hassan zurück. »Im Winter wächst hier oben eh nichts. Im Frühjahr wird angepflanzt und im Herbst geerntet.« Da sie aber bereit waren, ihm ein Kilogramm abzukaufen, akzeptierte er zähneknirschend ihren Wunsch nach Samen.

Hier oben im Gebirge war es deutlich kühler als unten an der Küste. Die Beachboys sehnten sich nach einem Strand und wollten endlich wieder surfen gehen. Als das Geld da war, ging alles ganz schnell. Wieder saßen sie im Schneidersitz auf Hassans Decken. Nach erfolgreicher Übergabe brachte Hassans Frau noch einen Minztee, um ihr Geschäft zu beschließen.

Es dauerte weitere kostbare Tage, um Toms nun ausgereifte Idee in die Tat umzusetzen. Er schraubte die Holzverkleidung ihrer Campingbus-Küche ab und versteckte das Paket in der Karosseriewand dahinter. Um die Spuren dieser Tat zu verwischen, stellte er einen Topf Öl auf den Gaskocher und heizte ein. Wie gesagt, es dauerte Tage, bis eine ölige Ranzschicht ihre kleine Küchenzeile überzog. Kein Zöllner der Welt konnte vermuten, dass die Öl verklebten Schrauben vor Kurzem noch bewegt wurden und auch die Nasen der Spürhunde würden durch das Fett hoffentlich in die Irre geleitet werden. Jake war mit dem Verstecken der Samen deutlich schneller fertig. Er gab sie in ihr Müsliglas und schüttelte einmal kräftig. Fertig. Müsli war dieses neumodische Kraftfutter aus den Alpen, das die Bergsteiger auf ihre alpinen Klettertouren mitnahmen. Mittlerweile entdeckten immer mehr Surfer diese gute und günstige Ernährungsform auch für sich.

Ribamar 1968

Als die Zeit der beiden Australier in Portugal zu Ende ging, bearbeitete Tó sie, ihm und Jorge doch noch ihren Surfanzug dazulassen: »In England könnt ihr euch doch neue kaufen!«

»Hast du sie noch alle? Der erste Surfshop auf unserer Tour liegt in Biarritz! Mann, das ist in Südfrankreich!«

»Seht ihr, bis dahin ist es doch gar nicht so weit!« versuchte es Tó noch einmal verschmitzt.

Tom und Jake hätten ihnen wirklich gerne den Neo überlassen, wollten ihn aber auch nicht auf ihrem Weg nach Hause, durch Spanien und Frankreich missen. Außerdem hatten ihre neuen portugiesischen Freunde überhaupt kein Geld, um sich den Surfanzug leisten zu können.

Jake kramte ein paar Samen aus seinem Müsliglas und übergab sie Tó. »Hieraus wächst die Pflanze, aus der man Haschisch macht.« Tó schaute ihn leicht überrascht an. »Na, das Zeugs, das wir ab und zu am Lagerfeuer geraucht haben!« erinnerte ihn Jake.

»Ah, ok«, antwortete Tó ungläubig. »Meinst du etwa, ich kann damit mein eigenes Haschisch produzieren?«

»Natürlich kannst du das. Du bist doch der rassige Lusitano! Du lässt die Pflanzen den Sommer über wachsen. Nach ein paar Monaten bekommen sie Blüten. Aus denen schleudert man dann den klebrigen Pollen und presst ihn zu Haschplatten.«

Tó schaute ihn irritiert an.

Jake furzte in einem Ford:»Ich kenne das auch nur von Erzählungen. Habe es noch nie selbst gemacht oder gesehen. Der Typ, der mir die Samen gegeben hat, sagte mir aber, dass man die Blüten der Pflanze auch einfach so rauchen könnte.«

Jake berichtete ihm von den Preisen in Marokko und

was das Zeugs in England kostete. »Jeder scheiß Hippie in England raucht das Zeugs, Mate! Verkauf es in Lissabon! Damit kannst du richtig Geld verdienen! Und im Herbst komme ich wieder und verkaufe dir dann meinen Surfanzug.« Die beiden grinsten sich schelmisch an.

Tó hatte keine Ahnung, wo oder an wen er in Lissabon Marihuana verkaufen sollte. Er erinnerte sich aber an ein paar Marokkaner, mit denen er zusammen auf den Fischerbooten in Peniche hinausgefahren war. Die hatten auch hin und wieder komisch riechende Zigaretten geraucht. Das war die Lösung! Bei den Muselmännern würde er das Kraut sicherlich gut loswerden.

Jorge wurde klar: Sie brauchten Geld, um hier weiterhin ihren Surfertraum leben zu können. Er war ein fleißiger und verlässlicher junger Mann. Da waren sich Ribamars Bewohner einig. Sie unterhielten sich gern mit ihm, wenn er zum Plausch im Café auftauchte. Und sie gaben ihm auch die Arbeit, die er plötzlich suchte. So kannten das die Einheimischen nicht. Normalerweise zogen die jungen Leute vom Dorf in die Stadt und nicht anders herum. Aber dieser Junge wollte doch tatsächlich hierbleiben. Sie schickten Jorge zum alten Pereira, wohl wissend um den Zustand seines Bauernhofes. Nach dem Tod seiner beiden Söhne im afrikanischen Kolonialkrieg, war dieser arg vernachlässigt worden.

Der alte Pereira lebte mit seiner Frau etwas im Landesinneren, wo sie einen kleinen Hof betrieben. Die Felder senkten sich geschmeidig gen Süden und fielen am Ende steil ins Tal von Ribeira d'Ilhas ab. In der Ferne glitzerte das grünblaue Meer.

Das Dach seines Hauses war alt und undicht. Jorge stand zur ersten Inspektion auf der Leiter und nahm einige Dachpfannen hoch. Nach einem kurzen Moment gewöhnten sich seine Augen an die Dunkelheit unter dem hölzernen Dachstuhl. Überall waren Spinnenweben und Staub. Jorge war nicht der größte Holzspezialist. Dieses Problem war aber ganz offensichtlich: Die Balken des Dachstuhls waren übersät mit kleinen schwarzen Löchern, aus denen feines Holzmehl quoll. Die quer auf die Balken genagelten Dachlatten sahen nicht besser aus. Zum Stabilitätstest packte er die vor ihm freigelegte Latte und zog daran. Problemlos hatte er das Teilstück zwischen den Balken rausgerissen und hielt es erstaunt in seiner Hand.

Allen Warnungen zum Trotz, der Holzwurm würde sein gesamtes Haus zerfressen, entschied sich der alte Bauer gegen eine Komplett-Sanierung seines Dachstuhls. Das konnte er sich einfach nicht leisten. Überall wo sich das Dach nach innen wölbte, mussten zumindest die Dachlatten ausgetauscht werden. Schnell stellte sich heraus, dass Haus und Hof schon länger nicht mehr renoviert worden waren. Sämtliche Fenster und das Haus selbst mussten neu gestrichen werden. Auch beim Geräteschuppen bog sich das Dach durch. Der Hühnerstall war nicht mehr astrein und genau genommen kam der alte Pereira auch nicht mehr mit seiner Arbeit auf den Feldern hinterher. Es dauerte nicht lange und Tó war auch zum Helfen engagiert. Geld hatte Perreira wenig bis gar keines. Er entlohnte die beiden aber großzügig mit Lebensmitteln und Rotwein.

Immer häufiger aßen sie zusammen auf dem Bauernhof. Pereiras Frau wusste, wie man deftige portugiesische Gerichte kochte. Und nach getaner Arbeit aßen sie zusammen am großen Tisch in der Adega. Jorge hatte noch nie so viel Alkohol getrunken wie in seiner Anfangszeit in Ribamar. Er bereute es manchmal erwähnt zu haben, dass sein Vater auch beim Militär und in Angola stationiert war. Immer wieder klagten die beiden Alten ihr Leid über den Verlust ihrer Söhne. Das war verständlich. Es nervte aber, sich immer wieder dieselbe Leier anzuhören. Auch das Wissen, dass der eigene Vater immer noch da unten war, beschäftigte Jorge. Möglicherweise würde er selbst bald auch eingezogen werden. Alle waren sich über die Sinnlosigkeit dieses Krieges einig. Und wieder wurden die Gläser bis zum Rand mit Rotwein gefüllt. Immerhin erleichterte die Abwesenheit des Vaters seinen Umzug nach Ribamar. Es war ihm nicht leicht gefallen, seinen Rettungsschwimmer-Job aufzugeben. Auch seine Mutter bestand darauf, ihren Sohn in Arbeit zu sehen.

Da die Pereiras weder lesen noch schreiben konnten, bat Jorge Joana, das Mädchen aus dem Kaufmannsladen, einen Brief als Arbeitsnachweis für seine Mutter zu schreiben.

Das war ihre erste offizielle Zusammenkunft. Ihre bisherigen Treffen hatten immer heimlich stattgefunden. Vorher steckte Jorge ihr im Laden flink ein Zettelchen zu. Darauf standen Uhrzeit und Ort geschrieben. So trafen sie sich in den Ruinen eines alten Bauernhofes, der versteckt im Landesinneren bei Santo Isidoro lag. Er versank in ihren dunkelbraunen Augen. Es gab kein Entkommen vor ihrer geheimnisvollen, katzenartigen Ausstrahlung. Hübsch war sie obendrein. Er konnte nur erahnen, welche Schönheit sich unter ihrem langen Rock verbarg. Ihre Statur, die zarten Hände und das Gesicht waren Fingerzeig genug. Diese Ahnung steigerte seine Begierde ins Unermessliche.

Tó hatte ziemlich schnell begriffen, was zwischen den beiden lief und machte darüber seine Scherze. Kompliziert wurde es, als die Dorfbewohner anfingen zu tuscheln. Es war kaum möglich, ihre heimlichen Treffen noch geheim zu halten. Joanas Vater fand das ganz und gar nicht lustig. Also knöpfte er sich Jorge vor und machte ihm deutlich, keine Spielchen mit seiner Tochter zu akzeptieren. Unmissverständlich verbot er den beiden sich weiterhin zu treffen.

Es war nichts zu machen. Joanas Vater hatte den gesamten Ort auf seiner Seite. Sie konnten sich nicht mehr treffen. Geschweige denn kurz miteinander unterhalten. Sofort wurden sie von irgend jemandem auffällig beobachtet. Ließen sie nicht voneinander ab, wurden sie lautstark ermahnt.

Eine Zeit lang ging Jorge den Dorfbewohnern aus dem Weg. Glücklich war er mit der Situation aber nicht. Allem voran fehlte ihm Joana. Also versuchte er sein angekratztes Image zu verbessern und ging wieder regelmäßig in den Ort. Außer im Laden von Joanas Eltern konnte er sich immer noch blicken lassen. Nach einer kurzen Gewöhnungsphase behandelten die Leute ihn wieder normal. Der alltägliche Small Talk im Café tat ihm gut.

Großer Aufreger war zurzeit, dass die Nachbargemeinde Ericeira die Wasserquelle von Ribamar anzapfen wollte. Das edle Hotel de Turismo, am Praia do Sul gelegen, schien über genügend finanzielle Mittel zu verfügen, um ihre betuchte Klientel mit allem zu versorgen, was das Herz begehrte. Dort gab es tatsächlich ein eigenes Schwimmbad und eine eigene Tanzbar. Außerdem verfügte jedes Hotelzimmer über sein eigenes Badezimmer, was zu dieser Zeit wirklich außergewöhnlich war. Allerdings verbrauchte das Hotel in den Sommermonaten auch entsprechend viel Wasser.

Die meisten Häuser Ericeiras hatten zu dieser Zeit noch keinen eigenen Hausanschluss. Die Bewohner mussten sich ihr Wasser von den verschiedenen Brunnen im Ort holen und mühevoll in Gefäßen nach Hause tragen.

Das Hotel Turismo hatte nun schon zwei dieser Brunnen angezapft und unterirdische Wasserleitungen zum Hotel verlegt. Zum Unmut der Ortsansässigen waren diese beiden Quellen nun schon mehrfach im Sommer versiegt.

Da Ericeiras Brunnen den nötigen Wasserverbrauch nicht mehr hergaben, wurde jetzt eine Wasserleitung von einem großen Stausee aus dem Landesinneren geplant.

Bis dieses Projekt fertig wurde, verlegte man zunächst eine Leitung von Ribamar nach Ericeira. Die Grabungsarbeiten hatten bereits begonnen und die Saloios von Ribamar waren erstaunt über dieses außergewöhnliche Vorhaben. Denn auch hier holte sich jeder Haushalt sein Wasser aus den Brunnen des Ortes.

Natürlich hatten auch sie schon von dem Wassermangel im Nachbarort gehört. Und jetzt wollten sich die Leute vom Hotel an ihrem Ribamar-Wasser vergreifen? Unfassbar! Hätten sich die Grabungsarbeiten nicht verzögert, würde ihr Wasser vermutlich schon in Richtung Ericeira gepumpt.

Tourismus? Schwimmbad? Jorge wurde hellhörig. Natürlich hatten sie immer wieder mal Stadtmenschen am Strand gesehen. Man erkannte sie sofort an ihrem Kleidungsstil. Aber ein Hotel und richtigen Tourismus hatte Jorge hier nicht vermutet. Da kam ihm eine Idee. Am nächsten Tag lief er mit Tó über die Klippen nach Ericeira. Von hier oben konnten sie gut die Wellen beobachten, die sie teilweise schon von Ribeira d'Ilhas aus gesehen hatten. An mehreren Landzungen rollten weiß schäumende Linien ein. Wegen der felsigen Küste mussten sie jedoch vorsichtig sein. Trotzdem war ihnen klar, sie mussten diese Wellen näher kennenlernen. Tó fand Jorges Idee, nach einem Rettungsschwimmer-Job in dem neuen Hotel zu fragen, eh bescheuert. Also trennten sich ihre Wege. Tó kletterte die Küste runter, um die Wellen zu studieren. Und Jorge legte einen Gang zu, um schnellstmöglich zu diesem ominösen Luxus-Hotel zu kommen.

»In Badehose sehen wirklich alle Menschen gleich aus«, dachte sich Jorge.

Die Augustsonne brannte. Am Strand und auf der Promenade des Südstrandes herrschte reger Badebetrieb. Er war mehr als erstaunt, dachte er doch bisher, so etwas würde es nur für die gut betuchten Leute an der Linha de Cascais geben. Auf dem in Sichelform geschwungenen Sandstrand standen jede Menge Zelte, die als Sonnenschutz dienten. Jorge erinnerte sich, diese Zelte auch zuhauf in Carcavelos für seine Badegäste aufgebaut zu haben. Dazwischen tummelte sich die sonnenhungrige Meute. Kinder buddelten im Sand, Erwachsene standen in Grüppchen zusammen und unterhielten sich. Und mittendrin die Fahnen und der Hochsitz der Rettungsschwimmer. Der war ihm sofort ins Auge gesprungen. Rechts auf dem Felsvorsprung thronte das edle »Hotel de Turismo«. Zwischen Gebäude und Meer lag eine riesige Terrasse mit Bar und Schwimmbad. Auch hier ragte ein Life Guard-Turm aus einem Meer von Sonnenhüten. »Sind doch nicht alle Menschen gleich«, grinste Jorge. Viele der Badegäste schoben eine fette Plauze vor sich her, während die aus seiner Welt stammenden Rettungsschwimmer schlank und durchtrainiert daherkamen. Auch sie waren Surfer und berichteten von einem Sandstrand, an dem sie immer Surfen gingen. Dieser Strand lag etwas südlich von Ericeira.

Jorge war baff. So viele verschiedene Strände und Wellen gab es hier noch zu entdecken! Die Rettungsschwimmer wollten sich bald mit ihm zum gemeinsamen Surfen verabreden.

Die Wellen in dieser Bucht waren deutlich kleiner als die auf der Nordseite des Ortes. Vermutlich schützte das nördlich gelegene gigantische Felsplateau die Bucht. Dieses Plateau war auch der Sockel, auf dem das edle Hotel stand. Es sah aus wie ein riesiger Vergnügungsdampfer, der gerade in See stach. Vorne am Bug, der äußersten Spitze der Landzunge, stellte sich ein Set auf. Mit etwas mehr Seegang konnte man hier sicherlich auch surfen gehen, dachte sich Jorge.

Den erhofften Job als Rettungsschwimmer bekam er

nicht. Die Badesaison war in vollem Gange und das nötige Personal entsprechend verpflichtet. Die Rettungsschwimmer schickten ihn rüber zum Hotel. Anscheinend suchten die noch Hilfe in der Küche. Er hätte diesen Job tatsächlich haben können, lehnte aber dankend ab. Sein neues freiheitliches Leben war ihm dann doch wichtiger, als in der hektischen Gastronomie Geld zu verdienen. Allerdings freute er sich, ein nettes Gespräch mit der Sekretärin aus der Personalabteilung des Hotels geführt zu haben. Man kannte sich nun schon und möglicherweise würde sich ja etwas für die kommende Saison ergeben. Oder sollte er im Winter vielleicht doch wieder zum Arbeiten auf die Azoren gehen?

Seit das kleine Strandcafe in Ribeira d'Ilhas geöffnet hatte, wurde es am Strand immer lebhafter. Deshalb zogen sich die beiden Surfer immer häufiger in Jorges altes Liebesnest zurück. Mit der Zeit richteten sie es sich immer gemütlicher ein und irgendwann bauten sie ihre Zelte am Strand ab und zogen ganz in die Ruinen.

In der Ferienzeit tauchten immer wieder Stadtmenschen an den Stränden auf. Neulich wurden sie von einer Gruppe überwiegend junger Mädels beim Surfen beobachtet. Spontan verbrachten alle zusammen den Nachmittag am Strand. Jorge und Tó luden die Mädchen auf ihre Surfboards und schoben sie vorne am Ufer in kleine Wellen. Die waren mehr als begeistert. Aufgeregt kreischten sie bei jedem Wellenritt und ließen sich bereitwillig retten, wenn sie ins Wasser fielen. Als Dankeschön luden die Mädchen ihre neuen Freunde auf eine Party in die Pirata Bar im Hotel von Ericeira ein.

Seitdem fand Tó Gefallen an Ericeiras Nachtleben. Immer häufiger zog er los und brachte junge Leute mit zum Strand und in die Ruinen. Dort konnten sie ungestört feiern.

Oft übernachteten seine neuen Bekannten bei ihnen. Vornehmlich lud er junge Frauen ein. Auch Jorge gefielen diese chaotischen Nächte. Erwachten sie am nächsten Morgen in einem Meer aus Kissen, Decken und nackten Körpern, überkam ihn oft das schlechte Gewissen. War es wirklich das, was er wollte? Was war mit Joana und ihm? Was wurde gerade aus ihrem ursprünglichen Liebesnest? Einige ihrer neuen Bekannten kehrten bald regelmäßig zurück und ein paar blieben sogar dauerhaft.

Trotzdem fand auch Jorge Gefallen an ihrer neuen Wohngemeinschaft. Er kreierte ein paar grundsätzliche Regeln, um in ihrer neuen Kommune nicht im völligen Chaos zu versinken. Bald richtete er sich sein eigenes kleines Zimmer ein, in das er sich fortan bei Bedarf zurückziehen konnte.

Ericeira 2000

Der alte Senhor Manuel war mit rübergekommen, um ihnen aufzuschließen. Stolz überreichte er Jan den Haustürschlüssel und schaute beide freundlich an. Es war schon komisch, als sie eintraten. Im Haus roch es nach frischer Farbe und ihre Schritte hallten in den leeren Räumen. Mareike öffnete sogleich alle Fenster und deren Läden, sodass Licht und frische Luft eindrangen.

Schnell bemerkten sie, dass nicht alle versprochenen Renovierungen am Haus erledigt waren. Auch der Garten war immer noch mit Bauschutt und anderem Müll übersät. Als sie Manuel fragten, was mit den restlichen Arbeiten war, verstanden sie außer »Amanhã!«- »Morgen!«- das meiste seiner Antwort nicht. Sie unterhielten sich mehr mit Händen und Füßen als auf Portugiesisch. Englisch sprach nur sein Sohn. Unter der Veranda stand ein Schaf angeleint, das gemütlich kaute. Manuel deutete darauf. Das würde er nun mitnehmen und er verdrückte sich.

Jan freute sich, endlich wieder bei seinem Wohnmobil zu sein, das vor der Garage parkte. Nachdem sie das Haus gefunden und mit Manuels Sohn die Details ausgehandelt hatten, ließen sie es zurück, flogen nach Deutschland, um Bus und Anhänger für die Surfschule zu kaufen.

Da es nun schon spät war, schliefen Jan und Mareike also die erste Nacht im muffigen, weil lange Zeit ungelüfteten Camper.

Nach und nach richteten sie das Haus ein. Im Untergeschoss auf der Südseite befand sich die große Wohnküche. Sie war der schönste Raum des Hauses. Ursprünglich waren es mal zwei Zimmer, die jetzt mit einem großen rund geschwungenen Durchbruch verbunden waren. Die eine Seite diente zum Kochen und die andere wurde als Aufenthaltsraum genutzt. Provisorisch stellten sie ihren

Campingtisch samt Klappstühlen rein. Ein bisschen verloren stand die kleine Garnitur im großen Raum. Einen passenden Küchentisch mussten sie erst noch besorgen. Auf der Küchenveranda stand bereits eine derbe Holzbank. Hier trafen sie sich fortan und genossen die schöne Aussicht. Zum morgendlichen Kaffee, mittags mit einer Schüssel Salat oder einem Sandwich in der Hand und zum Sonnenuntergang gab es gerne mal ein Feierabendbier.

Über einen Flur gelangte man zum Bad und zu zwei weiteren Zimmern, auf der Nordseite des Hauses. Hier sollten ihre Surfschüler in den vier mitgebrachten Doppelstockbetten schlafen. Am Ende des Flures führte eine schmale und steile Holztreppe ins Obergeschoss. Dort gab es zwei weitere Zimmerchen und noch ein ganz kleines Bad. Hier oben war es sehr eng. Wegen der schrägen Decken musste man sich ständig ducken. Hier wollten sie sich mitsamt ihrem Büro einquartieren. Jan genoss den traumhaften Ausblick, den er während des Duschens aus der kleinen Dachluke hatte.

Er sagte immer zu Mareike: »Die Kunden müssen es gut haben. Für uns ist alles, was über unseren Camper hinaus geht, Luxus.«

Somit war ihr kleines Obergeschoss samt Büro und Bad tatsächlich Luxus. Dachten sie. Denn das Einrichten des Büros entwickelte sich zum Problemfall. Natürlich brauchten sie dort Platz für einen Schreibtisch, samt PC, Regale für Ordner und so weiter. Jan wollte aber auch noch eine kleine Küchenzeile unterbringen, um morgens nicht gleich runter in die Gemeinschaftsküche zu müssen. So schoben sie auf vier mal vier Metern ihre Möbel hin und her und kamen zu keinem Ergebnis. Es half nichts. Sie mussten auf ihre private Küche verzichten und viele ihrer Kleider landeten auf den Betten im Gästezimmer, um später doch noch im Camper verstaut zu werden.

Den Garten räumten sie in einer gemeinsamen Aktion mit Manuel und seinem Sohn auf. Die kamen mit einem LKW vorgefahren, auf den sie sämtlichen Bauschutt und Schrott aufluden. Die brennbaren Materialien wurden in einem großen Feuer entsorgt. Jan war erstaunt, dass sie den Müll nicht im Geringsten sortierten und fragte interessiert, was denn die Entsorgung der Ladung kosten würde. Manuels Sohn schaute ihn ungläubig an. Kosten? Unten im Tal hätten sie noch ein Grundstück, da würden sie all das Zeugs in ein Loch schmeißen.

Morgens genossen Jan und Mareike es, ihren Kaffee draußen auf der Veranda zu trinken. Die aufsteigende Sonne bekam schnell Kraft, sodass sie es dort bald nur noch im T-Shirt aushielten. Ihre Blicke schweiften über das Tal und das Feld ihrer Vermieter, das vor ihnen lag. Wie die gesamte Nachbarschaft auch waren diese Kleinbauern. Nachdem die Männer pensioniert waren, kümmerten sie sich um Ihr kleines Stückchen Land.

Die Saloios nutzten die kühleren Morgenstunden, um im Tal zu arbeiten. Während der Morgentau an den Gräsern verdunstete, waren sie schon lange fleißig. Der alte Manuel stand mitten auf seinem Acker, der sich vor Zitronenbäumen den Hang hinaufzog. Zwischen einigen Reihen Kartoffeln und Bohnen lag ein Streifen brach. Dort schwang er seine Schaufelhacke ins Erdreich. Zwischendurch machte er immer wieder Pause, schließlich war er nicht mehr der Jüngste. Dann streckte er kurz seinen Rücken, spuckte in die Hände und holte zum nächsten Hieb aus.

Es waren schon relativ große Flächen zu bestellen. Allerdings pflanzten die Bauern so vielfältig, dass das Tal wie eine kleine Oase aussah. Zwischen den Grundstücken wuchs Bambus zur Abgrenzung. Dieses überdimensionale Schachbrett hatte Jan liebevoll ›Schachoase‹ getauft.

Besonders schön anzusehen war die Blumenzucht der

Nachbarin: Wie ein Meer aus verschiedenfarbigen Blüten schaukelte sie im Wind. Die Blumen verkaufte sie auf dem »Mercado Municipal«. Neben verschiedenen Gemüsearten hatte sie noch Wein angebaut und hielt ein paar Schafe.

Das Tal wurde von einem Feldweg halbiert. Dort unten verschwand der LKW, als er ihren Bauschutt entsorgte. Auf der gegenüberliegenden Talseite zogen sich weitere Äcker den Hang hinauf. Dahinter stand ein kleiner Pinienwald, der sich durch das kommende Tal bis über die zweite Hügelkuppe südlich von ihnen erstreckte. Hinten, im Dunst, lag die Serra de Sintra. Rechts in der Ferne leuchtete das Meer. Die Wellenbrechung konnte man von hier oben nicht sehen. Allerdings erkannte Jan an der Meeresoberfläche, ob die Bedingungen zum Surfen passten oder nicht. Lag das Meer ruhig da, wurde er nervös. War es aufgewühlt, kümmerte er sich um andere Dinge.

Nach getaner Arbeit stiegen die Bauern auf ausgetretenen Trampelpfaden den Berg hinauf. Wobei sie immer eine kleine Tagesernte mitbrachten. Die Frauen trugen ihre Beute- ein Paket Heu oder einen Eimer voller Zitronen- auf dem Kopf hinauf. Hin und wieder ging Jan ihnen entgegen und half beim Hinaufschleppen ihrer Lasten. Was wiederum zur Folge hatte, dass sie immer wieder Obst und Gemüse von ihren Nachbarn geschenkt bekamen. Der alte Manuel verbot ihnen sogar, Zitronen zu kaufen. Die sollten sie sich bei Bedarf aus seiner Scheune holen. Die kleine Schachoase ernährte jetzt auch sie.

Auf dem Arbeitsamt in Torres Vedras mussten Jan und Mareike, wie in allen öffentlichen Gebäuden, eine Nummer ziehen, um dann auf ihren Aufruf zu warten.

Für verschiedene Anliegen mussten auch verschiedene Nummern gezogen werden und der Nummernautomat überforderte sie schon, bevor sie überhaupt erst ins Wartezimmer gelangten. Mit der Unterstützung eines freundlichen Wachmanns hatten sie diese Hürde aber bald gemeistert.

Die nächste Etappe war das aus allen Nähten platzende Wartezimmer. Die Luft darin war verbraucht. Die meisten Wartenden schauten auf den Fernseher, der laut aus einer Ecke herab dröhnte. Ungewohnt war ihnen der Anblick der vielen Farbigen, die wohl aus den alten portugiesischen Kolonien stammten. Während Jan in seinem Portugiesisch-Lehrbuch blätterte, schmiegte Mareike sich angeekelt an ihn und meinte, dass der gesamte Raum bestimmt voller Bazillen sei. Als Jan seinen Blick schweifen ließ, bemerkte er, wie einige der Anwesenden mit glasigen Augen leidend vor sich hin schnauften. Im portugiesischen Winter waren viele Menschen erkältet. Die Nächte konnten empfindlich kalt werden und die meisten Häuser, ihres eingeschlossen, besaßen überhaupt keine Heizung.

Endlich wurden sie aufgerufen. Sie hatten wirklich mit dem Schlimmsten gerechnet, wurden aber freundlich empfangen. Vor allem, weil Rita von der kleinen Zweigstelle in Ericeira ihre Kollegen per Telefon auf den deutschen Besuch vorbereitet hatte.

Beim deutschen Arbeitsamt hatten sie sich noch zu Arbeitssuchenden im europäischen Ausland deklarieren lassen. Das Wichtigste hierfür war, den zuständigen Sachbearbeiter zu überzeugen, dass sie in Deutschland gerade gar nicht vermittelbar seien und somit die Richtigen für eine Arbeitssuche im EU-Ausland waren. Der Rest war dann, den europäischen Regeln folgend, Formsache. Nun waren sie berechtigt, drei Monate lang Arbeitslosengeld in Portugal zu beziehen. Allerdings mussten sie sich hierfür beim portugiesischen Arbeitsamt einschreiben und jede Menge Bürokratie über sich ergehen lassen.

Vor ein paar Tagen hatten sie schüchtern das Arbeitsamt in Ericeira betreten. Es war nur eine kleine Zweigstelle. Die junge Sachbearbeiterin war sehr freundlich und besprach mit ihnen wider Erwarten alles auf Englisch. Sie hieß Rita und war ernsthaft an den Deutschen interessiert, da sie versuchten, in Portugal Fuß zu fassen. Bis auf Brasilianer und Afrikaner kamen bisher so gut wie keine anderen Ausländer zu ihr, um nach Arbeit zu suchen. Innerhalb der EU gingen eher die Portugiesen zum Arbeiten ins Ausland. Sie erklärte, dass sie ihren EU-Antrag in Ericeira nicht bearbeiten konnte. Dafür mussten sie nach Torres Vedras fahren und sich in den Hauptstellen des Arbeits- und Sozialamtes melden.

Jetzt, auf dem Amt in Torres, sprach keiner mehr Englisch mit ihnen, was das obligatorische Ausfüllen ihrer Anträge zum Schauspiel werden ließ. Zwischenzeitlich wurden sie von drei Beamten gleichzeitig bearbeitet, da diese sich gegenseitig unterstützten. Viele offene Fragen klärten sie anhand des mitgebrachten Wörterbuches und ihre Gegenüber waren, Rita sei Dank, sehr geduldig. Pünktlich zur Mittagspause waren sie fertig und man erklärte ihnen noch ausführlich den Weg zum Sozialamt.

Dort angekommen mussten Jan und Mareike wieder ihre Nummer ziehen und im nächsten vollen Wartezimmer Platz nehmen. Als sie endlich an der Reihe waren, hatten sie erstmals einen wahren Bürodrachen vor sich sitzen. Schon bei der Begrüßung konnte sie nicht lachen und sie reagierte zunehmend genervt, wenn die beiden ihre Fragen nicht verstanden. Jan erklärte später, dass die Frau augenscheinlich nicht mit dem Betrag klarkam, den sie monatlich kassieren sollten.

»Wahrscheinlich bekommen wir mehr Stempelgeld, als sie im Monat verdient!«, meinte er zu Mareike. »Kein Wunder, dass sie sauer war.«

»Aber das geht sie doch nichts an! Die soll doch bloß

unsere Papiere bearbeiten und nicht schauen, wie viel Geld wir kriegen!«, protestierte Mareike. »Außerdem bekommen wir unser Geld doch vom deutschen Arbeitsamt ausgezahlt!«

»Trotzdem ist sie über die Beträge gestolpert. Ich habe genau gesehen, wie sie an ihnen hängenblieb.« Jan konnte die Frau doch irgendwie verstehen.

Eines sonnigen Vormittags- die Techniker der Telecom hatte gerade ihren Telefonanschluss verlegt- schlug Mareike vor, den Rest des Tages am Strand zu verbringen. Jan musste nicht lange überzeugt werden, waren die vergangenen Wochen doch von lästiger Bürokratie beherrscht. Es war ein ruhiger, windstiller Tag, so wie ihn Surfer lieben. Allerdings waren die Wellen zuletzt sehr groß gewesen. So vermutete er, auch heute am Limit zu surfen. Schon beim Materialeinladen packte ihn Nervosität. Als sie die Küstenstraße erreichten, bestätigten sich seine Vermutungen. Saubere Lines drängten in Zeitlupe zur Küste. Dieser Anblick erfreute ihn, aber gleichzeitig spürte er ein beklemmendes Gefühl. Die Wellen waren groß.

Er beschloss, nach Ribeira d'Ilhas zu fahren. Dieser lange, nach rechts brechende Pointbreak formte nicht so hohle und radikale Wellen wie andere Surfspots, würde ihn aber bei der heutigen Wellenhöhe mehr als genug fordern. Ein großer Vorteil von Ribeira war der große, offene Channel, in dem selbst bei kräftiger See keine Wellen brachen. Dadurch konnte man dort verhältnismäßig einfach aufs Meer paddeln und hatte einen Rückzugspunkt, falls die Wellen zu heftig wurden.

Sie rollten an der Hauptzufahrt des Strandes vorbei und bogen ein kleines Stückchen weiter in einen Hoppelweg ein. So parkten sie ihren Camper etwas abseits von der Strandpromenade. Seine Hoffnung, andere Surfer anzutreffen, erfüllte sich nicht. Es war immer das Gleiche. Viele

Surfer auf dem Wasser waren nicht so gut, da man mit ihnen die Wellen teilen musste. Stand man aber alleine am Spot, wie heute bei diesen kräftigen Bedingungen, freute man sich über jeden seelischen Mitstreiter. Weit und breit waren keine Surfer zu sehen, weder auf dem Wasser noch an Land.

»Wo sind die alle?«, dachte Jan. Da er der einzige Surfer war, kamen ihm Zweifel. War die See zu kräftig? Sollte er doch lieber am Ufer bleiben? Geduldig beobachtete er die Sets, wie sie sauber aufgereiht in die Bucht liefen. Groß, aber sauber. Ob sie zu groß waren, konnte er immer noch nicht sagen. Kurz darauf fuhren auf dem Parkplatz zwei Fahrzeuge vor. Jan erkannte die darin zwischen die Sitze gestopften Shortboards. Die Insassen stiegen aus, lehnten sich lässig ans Parkplatzgeländer und schauten aufs Meer.

Auch Jan beobachtete die Sets. In einem Moment fühlte er sich sicher und ging in Richtung Fahrzeug. Dann zögerte er wieder und wartete das nächste Set ab. Seit Mareike mit Jan zusammen war, surfte sie auch. War aber mit kleinen süßen Sommerwellen zufrieden. An einem so kräftigen Tag wie heute würde sie garantiert nicht aufs Wasser gehen. Auf Sylt war das Wellenreiten schon länger keine reine Männersache mehr. Regelmäßig trafen sich dort die Frauen, um gemeinsam auf ihren Malibus die Wellen unsicher zu machen. In Portugal gab es auch schon ein paar surfende Frauen. Trotzdem dominierten immer noch eindeutig die Männer das Surfen. Auch Mareike beobachtete die Wellen und surfte sie in Gedanken ab. »Brainsurfing«, nannte das Jan. »Macht Spaß, schult Auge und Erfahrung und fokussiert einen auf das Bevorstehende.«

Jan hatte nun schon viele Wellen in Gedanken abgeritten. Das war nicht das Problem. Er konnte sich aber nicht entscheiden, mit welchem Board er aufs Wasser gehen sollte. Vor ihrer Deutschland-Reise hatte er sein Pin Tail in die Felsen gesetzt und leider noch nicht repariert. Er prüfte auch das aufgewühlte Wasser im Channel. Daran konnte er abschätzen, wie viel Wasser in Bewegung war und wie viel Paddel-Power er benötigen würde. Das aufgewühlte Wasser der Rausströmung bewegte sich heute ordentlich und deutlich weiter im Süden als sonst. Das war ein sicheres Zeichen für kräftige Bedingungen!

Er entschied sich fürs Longboard. »Mit dem Kurzen werde ich heute nur wie ein Korken hin und her geschwappt!«, dachte er sich. Obendrein war er nach der längeren Surf- Pause nicht wirklich paddel-fit. Mit dem »Longie« kam er deutlich schneller voran. Natürlich ließ es sich viel schwerer tauchen. Er wollte aber seine Schnelligkeit nutzen und hoffte den Wellen, die er nicht surfte, rechtzeitig ausweichen zu können und so möglichst gar nicht erst gewaschen zu werden. »Die alten Hawaiianer hatten früher nur so riesige Baumstämme und haben damit noch größere Wellen gesurft«, versuchte er sich Mut zu machen. »Eddie would go!«

Als er ein paar Gymnastikübungen machte, fragte ihn Mareike, ob er nicht lieber auf die anderen Surfer warten wolle? Jan erklärte, alles unter Kontrolle zu haben. »Du weißt doch, wie das ist!«, versuchte er ihr und insgeheim natürlich auch sich selbst Mut zu machen. »Einer muss den Anfang machen, dann kommen die anderen automatisch hinterher.«

»Geh doch rüber und frag sie, ob sie mit dir rausgehen.«

»Glaub mir, spätestens wenn ich die erste Welle reite, springen die in ihre Neos!«, war Jan sich sicher und lächelte in sich hin hinein.

Beim Boardwachsen wurde er vom Parkplatz beobachtet. Er überprüfte seine Leash, befestigte sie am Fuß und war fort. Während er über den Strand flitzte, forderte er die anderen Surfer winkend auf, mit aufs Wasser zu kommen.

Die Wellen brachen von der Nordseite der Bucht über das flache Riff in Richtung Süden. An der tieferen Südseite zog die Strömung im Channel raus. Genau dort, wo die Wassermassen zurück aufs offene Meer zogen, wollte er hin. Er wartete auf eine Setpause, die ihm Zeit genug bot, die kleine Felsnase zu umrunden, die den Hauptstrand vom südlich gelegenen Strömungsgraben trennte.

Als sich das Meer für einen Moment beruhigte, rannte er ins Wasser und paddelte schleunigst raus. Da ihn die Strömung seitlich von der Riffplatte zog, musste er nur dafür sorgen, genügend Tiefe und Abstand zur Felsnase zu bekommen. Sein Puls schlug ihm bis zum Hals. Denn er wusste, würde jetzt ein Set einrollen, hätte er vor den Steinen keine Chance. Die Strömung war noch stärker, als er vermutet hatte. Für einen Moment überkam ihn dieses unheimliche Gefühl, ganz klein zu sein. Ein Spielball der Natur.

Die Setpause hielt an und er erreichte trockenen Haares das tiefe Wasser. Hier konnte er in sicherem Abstand zur Wellenbrechung rauspaddeln. Mit jedem Paddelschlag beruhigte sich sein Puls und sein Vertrauen kehrte zurück. Aus sicherer Entfernung genoss er den Anblick der Wellen, die an der Riffkante vorbeizogen. Manchmal stolperte eine geradezu über den ansteigenden Untergrund, wodurch dann die Wellenlippe nach vorne schoss und einen ovalen Tunnel formte. Herrlich!

Er näherte sich seinem Ziel. Der nordwestliche Verlauf des Riffs machte irgendwann einen Knick und stellte seine Flanke offen nach Westen und somit gegen die einrollenden Wellen. Diese Stelle war Jan bekannt. Denn er hatte hier schon oft gesurft. Er erkannte diesen Punkt an der veränderten Wasserbewegung. An weniger wilden Tagen konnte man auch vorher aufs Riff abbiegen und surfen. Heute funktionierte das aber nicht, da man nicht gegen das zum Channel drückende Wasser ankam. Vor dem

Knick im Riff hörte die Strömung auf. Allerdings kamen dort die Wassermassen in Form von großen Wellenbergen auf einen zu.

Es begann eine Art Katz- und Mausspiel: Im sicheren tiefen Wasser wollte er sich für eine Welle entscheiden, die letzten Meter rüber zur Brechungskante paddeln und dann die Welle nehmen. Würde er sich mal verschätzen oder musste aus anderem Grund abbrechen, wollte er sich schnellstmöglich wieder ins sichere tiefe Wasser zurückziehen. Mehrfach war er nun schon Richtung Brechungszone gepaddelt, aber auch immer wieder vor den nahenden Wellen zurück in den Channel geflüchtet. Er war heute besonders vorsichtig und wollte sich keinen unnötigen Fehler erlauben. Baute sich draußen auf dem Meer ein weiteres Set auf, stieg seine Aufregung ins Unermessliche. Welche Welle war surfbar? Musste er dichter an die Riffplatte? Oder waren die Wellen zu groß und musste er entsprechend tiefer in den Channel zurückweichen? Das nächste Set rollte ein.

»Ich Idiot, die hätte ich locker nehmen können!«, warf er sich vor. Sprach sich aber gleich auch wieder Mut zu: »Ich habe jetzt mehrere Sets abgewartet und die Bedingungen ausgelotet. Ich weiß, welche Wellen gut sind und welche nicht. Und selbst wenn mich doch mal eine erwischt, bringt sie mich nicht gleich um.« Wobei er sich bei den größten Wellen des Tages nicht ganz so sicher war.

Jan positionierte sich noch dichter an die Brechungskante, um schneller auf die Wellen reagieren zu können. Die ruhigen Phasen zwischen den Sets waren lang und trügerisch. Er orientierte sich auch an Fixpunkten am Strand. Dort hinten stand ganz klein sein Camper. Auf dem Parkplatz daneben waren die Heckklappen der Autos geöffnet und die Surfer machten sich bereit.

»Oh, bekomm ich nun doch noch Unterstützung?«, dachte er sich belustigt. Leicht heroisch verspottete er die kommenden Surfer, da sie sich erst jetzt trauten, wo er schon auf dem Wasser war. Trotzdem war er erleichtert zu sehen, bald nicht mehr alleine zu sein.

Als er sich wieder dem Meer zuwandte, bemerkte er, zu lange unaufmerksam gewesen zu sein. Ein großes Set kam auf ihn zugerollt und ihm war sofort klar, dass er viel zu tief saß. Sowohl zum Wellen nehmen als auch um in den sicheren Channel zu flüchten. Es war zu spät. Trotzdem paddelte er direkt auf die Wellen zu. Seine Aufregung stieg ins Unermessliche und er versuchte, seinen Kreislauf zu kontrollieren. Die erste Wasserwand baute sich steil vor ihm auf. Ein gigantischer Brecher. Er musste einige Schläge steil nach oben paddeln und konnte gerade noch über den Wellenkamm entwischen. Die folgende Welle war noch größer und brach genau auf ihn drauf.

Schnell hatte er noch sein Board verlassen und war in die Tiefe getaucht. Mit ein paar kräftigen Schwimmzügen versuchte er, hinter die Welle zu gelangen. Bei dem Einschlagswinkel der Wellenlippe hatte er aber keine Chance und befand sich schlagartig im Inferno: Unkontrolliert wirbelte er umher und wusste nicht mehr, wo oben und unten war. Instinktiv rollte er sich zusammen und schützte seinen Kopf. Es dauerte lange, bis die an ihm zerrende Kraft nachließ. Als er seine Augen öffnete, verspürte ein wenig Orientierung und war mit zwei, drei Schwimmzügen zurück an der Oberfläche. Dort angekommen atmete er erst einmal tief durch.

Allerdings kam schon die nächste gigantische Wasserwand auf ihn zugerollt. Er lag immer noch in der Impact Zone, genau dort, wo die Wellen brachen. Wieder tauchte er ab und sein Versuch, hinter die Welle zu kommen, misslang abermals. Der Waschgang schien ewig zu dauern und er wusste, dass er nicht mehr viele dieser Art überstehen würde. Als er wieder hochkam, schaute er demütig der nächsten Welle entgegen. Glücklicherweise war er schon weiter auf das Riff gespült worden, sodass die folgende Welle ihn nicht mehr mit voller Wucht traf.

Kurz schaute er zurück zu seinem Board, das mit aufrechter Nose starr in der Strömung stand. Die Leash zog mit voller Kraft an seinem Bein. »Scheiß Longboard!«, fluchte Jan. Es war der Grund, weshalb er nicht unter den Wellen durchgekommen war. Überraschenderweise schien es nicht gebrochen zu sein. Er musste noch mehrere Schaumwalzen über sich ergehen lassen und fand sich dann, am Ende seiner Kräfte, kurz vor dem Strand wieder. Dort musste er sich schnell entscheiden, ob er zurück zum Ufer wollte oder nicht, da ihn die Strömung sonst wieder in den Channel ziehen würde. Aufgeben kam für ihn jetzt aber nicht in Frage. Von einem Set verprügelt und über das gesamte Riff gezogen zu werden, war für einen Surfer die Höchststrafe. Eben noch hatte er sich gewünscht, niemals mit dem Surfen angefangen zu haben. Doch jetzt, da er die Kontrolle zurückbekam, weckte die Schmach seine Angriffslust. Zügig paddelte er rüber zum Channel und war erneut auf dem Weg zur Outside. »Hätte ich besser aufgepasst, wäre das Ganze gar nicht erst passiert. Außerdem hatte ich schon mehrere gute Wellen durchgelassen. Von denen werde ich mir jetzt eine schnappen!«, machte er sich wieder Mut.

Draußen angekommen positionierte er sich erneut möglichst nah am Knick im Riff. Er ließ noch ein großes Set durchgehen, um sich seiner Position sicher zu sein. Als das nächste Set anrollte, versuchte er über die erste Welle hinweg die folgenden Wellenkämme einzuschätzen und entschied sich, die erste Welle durchgehen zu lassen. Fest entschlossen paddelte er in die Take-Off Zone. Auch die zweite Welle nahm er nicht. Die darauffolgende musste es aber sein. Jetzt gab es kein Zurück mehr. Entweder er bekam die Welle oder sie bekam ihn. Er paddelte ihr noch ein kleines Stück entgegen, setzte sich kurz auf, um zu drehen und startete die Welle an. Während des Paddelns korrigierte er noch seinen Winkel zur Welle. Für einen geraden Take Off war sie zu steil. Er wurde immer schneller und das Wellental vor ihm immer tiefer. Urplötzlich kippte sein Board vornüber und rutschte in die Tiefe. Geschickt sprang er hinterher und landete auf seinen Füßen. Wie erwartet war die Wasserwand steil und er musste aufpassen, nicht mit seiner Brettspitze einzutauchen. Andererseits durfte er auch nicht zu sehr das Tail belasten, da er sonst bremsen und von der Welle nach vorne geschleudert werden konnte. Er fand den exakten Trimm und stürzte, kurzzeitig schwerelos, ins Glück. Urplötzlich hatte er diese große, grüngraue Wasserwand vor sich, deren weißen Wellenkamm er weit oben über sich erblickte. Um die Kontrolle zu behalten, war er bis runter ins Tal gefahren. Wie ein Motorradfahrer lehnte er sich in der Kurve, verneigte sich vor der Welle und schoss in einen weitgezogenen Bottom-Turn auf die Wellenschulter. Dort angekommen, stellte er sich wieder auf, belastete kurz das Tail und positionierte sich im Mittelteil der Wellenwand. Durch geschicktes Auf- und Abschwingen korrigierte er nur noch leicht seine Position. Die ganze Szene beeindruckte ihn so sehr, dass er keine weiteren Manöver mehr fuhr. Auf der Inside beschleunigte die Welle noch einmal. Jan bekam einen weiteren Adrenalinschub und musste aufpassen, nicht von der Brechungskante überrollt zu werden. Bevor er zu dicht ans Ufer kam, zog er über die Schulter aus der Welle raus und paddelte zügig rüber in den sicheren Channel.

Jan hätte einfach nur schreien können, so geil war dieser Ritt! Ihn durchströmte dieses unbeschreibliche Gefühl. Diese Konzentration, in Bruchteilen von Sekunden alles richtig zu machen, trotz des Wissens, dass jeder Fehler hart bestraft werden würde. Er hatte es vollbracht! Stolz und euphorisch paddelte er wieder raus. Am Ufer sah er zwei Surfer stehend auf die Setpause warten. Noch bevor einer von ihnen neben ihm im Line-Up saß, hatte er sich seine zweite Welle geschnappt. Später kehrte er unversehrt und glücklich zum Strand zurück. Er grüßte einen Surfer, der ihm auf dem Strand entgegenkam. Seine auf portugiesisch gestellte Frage verstand Jan nicht richtig. Wusste aber, dass er sich nach den Bedingungen erkundigte. Somit antwortete er, dass es kräftig und vor allem die Strömung sehr stark sei.

All die Anspannung vor und während des Surfens hatte sich nun in absolute Ruhe und Zufriedenheit gewandelt. Die Natur hatte ihm gezeigt, wer der Boss war. Aber für einen paar kurze Momente hatte er sie gebändigt und ihre Energie kontrolliert. Jetzt, da er es geschafft hatte, war er besonders stolz auf sich, allein rausgegangen zu sein. Allein da draußen zwischen den »moving mountains« zu hocken, war eine deutlich größere psychische Belastung. Mit breiter Brust ging er zurück zum Wohnmobil und genoss den Rest des Tages mit seiner Freundin.

Sie waren auf dem Weg zum Tourismus-Büro, das am Hauptplatz von Ericeira lag. Offiziell hieß dieser Platz »Praça da República«, wurde von den Einheimischen aber nur liebevoll »Jogo da Bola«, also Bolzplatz, genannt. Die kickenden Kinder waren jetzt noch in der Schule. In den langsam grün werdenden Bäumen zwitscherten laut die Vögel. Darunter, an einer Parkbank, hatte sich eine Handvoll älterer Männer versammelt und unterhielt sich angeregt. Dazwischen stand ein Surfer, den Jan schon vom Strand kannte. Freundlich erwiderte der Jans Grüßen.

»Wie hat der dich gerade genannt?«, fragte Mareike.

»Bife.«, sagte Jan lachend.

»Warum das?« Mit diesem Wort konnte Mareike nichts anfangen.

»So nennen sie hier die Ausländer, weil die in der Sonne

viel schneller verbrennen, als die Einheimischen. Mitunter sehen sie dann aus wie ein rotes, blutiges Stück Fleisch.«

»Das ist aber nicht gerade nett.« Sie dachte an einen rotblonden Briten mit blasser Haut und vielen Sommersprossen. »Daher der Name?«

»Jo.«

»Und warum hat der dich gerade so genannt?«

»Es ist eine Art Schutzmechanismus. So wirst du von den Locals quasi als minderwertig dargestellt. Sie wollen dich verunsichern und dadurch die besten Wellen für sich behalten.« erklärte Jan seiner Freundin.

Mareike regte sich auf: »Was sind denn das für Methoden? Warum hast du diesen Blödmann denn überhaupt gegrüßt?«

Er gehörte eindeutig zu den netten Locals. Und Jan hatte sich selbst gewundert, gerade so betitelt worden zu sein.

»Im Rudel fühlen sich kläffende Hunde stark. Es ist mir schon oft passiert, dass ein Local, wenn man ihn allein trifft, nett und freundlich ist. Steht er aber mit Freunden in der Gruppe so wie jetzt auch, ist er plötzlich reserviert und kriegt kaum einen Wortwechsel mit dir zustande.« er zuckte nur mit den Schultern.

»Das ist ja Mobbing! Nein, ehrlich gesagt ist das noch viel schlimmer. Das ist Rassismus!«, schimpfte Mareike.

Jan kannte schon mehrere Einheimische und wusste, dass sie auch ihn auf dem Schirm hatten. Trotz ihres dämlichen Bife-Gehabes waren die meisten ihm gegenüber freundlich gestimmt.

»Es ist bestimmt nicht immer einfach, Local zu sein.«, verteidigte Jan. »An sich sind die Portugiesen ja weltoffene, freundliche Menschen. Als Surfer musst du dann plötzlich den bösen Buben spielen und deine Wellen verteidigen.«

Mareike schüttelte fassungslos den Kopf. »Typisch Männer! Ihr meint immer, den dicken Max zu markieren! Aber genau genommen seid ihr nur armselige Machos, die sich gegenseitig das Leben schwer machen. Es braucht einfach mehr Frauen unter den Surfern. Das würde die ganze Sache deutlich entspannen!«

»Das ganze Gehabe kommt ursprünglich von den Amis, glaube ich. Als der Tourismus auf Hawaii zunahm oder der erste Surf-Boom in Kalifornien einsetzte, fühlten sich die alteingesessenen Surfer überrumpelt und fingen an, sich zu wehren. Mit der Zeit schwappte dieser Trend um die Welt. Locals only, all around the world.« Jetzt musste Jan lachen. »Ist schon echt bescheuert, da die meisten Surfer ja selbst gerne reisen.«

»Auf Sylt hat mir noch nie jemand eine Welle streitig gemacht«, sagte Mareike. »Kein Junge und schon gar nicht eines meiner Mädels.«

Recht hatte sie.

»Tut mir leid, aber wenn das so ist, dann habt all ihr Surfer auf der großen, weiten Welt einen mächtigen Dachschaden und meinen Respekt nicht verdient! Inklusive dir, der diesen Schwachsinn mitmacht!«, empörte sich Mareike weiter.

»Die Frau von Matt surft übrigens auch. Angeblich war sie die allererste Surferin Portugals und hat in Ribeira d'Ilhas das Surfen gelernt.«

»Whow! Und wer ist Matt?«

»Das ist der Chef von Paradise Surfboards. Ein Australier, der hier mal hängengeblieben ist. Mit dem treffen wir uns auch noch.«

»Aha, na dann sollte ich wohl einfach mal seine Frau treffen«, grinste Mareike.

»Angeblich hat sie so eine Art Girls-Surf-Club gegründet. Die treffen sich regelmäßig zum gemeinsamen Surfen und Spaß haben.«

»Siehst du, wir Frauen wissen halt, worauf es ankommt.

Auf Surfen und Spaß haben«, feixte sie. »Ihr Männer müsst immer gleich in den Krieg ziehen. Wie bescheuert!« Jan wusste nicht mehr, was er sagen sollte. Letztendlich hatte sie ja recht.

»Ein Girls Surf Club. Das ist doch auch eine super Idee für unsere Surfschule. Jan, stell dir doch bitte das einmal vor!«, rief Mareike begeistert.

»OK, ich lasse schnell noch meine Haare wachsen und heiße dann ab sofort Jana«, grinste er.

Noch wussten sie es nicht. Aber an ihren künftigen Surfkursen würden deutlich mehr Frauen teilnehmen, als sie es jetzt vermuteten.

Durch einen aus Stein geschlagenen Torbogen schritten sie in das alte Gemäuer. »Turismo« stand darübergeschrieben.

Insgeheim hatten die beiden sich vorgestellt, mit ihrem wichtigen Anliegen in ein Hinterzimmer geführt zu werden. Wider Erwarten entwickelte sich aber eine ausgelassene Runde am Empfangstresen, an der sich alle Anwesenden einschließlich der Putzfrau und einer Verkäuferin vom Laden nebenan beteiligten.

Zunächst war es Jan unangenehm, mit allen offen über ihr Projekt zu reden. Da die Damen vom Turismo aber überhaupt keine Anstalten machten, den Platz zu wechseln, rückte er mit der Sprache raus.

Ihr Vorhaben kam gut an und die uniformierten Frauen von der Rezeption meinten, eine ausländische Surfschule würde dem Ort guttun. Auch die anderen Anwesenden gaben zustimmende Kommentare ab. Die Putzfrau erklärte stolz, dass ihr Sohn auch surfen würde. Dann wandte sie sich wieder der Fliese zu, die sie seit mehreren Minuten direkt neben ihnen feudelte.

Die beiden Auswanderer wollten sich und ihre Surfschule bei allen ihnen wichtig erscheinenden Institutionen im

Ort vorstellen. Teilweise mussten sie ihre Vorhaben ja eh bekannt machen, wie eben im Turismo, weil sie sich davon natürlich Kundschaft erhofften. Vor allem aber wollten sie unnötigem Getuschel zuvorkommen. An sich waren die Portugiesen ja freundlich und hilfsbereit. Wenn man aber als Auswärtiger ein Geschäft aufmachen wollte, könnte das natürlich auch auf Neider stoßen.

Die Surfszene war Jan besonders wichtig, in deren Inner-Circle andere Regeln herrschten. Als Bife wurde man nicht einfach so akzeptiert und anerkannt. Als Nächstes gingen sie zu Paradise Surfboards, zu Matt.

»Nennen sie den etwa auch Bife?«, bellte Mareike zynisch.

Jan verneinte. Matt hatte als einer der Ersten überhaupt in Portugal Surfboards gebaut und dadurch wesentlich zur Entwicklung des portugiesischen Surfsports beigetragen. In seinem Surf-Team versammelte er die besten Surfer des Landes. Mittlerweile gab es ja einige portugiesische Boardschmieden, seine aber war Kult. Jeder portugiesische Surfer kannte die Bretter mit der berühmten Palmeninsel drauf. Bei genauerer Betrachtung gab die Palme den Buchstaben P preis. Und dann erkannte man auch den Rest des dezenten Schriftzuges: Paradise Surfboards.

Dieses überdimensionale Logo prankte auf der Außenwand der Werkstatt in Ribamar. Sie hatten Glück und erwischten den Chef persönlich, der gerade vom Hofplatz fahren wollte. Jan erkannte ihn und bevor seine Autotür zuschlug, sprach er ihn an. Er hatte nicht viel Zeit, das spürten sie. Trotzdem gab er ihnen ein paar Minuten und stieg wieder aus seinem Auto aus. Mit sonnengegerbter Haut und leicht ergrautem Haar stand Matt ihnen gegenüber und beglückwünschte sie zu ihrem Plan mit der Surfschule. Der in rot-schwarz-kariertem Holzfällerhemd und Jeans gekleidete Mann strahlte etwas Besonderes aus. Der typische Surfer-Chic schien ihn nicht zu interessieren. Er wollte Surfboards bauen und Spaß auf dem Wasser haben. Jan hatte ihn schon mehrfach surfen sehen. Obwohl er schon um die fünfzig sein musste, gab er auf dem Wasser immer noch richtig Gas. Er surfte ausschließlich Shortboards und das meistens in Coxos, einem der wohl heftigsten Spots in der Region. Matt stellte ihnen seinen Angestellten Mario vor und lud sie ein, vorbeizukommen, falls sie etwas benötigten. Bevor er losfuhr, forderte er sie noch auf auch beim Ericeira Surf Club vorzusprechen.

»Es ist doch immer besser, wenn man sich kennt«, meinte Matt.

Alle waren erstaunt über die Deutschen, die hier ihre Surfschule eröffnen wollten. Jan und Mareike schienen aber immer das Überraschungsmoment auf ihrer Seite zu haben. Denn, zu ihrer Verwunderung, stießen sie kaum auf Empörung. Bis auf kleinere Einwände wie: Die Bedingungen hier sind aber nicht leicht zum Schulen. Oder: Hier gibt es doch schon eine Schule. Aber niemand hatte größere Bedenken oder gar fremdenfeindliche Parolen geäußert.

Beim Surf Club riet man ihm noch, sich vor Barrote, dem Besitzer der einheimischen Surfschule, in Acht zu nehmen. Dem solle er am Strand lieber nicht in die Quere kommen. Ursprünglich hatte Jan ja geplant, sich auch bei ihm vorzustellen. Natürlich erwartete er keinen Begeisterungssturm, wollte aber mit offenen Karten spielen. Vorerst erledigte er jedoch lieber andere Dinge und verschob den Besuch bis auf Weiteres.

Der örtlichen Capitania, der Wasserschutz-Polizei, gab Jan auch Bescheid. Er wollte sich die Erlaubnis einholen, an den Stränden von Ericeira schulen zu dürfen. Nachdem er sich mit dem Wasserschutzpolizisten am Empfangstresen noch recht gut auf Englisch unterhielt, wurde es beim zu Hilfe geholten Kollegen schon schwieriger. Der aus dem Hinterzimmer kommende Mann war offenbar der Chef der Station und sprach nur Portugiesisch. Unter seiner offenen Uniformjacke quoll ein dicker Bauch aus einem mit Brotkrumen dekoriertem, hellblauen Hemd. Der Mann kam offensichtlich gerade aus der Mittagspause, ihn umwehte ein Hauch von Rotwein.

Auf Portugiesisch und Englisch, mit Hilfe des übersetzenden Kollegen, erklärte er dem Comandante die Situation. Der war schon wieder auf dem Weg in sein Hinterzimmer, ehe Jan verstand, dass er bereits das OK hatte. Der Adjutant erklärte, dass alles in Ordnung sei und sie schulen dürften. Jan bat ihn darüber eine schriftliche Bestätigung auszustellen. Eine kleine unangenehme Pause entstand. Misstrauisch schaute ihn der Uniformierte an und verschwand wieder im Hinterzimmer. Kurze Zeit später kam er zurück und meinte, er solle morgen wiederkommen, um sich das Papier abzuholen. Am nächsten Tag war das Dokument noch nicht fertig. Jan wurde wieder vertröstet.

Wochen später hielt Jan endlich ihre Strand-Lizenz in den Händen. Er versuchte zu lesen, verstand aber nicht alles, weil dieses Portugiesisch auch noch in höchst offizieller Beamtensprache verklausuliert war. Eines aber konnte er ganz sicher entziffern: 1250 Escudos sollten sie pro Tag zahlen. »Pro Tag? Das muss ein Missverständnis sein!« Das war nicht das Papier, was er wollte. Ein leicht genervter Comandante wurde aus seinem Hinterzimmer gerufen. Wenn die Capitania ihm erlaubte am Strand zu schulen, meinte der, müsse täglich ein Beamter zur Beaufsichtigung abgestellt werden. Und das koste nun mal eine Gebühr von 1250 Escudos. Jan bat um Bedenkzeit und zog ohne Lizenz wieder ab.

»Was machen wir denn jetzt?«, fragte Mareike enttäuscht beim Abendessen. »Wenn die uns jetzt am Strand sehen, kommen sie doch bestimmt gleich, um uns zu kontrollieren.«

»Wir müssen zum portugiesischen Surf Verband und uns dort anmelden.«, antwortete Jan. Ganz sicher müssen wir die Capitania nicht bezahlen. Das war lediglich ein netter Versuch vom Comandante, seine Kaffeekasse aufzubessern.«

»Meinst du?« Mareike war sich da nicht so sicher.

»Nicht eine einzige portugiesische Surfschule zahlt diesen Betrag. Garantiert nicht! Das ist ja wie Schutzgelderpressung. Obwohl zwölf fünfzig«, Jan rechnete gerade in D-Mark, »gar nicht so teuer für so einen Beamten«, witzelte Jan. »Stell dir mal vor, es würde tatsächlich jeden Tag ein Officer auf unseren Surfkurs aufpassen.«

»Das findest du wieder lustig, was?« Mareike verdrehte die Augen.

»Die garantiert sicherste Surfschule der Welt!«, lachte Jan. »Unser neuer Werbeslogan! Und wenn der Beamte auf Zack ist, kann er gleich noch als Surflehrer mithelfen.«

Schlenderten sie durch Ericeiras Gässchen, spürten sie, wie die Leute ihnen hinterher schauten. Mittlerweile hatte es sich herumgesprochen, wer sie waren und was sie vorhatten. Mareike war es unheimlich, aus der Ferne beäugt zu werden. Jan meinte, es bräuchte Zeit, von den Leuten akzeptiert zu werden.

»Genau wie auf Sylt«, fuhr er fort. »Dort wird doch auch jeder Festländer skeptisch begutachtet.«

Nachdem Jan ihre Schule bei der portugiesischen Surf Federation angemeldet hatte, war er erleichtert. Mit denen konnte er alles entspannt auf Englisch besprechen. Auf seine Fragen, wie er mit der Capitania umgehen sollte, antworteten sie allerdings sehr diplomatisch: »Wir können nicht bestimmen, wie sich die Capitania zu verhalten hat. Normalerweise reicht denen aber unsere Mitgliedschafts-Bescheinigung mit den nötigen Kopien und Versicherungen.«

Also ging Jan noch einmal zur Capitania. Er wollte gar nicht mehr wissen, ob die ein böses Spiel mit ihm trieben, oder nicht. Letztendlich war er froh, nur den freundlichen Adjutanten anzutreffen. Jan erklärte ihm kurz die neue Situation, übergab ihm seine Papiere und verdrückte sich schnellstmöglich.

Ihr Schulungskonzept stand und er hätte am liebsten sofort mit den Kursen begonnen. Ihnen fehlte aber noch das Surfmaterial und vor allem Kunden.

Als das Telefon klingelte, stürmten sie zeitgleich zum Schreibtisch im kleinen Obergeschoss-Büro. Sie spürten, dieser Anruf war kein Freund von ihnen. Die deutsche Nummer auf dem Display kannten sie auch nicht. Mareike griff zum Hörer. Ihre freundliche Begrüßung wurde abrupt vom Gegenüber überfahren.

»Ich bin die Mutter von Johann Wohlfahrt!«, tönte eine wütende Stimme. »Eigentlich wollte mein Sohn einen Surfkurs bei Ihnen buchen. Da Sie es aber nicht nötig haben, Ihre E-Mails zu beantworten, sind wir uns dessen nicht mehr so sicher!«

Selbst Jan konnte die Frau deutlich verstehen und blickte sprachlos zu seiner Freundin. »Ich kontrolliere täglich unsere E-Mails.«, antwortete Mareike. »Leider haben wir keine Mail von Ihnen erhalten. Wann ...«

»Außerdem konnte ich auf Ihrer Webseite nichts von einem Sicherungsschein lesen. Können Sie mir dazu Informationen liefern?«

»Sicherungsschein?«, fragte Mareike verwundert.

»Wissen Sie etwa nicht, was ein Sicherungsschein ist? Von jedem vertrauenswürdigen Reiseveranstalter bekommt man einen Sicherungsschein.«

»Äh ...«, Mareike war nun sprachlos, » ... ja.«

»Ich überweise doch nicht einfach so. Das Internet ist voller dubioser Firmen, die dort ihr Unwesen treiben.

Mein Sohn interessiert sich nur für Sie, weil er nach Lissabon fliegt und Sie dort anscheinend die einzige deutschsprachige Surfschule sind.«

»O.K., Ihr Sohn möchte also einen Surfkurs bei uns buchen?«, versuchte Mareike das Gespräch in die richtige Richtung zu lenken. »Hat er denn schon einmal gesurft oder ist er Anfänger?«

»Hätte er schon mal gesurft, müsste er wohl kaum Ihre Schule besuchen.« schnaufte die Frau am Telefon.

»Also einen Anfängerkurs.«

»Sein Freund will auch mitkommen. Für beide brauche ich ein Angebot, mit Sicherungsschein.«

»Frau Wohlfahrt ...«

»Ich heiße nicht Wohlfahrt, sondern Preuss!« Die sich eben noch etwas beruhigende Stimme im Hörer erreichte nun wieder ungeahnte Höhen.

»Oh ..., bitte entschuldigen Sie, Frau Preuss, ich wusste nicht ... »

»Sparen Sie sich Ihre Worte. Wir schicken Ihnen noch eine letzte E-Mail und hoffen, dass es diesmal klappt!«

»Sie können uns auch ein Fax schicken, wenn Ihnen das Internet zu unsicher ist.«

»Das Internet ist mir nicht zu unsicher! Ich kann es nur nicht ausstehen, wenn Anbieter wie Sie keine Ahnung haben!«

»Darf ich Ihnen noch einmal unsere E-Mail-Adresse durchgeben?«

»Nicht nötig. Sie lesen von mir.«

»Ja, dann freue ich mich auf Ihre Mail und wünsche Ihnen noch einen schönen Tag.«

Am anderen Ende der Leitung wurde aufgelegt.

Mit hängenden Schultern blickten sie sich einen Moment lang sprachlos an. »Na, das kann ja noch lustig werden«, sagte Mareike schließlich.

»Du hast perfekt reagiert, Mareike«, munterte Jan sie

auf. »Zum Glück bist du rangegangen. Ich hätte die Alte bestimmt angemacht.«

»Was ist überhaupt ein Sicherungsschein?«, fragte Mareike nachdenklich.

»Die Tussi meldet sich eh nicht mehr«, antwortete Jan. »Haben Sie überhaupt einen Sicherungsschein?«, äffte er sie nach.

»Wahrscheinlich so etwas wie eine Reiserücktrittsversicherung«, antwortete sie sich selbst. »Ich ruf mal Papa an, vielleicht weiß der das.«

Mittlerweile waren alle bestellten Surfboards fertig und in der Garage des Hauses eingelagert. Zum Glück hatten sie in den ersten Wochen ihrer Saison noch gar keine Anmeldung. Denn weder die Neopren-Anzüge noch die Boards wurden rechtzeitig geliefert. Nun sollten aber ihre ersten beiden Kunden anreisen. Jan ging runter in die Garage und schaute sich noch einmal sein Materiallager an. Liebevoll zog er jedes einzelne Surfboard aus dem selbst gezimmerten Holzständer und begutachtete es. In Frankreich hatten sie nur die schäbigen Plastikbomber aus der Fabrik benutzt. Jetzt wollten sie mehr Stil reinbringen und hatten handgemachte Boards bei Paradise Surfboards besorgt. Viele Leute begeisterten sich am Kult der Surfmarken, weshalb ihre Boards bestimmt sehr gut ankommen würden.

Auch nummerierte er ihre Bretter nicht einfach, sondern gab ihnen Namen. Das kleinste Board, ein 6'9«er Evolution, nannte er Andi Irons. Das zweite, ein 7'2« Minimalibu, bekam einen Namen, der mit B anfing. Beim zehnten Board überlegte er kurz, ob er vielleicht seinen eigenen Namen zwischen die Finnen schreiben sollte, entschied sich dann aber für Joel Tudor. Der Edding quietschte über das Laminat. Er war kein sonderlich begabter Tagger, wollte die Namen aber so schön wie möglich schreiben. Das M-

Board war dran. Sollte er Mareike schreiben? Lieber doch nicht. Er schrieb Metallica drauf. Bei der Schrift wurde er mutiger und versah die Buchstaben mit den Metallica-üblichen Spitzen und Haken. Stolz betrachtete er sein Werk.

Dann kam der Tag ihrer ersten Kundenanreise. Sie waren aufgeregt wie Kinder vor der Weihnachtsbescherung, wuselten durchs Haus, organisierten, putzten und brachten alles auf Vordermann, was sie eh schon längst erledigt hatten. Nachdem sie ihre Vorbereitungen zum x-ten Mal erledigt hatten, saßen sie auf der Veranda und die Zeit wollte einfach nicht vergehen. Bis auf den Sohn von Frau Preuss und seinen Freund hatten sie keine weiteren Buchungen. Sie waren gespannt auf die beiden Jungs.

Da sie die Flugdaten kannten, wussten sie ungefähr, in welchem Bus die zwei sitzen mussten. Vom Haus aus konnten sie nach Nordost zur Straße blicken. Bereits in der Ferne sahen sie den Bus aus Lissabon anrollen. Planmäßig wurden die beiden von Mareike und Jan an der Haltestelle in Empfang genommen.

Von der Reise erschöpft ließen sich die Jungs auf der Veranda nieder und rissen die ihnen angebotenen eisgekühlten Cola Büchsen auf. Die Sonne strahlte ihnen ins Gesicht. Jan fragte, ob die Reise gut verlaufen war.

»Ja, seine Mutter hat uns mit dem Auto zum Flughafen gebracht und der Flug war auch OK«, antwortete der Freund von Frau Preuss' Sohn. Der hieß Sven. Jan taufte ihn bald aber insgeheim Moritz.

Der fügte gleich hinzu: »Eure Wegbeschreibung müsstet ihr noch mal überarbeiten. Vom Flughafen zum Busbahnhof sind wir ja noch gut gekommen, aber dann mussten wir erst einmal die richtige Haltestelle finden und der Busfahrer, dem ich euren Zettel gezeigt habe, hat nicht verstanden, wo wir hinwollten.«

Jan hatte die Anreise vom Flughafen ausprobiert und daraufhin die Wegbeschreibung erstellt. Daher wunderte es ihn, dass die Jungs nun Probleme hatten. Obwohl er Sven nicht so richtig traute, was wohl an der Vorgeschichte mit seiner Mutter lag, ließ er sich nichts anmerken und antwortete ruhig: »Aber ihr seid doch richtig ausgestiegen?«

»Ja«, meldete sich Max. »Der Busfahrer hat uns rechtzeitig Bescheid gegeben. In Lissabon hatte es ein wenig gedauert, bis er uns und euren Zettel verstand. Aber dann war alles OK«

»Hier sprechen wohl nicht so viele Leute Englisch, oder?«, fragte Sven.

»Die Jüngeren schon. Meistens sind sie zunächst schüchtern und wollen nicht. Wenn sie aber erst einmal loslegen, sprechen sie meistens sehr gut.«

Durch die offene Küchentür fügte Mareike, die schon das Essen vorbereitete, hinzu: »Im portugiesischen Fernsehen laufen die Spielfilme immer in Originalsprache mit Untertiteln. Das schult ungemein.«

»Habt ihr hier auch deutsches Fernsehen?«, fragte Max.

»Nein«, sagte Jan, »willst du etwas Spezielles sehen?«

»Ja, nächste Woche Mittwoch findet im Westfalenstadion das UEFA-Cup Finale zwischen FC Liverpool und Deportivo Alavés statt.«

»Das wird garantiert in jeder Kneipe gezeigt«, antwortete Jan. »Die Portugiesen sind absolut Fußball verrückt und in jeder Bar, sogar in den Restaurants, hängen Fernseher. Wieso interessiert dich das Spiel?«

»Ich war gerade ein Jahr als Austauschschüler in Liverpool und bin dort manchmal ins Stadion gegangen. Dort herrscht eine unglaubliche Stimmung. Der deutsche Fußball kann da nicht mithalten!«

»Mit Hamann, Ziege und Babbel haben die Reds sogar drei deutsche Stammspieler«, fügte Jan hinzu.

»Stimmt«, sagte Max. »Schauen wir das Spiel zusammen?«

»Gerne.« Jan freute sich.

»Kommst du auch mit, Mareike?«, fragte Sven in die Küche.

»Ich bin nicht so der Fußballfan, aber frag mich noch mal vor dem Spiel. Vielleicht komme ich trotzdem mit.«

Jeden Neuankömmling luden sie zum sogenannten »Welcome Dinner« ein.

Um Geld zu sparen und da sie auch nicht so genau wussten, was ihre Gäste bevorzugten, hielten sie es einfach. Es gab Spaghetti mit zwei verschiedenen Soßen. Außerdem standen noch Brot, geriebener Käse und Oliven auf dem Tisch.

Während des Essens besprachen sie die Organisation im Haus, den Kursablauf und alles weitere. Alle Anwesenden fühlten sich noch etwas beklemmt in dieser neuen Situation. Mareike und Jan hatten auch nicht erwartet, gleich zwei Teenager mit schwieriger Buchungs-Historie zu beherbergen. Verantwortungsbewusst verzichteten sie in dieser Woche auf ihr Feierabendbier auf der Veranda und tranken auch zum Abendessen keinen Rotwein.

Leider wurden ihre schlimmsten Befürchtungen wahr. Kein Tag verging, ohne dass der spät pubertierende Sven seine Grenzen austestete. Während sich Max permanent für seinen Freund entschuldigte. Und natürlich musste es so kommen. Sven schaffte es tatsächlich noch, eines der nagelneuen Paradise Boards zu zerlegen. Überflüssiger weise kam er dabei auch noch einem einheimischen Surfer in die Quere. Die Vorfahrtsregeln hatten sie zwar schon besprochen, aber der Local kam so schnell auf Sven zugeschossen, dass dieser nur noch sein Brett verlassen und in die Tiefe tauchen konnte. Als er wieder hochkam, klafften zwei tiefe Schlitze im Rail des neuen Boards. Die stammten von den Finnen des portugiesischen Surfers. Der dunkelhaarige Einheimische tauchte neben ihm auf und schnappte nach Luft.

»Hey, safety first!«, pflaumte Sven los.

»Que?", lautete die knappe Antwort aus dem braungebrannten, sich verfinsternden Gesicht.

Sven wetterte weiter, worauf er sich eine schnelle Links-Rechts-Kombination einfing. Jan beobachtete die Szenerie aus einiger Entfernung. Natürlich hatte es gerade den Richtigen getroffen. Allerdings wusste Jan, dass die Situation da draußen gerade komplett aus dem Ruder lief. Kurz darauf kam der geladene Local zu Jan und baute sich vor ihm auf. Auf Englisch fragte er, ob das Bifé da sein Surfschüler sei. Jan entschuldigte sich sofort und gestand ihm ein, im Recht zu sein. Der Local riet ihm, nie wieder seine Surfschüler unkontrolliert auf dem Wasser zu lassen, ansonsten würde es mächtigen Ärger geben. Jan bejahte, machte artig den Buckel und entschuldigte sich nochmals. Mit portugiesischen Flüchen auf den Lippen paddelte der Local zurück zum Peak.

In all den Jahren, in denen Jan als Surflehrer in Frankreich gejobbt hatte, war ihm so etwas noch nicht passiert. Diese beiden Jungs waren mehr als ihre Feuertaufe!

Glücklicherweise hatten sie nach den Jungs erst einmal keine weiteren Kunden. Finanziell war das natürlich schlecht, sie brauchten aber die Zeit und mussten erst einmal verarbeiten, was da passiert war. Jan machte sich Vorwürfe. Hätte er die Jungs schon früher in ihre Schranken weisen müssen? Waren sie ihm doch von Anfang an auf der Nase herumgetanzt. Er meinte es eben besonders gut, wollte ihnen alles recht machen.

Einige Tage später traf Jan den Local auf dem Strandparkplatz wieder und versuchte noch einmal mit ihm zu reden. Der hatte aber überhaupt keine Lust auf Konversation. Nach den ersten zwei Sätzen würgte er Jan ab: »Ein Deutscher mit einer Surfschule in Ericeira? Epa ... Lern erst mal selber surfen, bevor du dich hier aufspielst. Und komm mir bloß nicht zu nahe, geschweige denn einer deiner Schüler!«

Jan surfte nun seit seiner Kindheit und hatte in der Zeit so manches Land bereist. Noch nie hatte er ernsthaften Ärger mit anderen Surfern bekommen. Immer hatte er sich zu benehmen gewusst und Respekt als eine Sache von Geben und Nehmen verstanden. Natürlich hatte er in Frankreich schon mal böse Blicke kassiert, wenn er mit einer großen Schulungsgruppe über die Düne kam. Diese Blicke galten seiner Meinung nach aber immer der Gruppe und nicht ihm als Person.

Nun hatte er es sich, wegen dieses pubertierenden Kindes, in seinem allerersten Kurs mit einem Local aus Ericeira verscherzt. Er wusste, dieser Vorfall würde sich rumsprechen. Es war absolut angebracht, sich jetzt keinen weiteren Fauxpas mehr zu leisten.

Als ihr nächster Kurs anfing, wurde am Strand der Rettungsschwimmer-Stand aufgebaut. Ein sicheres Zeichen für die nahenden Sommerferien. Jan hatte diesen Moment erwartet und wollte sich mit den Life-Guards gutstellen. Innerlich aufgeregt ging er zu den beiden in orangefarbenen Badeshorts gekleideten Burschen, die an ihrem Stand hantierten. Ihr Reich war ein kleines, mit roter Schnur abgestecktes Feld, in dem ein Hochsitz und ein Fahnenmast standen. Daneben werkelten die Jungs an einem hölzernen Gerüst, das wohl ein Surfboard-Ständer werden sollte. Im Sand verteilt lagen ein Rettungsboard, die große Rolle der Rettungsleine und die original roten Rettungsbojen, wie man sie von David Hasselhoffs Baywatch kannte.

Freundlich sagte Jan »Olá!« und erkundigte sich, ob die beiden Englisch sprechen würden. Sie ließen von ihrer Arbeit ab und fokussierten ihn. Der Kleinere von ihnen antwortete auf Englisch:

»Was gibt es denn?«

Im Gegensatz zu seinem größeren Kollegen mit kurzgeschorenen Haaren hatte er blonde lange Locken. Beide trugen Sonnenbrillen und waren oben ohne. Ihre braun-gebrannten, durchtrainierten Körper waren ein sicheres Zeichen, dass auch sie Surfer sein mussten.

»Mein Name ist Jan. Ich bin Deutscher und habe hier eine Surfschule eröffnet. Dort drüben ist meine Gruppe. Er deutete auf die, inklusive Mareike, vier Personen. Ich wollte fragen, wo ich mit ihnen ins Wasser gehen kann, ohne euch zu stören.«

Die Lifeguards waren einen Moment lang sprachlos und schauten abwechselnd sich, dann Jan und seine Gruppe an.

»Ich bin auch bei der FPS angemeldet, wollt ihr meine Papiere sehen?«

»Nein, ist schon OK, halte dich nur von unserer Bade-zone fern, dann ist alles gut.«

»Ihr könnt runter ans Ende des Strandes gehen. Dort ist der unbewachte Strandabschnitt«, ergänzte noch der kleine, langhaarige Lifeguard.

Stolz wie Oskar ging Jan zurück zur Gruppe, um mit ihr in den Süden zu laufen. Zum Abschied grüßten Jan und Mareike die Lifeguards noch einmal. Die standen nun mit weiteren jungen Kerlen zusammen, die ihre Freunde zu sein schienen. Angeregt unterhielten sie sich und schau-ten dabei immer wieder zu der Gruppe der deutschen Sur-fer rüber. Der größere Lifeguard erwiderte ihr Winken.

»Die haben wohl noch nichts von Kamikaze-Sven und seinem Coach gehört«, witzelte Mareike.

Dieser Kurs wurde tatsächlich so, wie sie es sich vorge-stellt hatten. Zwar waren sie mit drei Kursteilnehmern immer noch nicht gut besucht, die Teilnehmer waren aber alle nett und sie hatten viel Spaß. Auch in ihrem Haus ver-brachten sie gesellige Abende und warfen regelmäßig den Grill an.

Eines Abends, ihr Barbecue wurde immer ausgelassener und lauter, kam der Nachbar zum Plausch an die Grundstücksmauer. Jan ging zu ihm. Sie tauschten die üblichen Nettigkeiten aus und berichteten was sie am Tage erlebt hatten. Interessiert beobachtete der Nachbar das Treiben in Jans Garten. Jan bemerkte seine Blicke, entschuldigte sich für den Lärm und da es schon spät war, versprach er, demnächst in die Dorfkneipe weiter zu ziehen. Erstaunt schaute ihn sein Nachbar an und meinte, dass es doch keinen besseren Ort als den Garten gäbe um ausgelassen den Abend zu genießen. Jans Bedenken, sie seien zu laut, wies er zurück. Er würde sich schon melden, wenn ihre Garten Partys einmal zu heftig werden sollten.

CARCAVELOS 1972

Pepe konnte sein Glück nicht fassen. Rui hatte ihm schon wieder ein neues Surfboard besorgt. Auch wenn es immer noch nicht die brandheiße Pocket Rocket war. Trotzdem übertraf dieses schon ordentlich ramponierte Longboard seine kühnsten Vorstellungen. Denn durch seine kräftige Biegung im Unterwasserschiff sollte es drehfreudiger sein als sein altes Board.

Rui erklärte: »Die alten Bretter wurden noch ohne Leash gesurft. Um die ersten Leashes zu befestigen, wurden kleine Löcher in die Finnen gebohrt.« Er deutete auf die Finne. Dann drehte er das Board nach oben und zeigte seinem kleinen Bruder die nachträglich auflaminierte Kunstharz-Schlaufe. »Benutze aber lieber die hier. Die ist sicherer. Es kam nämlich schon vor, dass Finnen in kräftigen Waschgängen, vom Brett gerissen wurden.«

Rui blieb ein paar Tage, schlief aber in Lissabon. Vermutlich wollte er so die Streitereien mit ihrem Vater verhindern. Täglich kam er mit der Bahn rausgefahren und ging mit Pepe in São Pedro do Estoril surfen.

»Als ich hier mit dem Surfen begonnen habe, gab es manchmal Ärger mit den Rettungsschwimmern«, erzählte Rui.

Pepe war erstaunt. Er kannte keinen Rettungsschwimmer, der nicht auch Surfer war. »Warum?«

»Es gab noch kein Gesetz, dass das Surfen regelte. Surfen existierte quasi noch nicht. Da zu dieser Zeit noch alles streng nach Regeln ablief, wurde es manchmal kompliziert. Hissten die Rettungsschwimmer die rote Fahne, markierten sie dadurch das allgemeine Badeverbot. »Das waren natürlich die Tage, an denen wir Surfer aufs Wasser gingen, weil die Brandung gut war. Sah man uns dabei als Schwimmer an, verstießen wir gegen das Gesetz und konnten dafür bestraft werden. Betrachtete man uns nicht als Schwimmer, konnten wir eigentlich nur noch ein Wasserfahrzeug sein. Das war letztendlich noch viel schlimmer, denn dann musste man nicht nur den obligatorischen Bootsführerschein besitzen, sondern auch noch einen ganzen Regelkatalog befolgen. Gab es Schwimmwesten an Bord des Wasserfahrzeuges? Wo war die obligatorische Beflaggung, wo die Leuchtpistole?«

Aufmerksam lauschte Pepe seinem Bruder.

»Ich bekam Streit mit einem Rettungsschwimmer, weil ich immer wieder bis in die Badezone surfte. Anstatt Ruhe zu bewahren, lieferten wir uns bald ein wildes Wortgefecht.« Rui saß damals, mitten in der menschenleeren Badezone, auf seinem Surfboard. Stolz wie ein Pfau beobachtete er den Lifeguard am Strand. Der Aufforderung, das Wasser zu verlassen, kam Rui nicht nach und fing an, den sich immer mehr aufregenden Lebensretter nachzuäffen. Als ihm das zu langweilig wurde, paddelte er zurück ins Line Up.

Kurz darauf parkte oben auf der Klippe ein Jeep der Wasserschutzpolizei. Rui und seine beiden Surfer-Freunde staunten nicht schlecht. Einer der beiden schnauzte Rui an: »Du weißt schon, dass die jetzt unser Surfmaterial einkassieren können? Idiot!«

Per Sprachrohr wurden sie aufgefordert, das Wasser zu verlassen. Die drei Surfer ignorierten diesen Aufruf und ritten weiter ihre Wellen. Aber irgendwann kroch ihnen die Kälte in die Knochen. Über ihnen stand nun auch noch ein Streifenwagen der GNR.

»Wegen dir werden wir uns ordentlich erkälten«, warfen sie Rui vor. Mittlerweile hatten die Surfer keinen Spaß mehr. Bibbernd hockten sie auf dem Wasser. Während die Polizisten gemütlich an ihren Fahrzeugen lehnten. Die schienen jede Menge Zeit mitgebracht zu haben. Das Geduldsspiel ging bis zur absoluten Dunkelheit. Würden sie die Polizei am Ufer nicht mehr sehen, gingen sie davon aus, auch nicht mehr von ihnen gesehen zu werden. Sie verteilen sich und landeten an verschiedenen Stellen ans Ufer an.

Als die Polizisten den Braten rochen, huschten Lichtkegel über den Küstenstreifen. Beide Fahrzeuge waren mit Suchscheinwerfern ausgestattet. Rui hatte Pech und wurde aufgespürt. Nach wilder Verfolgungsjagt versteckte er sich in einer kleinen Höhle in den Klippen. Eine gefühlte Ewigkeit kauerte er sich dort bibbernd zusammen. Er kannte diese Stelle und wusste, die auflaufende Gezeit schnitt der Staatsmacht den Zugang ab. Andererseits durfte die Flut auch nicht zu hoch steigen, da sie ihn sonst aus seinem Versteck spülen konnte.

»Vielleicht hättest du nicht durch die Schwimmerzone surfen sollen«, meinte Pepe, der gespannt zugehört hatte.

»Es war nicht ein einziger Schwimmer im Wasser. Die Wellen waren doch viel zu groß. Der blöde Rettungsschwimmer wollte mich nur loswerden, um die Aufmerksamkeit des Strandes bei sich zu behalten.«

Vor allem meinte Rui damit die Aufmerksamkeit eines besonderen Mädchens, um das er mit dem Rettungsschwimmer wetteiferte. Das behielt er aber für sich.

Pepe freute sich über die regelmäßigen Besuche seines Bruders. Immer wieder gingen sie zusammen aufs Wasser. Pepe hatte offensichtlich Talent. Bald schon surfte er besser als sein Bruder. Bei dem beobachtete Pepe immer häufiger Phasen seltsamer Abwesenheit. Kleine müde Augen, zufriedenes Grinsen und überhaupt keine Schlagfertigkeit mehr. In genau so einer Situation fragte er ihn eines Tages: »Rauchst du eigentlich Haschisch?«

»Wie kommst du darauf?«

»Nun ja, anscheinend rauchen einige Surfer das Zeug. Das habe ich schon häufiger gesehen. Hier am Strand.

Und mit genau denselben Typen, die hier rauchen, habe ich auch dich schon zusammenstehen sehen.«

Rui wusste nicht genau, was er darauf antworten sollte.

»Immer, wenn du zu mir sagtest, du musst kurz nochmal los, trafen wir uns später wieder und dann warst du oft genauso komisch wie jetzt auch.«

Rui empfahl ihm, sich lieber auf das Surfen zu konzentrieren. Das sei deutlich besser als die Kifferei.

»Ja. Außerdem möchte ich auch mal in Ribeira d'Ilhas surfen. Wann kann ich dich endlich mal in Ribamar besuchen?«, fragte Pepe.

»Erst besorge ich dir noch eine Pocket Rocket. Damit kannst du dann in Carcavelos Tunnelwellen reiten trainieren. Und dann kommst du zu mir nach Ribamar und wir surfen zusammen in der Baia dos dois Irmãos.«

Pepe schaute ihn fragend an.

»Die Bucht liegt versteckt in den Klippen von Ribamar. Die Wellen brechen dort viel hohler und kräftiger als in Ribeira d'Ilhas. Das liegt am flachen Untergrund. Schaffst du aber einen kontrollierten Take Off, wickelt die Welle dich unmittelbar ein und du schießt durch einen fetten grünen Wellentunnel!«

Ribamar 1972

Angetrieben von immer neuen Heldengeschichten klapperten Jorge, Tó und Matt die Küste ab. Eddie Aikau stand wie kein anderer für das Big Wave Surfen. In Waimea Bay auf Hawaii bezwang er haushohe Brecher. Wer mutig war, konnte auch in Ribeira d'Ilhas große Wellen reiten.

»Nicht auf die Größe, sondern auf die Form kommt es an. Nichts gegen Eddie Aikau, wirklich. Respekt. Wir aber wollen doch Tunnelwellen reiten, oder? So wie Gerry Lopez in Sunset oder Pipeline. Schaut euch dieses Foto an. So etwas brauchen wir.« Matt rieb ihnen immer wieder sein J-Bay Foto unter die Nase.

Eines Tages, sie hatten gerade große, saubere Wasserwände in Ribeira d'Ilhas gesurft, forderte Tó seine Freunde auf, mit ihm zum Schlachthof zu laufen. Er wollte ihnen die hohl brechende Linke zeigen, die er an dem Tag beobachtet hatte, als Jorge seine Rettungsschwimmer-Freunde in Ericeira besuchte. Heute war ohnehin ein guter Tag zum Surfen. Was sie aber hier vorfanden, war noch mal etwas ganz Besonderes. Eine Welle nach der anderen wickelte sich nach links ab. Dieser Spot vor ihnen hatte eindeutig Potenzial. Da waren sie sich schnell einig.

»Seht ihr, genau so etwas suchen wir doch!«, frohlockte Tó.

Ein weiteres Set rollte ein und ließ ihre Herzen höherschlagen. Gleichzeitig wurde ihnen auch mulmig zumute. Sauber schoben die Lines auf die Küste zu. Kurz vor der Felsplatte, die nach rechts abfallend im Meer versank, sog urplötzlich der Peak nach oben, schmiss die Wellenlippe nach vorn und formte einen runden Wassertunnel. »The Beauty and the Beast!« Wer den Take Off meisterte, landete im Himmel und schoss direkt über der Riffkante durch die leuchtende Röhre. Und wenn nicht? Tja, ihnen war auch klar, wie wenig Wasser sich augenscheinlich über dem Riff befand. Ein vergeigter Take Off würde vermutlich einer Steinigung gleichkommen.

Trotzdem. Genau so etwas suchten sie. Voller Respekt beobachteten sie die einlaufenden Wellen. Da alle drei regular auf ihren Brettern standen, beobachteten sie bald auch die Rechte, die etwas weiter nördlich einrollte. Auch sie hatte eine wunderbare Form und baute immer wieder schöne Wellentunnel.

»Das ist ja wie Pipeline auf Hawaii«, scherzte Tó, der es sich im Schneidersitz auf einem großen Felsen gemütlich gemacht hatte. »Wer aber hat den Spot auseinandergerissen und hier seitenverkehrt wieder aufgebaut?«

Matt schaute fragend zu ihm.

»Darf ich vorstellen, direkt vor uns, frisch aus Hawaii importiert: Banzai Pipeline. Eine Tube jagt die nächste. Und da drüben, wie schon gesagt, ich weiß nicht, warum der Spot hier verdreht wurde, die legendäre Röhre von Backdoor.« Präsentierend schwenkte er seinen Arm gen Norden.

Matt nahm ihm den Joint ab und empfahl ihm, tagsüber weniger zu rauchen. »Wir müssen die Spots bei verschiedenen Tiden beobachten. Gut möglich, dass die Spots bei Niedrigwasser zu gefährlich werden. Manchmal ist es aber auch genau anders herum. J-Bay funktioniert am besten bei auflaufender Tide.«

Jorge stand abwesend neben ihnen und starrte in die Ferne. Plötzlich zeigte er mit dem Finger nach Norden und rief erstaunt: »Schaut mal, da hinten!«

Matts Augen folgten seinem Fingerzeig, r**über** zu den Wellen in der Bucht von Ribeira d'Ilhas. Am nördlichen Ende von Ribeira hatten sie schon Pontinha gesurft. Allerdings eher an kleinen Tagen. Dann kam ein Spot, den sie bisher noch nicht gesurft hatten. Und dahinter, noch weiter in der Ferne, erblickte er, was Jorge versteinerte. Perfekte Rechte schoben sauber aufgereiht an einer Landspitze ein. Trotz der Entfernung erkannte er deutlich das runde Auge, den wohlgeformten Wellentunnel. Plötzlich sah er sogar drei Augen gleichzeitig einrollen! Die Röhren fielen selten zusammen. Und wenn, dann schleuderte kurz darauf wieder die Wellenlippe nach vorn und bildete umgehend ein neues Auge.

»J-Bay!«, krähte Matt erstaunt. Er sprang auf, reckte aufgeregt seinen Hals und blies Rauch aus. Diese Tunnelwelle dort in der Ferne schien endlos zu laufen.

Es dauerte noch ein weiteres Set, bis sie Tó klar machen konnten, welche Wellenaugen in welcher Bucht sie meinten. Alle drei blickten nach Norden und warteten fasziniert auf das nächste Set.

In Rekordzeit eilten sie zu ihrer Neuentdeckung. In Ribeira d'Ilhas sammelten sie schnell noch ihr Surfmaterial und ein paar Freunde ein.

Da sie die Left beim Schlachthof bereits mit einem Schnellzug verglichen, fehlte ihnen jetzt die passende Kategorie. Düsenjet, meinte Matt und Tó brachte eine Mondrakete ins Spiel. Schnell und sauber wickelten sich die Röhren um die Landzunge. Ihre größte Sorge waren die scharfkantigen Felsen, die die gesamte Bucht umringten. Wo gingen sie am besten aufs Wasser? Wie kamen sie zurück an Land?

Jorge wurde ungeduldig und drängte seine Freunde, trotz der Gefahr, die neue Welle auszuprobieren. Matt mahnte, man müsse den Spot erst noch besser kennenlernen. Dass er auch an ihre an ihre morgendliche Surf Session dachte, sagte er nicht. Schön, kräftig und äußerst heftige Waschgänge. Matt kniff also. Tó konnte seinen Surf Buddy jetzt aber nicht im Stich lassen.

Genauso wie sie anfangs in Ribeira d'Ilhas aufs Wasser gingen, kletterten sie auch hier über ein großes Steinfeld.

Darin endeten die Wellen als große Schaumwalzen. Jede Welle, die in die Steine krachte, explodierte förmlich und feuerte sternenförmig Weißwasser in den Himmel. Zog sich das Meer zurück, hörte man lautes Grollen, das von den großen Felsen kam, die unter Wasser von der Strömung bewegt wurden.

Weiter südlich befand sich ein kleiner sandiger Abschnitt. Hier warteten sie auf eine Setpause und gelangten direkt in die rausziehende Strömung. Sie konnten sich relativ zügig dicht an der Brechungskante des Spots positionieren. Allerdings waren die Wellen nicht nur groß, sondern auch sehr steil und schnell. Ihre Herzen schlugen ihnen bis zum Hals. Nach mehreren Fehlversuchen nahm Tó sich ein Herz und zog als Erster durch. Seine Position auf der Welle war gut und er paddelte sie beherzt an. Die Welle zog aber so schnell hoch, dass er, obwohl er schnell noch versuchte, auf die Füße zu springen, mit der umschlagenden Wellenlippe nach vorn ins Wellental geschleudert wurde.

Seine Freunde am Ufer schauten wie versteinert auf das brodelnde Meer. Nach einer gefühlten Ewigkeit tauchte Tós Kopf im kochenden Weißwasser wieder auf. Noch bevor er sich sortieren konnte, musste er erneut vor einer riesigen Weißwasserwalze abtauchen. Das gesamte Set musste er über sich ergehen lassen und wurde immer tiefer in die Bucht gespült. An Land als auch im Wasser stieg die Unruhe. Immer dichter trieb Tó auf die unangenehme Steinkante zu. Endlich kam eine Setpause. Tó schnappte sich sein Brett und paddelte schnell rüber zum Channel.

Wie sollten sie nur jemals wieder zurück an Land kommen? Er wusste selbst nicht, woher seine Entschlossenheit kam. Oder war es der Mangel an Alternativen? Kurze Zeit später saß er wieder draußen neben seinem Freund. Beiden war klar, die bisher härtesten Wellen ihres Lebens herauszufordern. Von Land aus hatten die Wellen perfekt und schön ausgesehen. Jetzt im Wasser spürten sie aber die wahre Kraft des Meeres. Ein intensives, sehr aufregendes Gefühl. Leider konnten sie es kaum genießen. Ihre Sorge war vor allem die starke Strömung. Und ja, wie sollten sie nur jemals wieder zurück an Land kommen?

»Notfalls paddeln wir rüber nach Ribeira d'Ilhas«, meinte Jorge mutig. Zunächst wollte er aber noch eine Welle reiten.

»Tó antwortete: »Wir können auch in einer Setpause schnell in die Bucht paddeln und dort die nördliche Uferkante rauf klettern.«

»Das muss aber schnell gehen. Bevor uns die Strömung zu dem fiesen Steinen am Ende der Bucht spült«, mahnte Jorge.

Das nächste Set kam auf sie zu gedampft. Noch nie zuvor hatten sie so massive Wellentunnel gesehen. Hohl und schnell wie Mondraketen schossen die zerstörerischen Naturwunder auf sie zu. Sie lösten sich aus ihrer faszinierten Schockstarre und tauchten ab. Dieses Set war ein Volltreffer! Die ersten Waschgänge waren besonders heftig, da die massiven Wellenlippen direkt auf sie einschlugen. Die erste Welle stufte Tó als seinen bisher heftigsten Waschgang überhaupt ein. Prustend tauchte er auf, sah aber schon die nächste Welle auf sie zurasen. Er wusste nicht, wie er das hier überstehen sollte. Obwohl beide tief abtauchten, ernteten sie wieder einen heftigen Vollwaschgang. Dieses Bombardement versetzte Tó in Panik. Weiter Inside, die Waschgänge wurden etwas ruhiger, bemerkte er, sein Board verloren zu haben.

Jorge war immer noch voller Ehrgeiz und wollte schon wieder rauspaddeln. Er verstand aber, dass sein Freund jetzt Hilfe brauchte und eilte zu ihm. Die brodelnden Schaumwalzen spielten mit ihnen Pingpong. Glücklicherweise schafften sie es noch rechtzeitig vor den zerklüfteten Steinen zur Küste. Nach zwei Fehlversuchen kletterten sie in einem ruhigen Moment hinauf.

Das Ergebnis ihrer ersten Session war ein in den Felsen zerschmettertes Board und vier vom Riff zerschnittene Hände und Füße. Matt sah tatenlos vom Ufer aus zu. Ehrfürchtig beobachtete er, wie die beiden Freunde verwundet aus der Schlacht zurückkehrten. Jorge stützte Tó, der an einem Fuß heftig blutete.

»Welch ein Anblick«, raunte Matt. »Arm in Arm kriechen und humpeln die beiden Brüder aus der Bucht. Respekt!«

In den kommenden Tagen studierten sie die Bedingungen ihrer neuen Bucht. Bucht der zwei Brüder, »Baía dos dois Irmãos« hatte Matt sie getauft. Mehrere Tage noch humpelte Tó auf seinen zerschnittenen Füßen. Um diesem Surfspot einen Namen zu geben, reichte ihm ein schlichtes Humpeln, Coxos. An kleineren Tagen gefielen ihnen die Wellen eher bei Low Tide. Bei Springflut wiederum schrumpfte ihr Zeitfenster zum Surfen auf zwei bis drei Stunden um die Mid Tide herum. Außerdem war es bei Niedrigwasser ein Spaziergang, zurück an Land zu kommen, da die Riffplatte vor der Uferkante quasi trocken lief. Im flachen Wasser verloren die Wellen ihre Kraft und brandeten nicht mehr im gefährlichen Steinfeld. Das Anlanden bei Hochwasser war dagegen eine wahre Herausforderung. Man konnte nicht mehr stehen und trieb mit der Meeresströmung wie durch einen wilden Bergbach an der steinigen Uferkante vorbei. Man musste unter Weißwasser Wellen tauchen, um dann in einem ruhigen Moment schnellstmöglich die steinige Böschung zu erklimmen. Dauerte das zu lange, endete man vor dem unangenehm zerklüfteten Steinfeld, in das die Wellen brachen.

Natürlich veränderten die Gezeiten auch die Bedingungen in Ribeira d'Ilhas. Allerdings nicht so extrem wie in ihrer Baía dos dois Irmãos. So passten sie langsam ihre Gewohnheiten dem neuen Surfspot an bzw. richteten sie sich nach den Gezeiten für ihre neue Lieblingsbucht.

»Morgen möchte ich so früh wie möglich surfen gehen«, meinte Jorge. Mit ihren Brettern unterm Arm schlenderten sie gemütlich zur Kommune.

»Ich gehe früh surfen und werde ich den Rest des Tages auf unserer Baustelle verbringen.«

»Wann zieht ihr dort ein?«, fragte Tó.

»Noch sind die Arbeiten nicht fertig. Küche und Bad müssen noch gefliest werden. Das Badezimmer-Fenster ist fertig zum Einbau. Na ja, dann noch streichen und ein paar andere Kleinigkeiten erledigen. Außerdem haben die Pereiras auch noch ihre täglichen Aufgaben für mich. Helft ihr mir mit?«

»Klar«, antwortete Matt. »Eigentlich wollte ich heute noch mit meiner Süßen surfen gehen. Seit sie neulich ihre ersten richtig kontrollierten Wellen ritt, kriegt sie gar nicht genug vom Surfen. Dein neues Badezimmer scheint mir aber doch noch wichtiger zu sein.« Matt grinste seinen Kumpel frech an. »Wir wundern uns, dass Joana und du zuletzt nicht mehr zum Surfen mitgekommen seid. Ist wirklich alles in Ordnung?«

Tó rempelte ihn mit vorwurfsvollem Blick an. Stille. Man hörte nur noch die Kiesel des Weges unter ihren Füßen knirschen.

Matt fing an zu kichern: »Mal ganz abgesehen davon, dass du Joanas Eltern plötzlich doch noch überzeugen konntest, dass ihr beiden zusammenzieht.«

Wieder Stille und knirschende Kieseln. Kurz darauf lachten alle drei.

»Ja, ihr habt ja recht. Joana ist schwanger«, strahlte Jorge.

Yeah! Fröhlich fielen sie sich in die Arme und beglückwünschten ihn.

Plötzlich krähte Tó entsetzt: »Was ist denn bei der Kommune los?« Mehrere Polizei-Fahrzeuge standen vor ihrem Weiler und nicht wenige Menschen liefen wie ein wilder Hühnerhaufen durcheinander. Die Uniformierten schienen die Hippies aus ihrer Behausung zu treiben und pferchten sie auf dem Feldweg zusammen. Wild gestikulierend gerieten die Parteien aneinander. Es schien so, als würde die Situation gleich völlig eskalieren.

Die drei duckten sich instinktiv und liefen ein paar Meter zurück, um sich hinter einer

Wegkrümmung zu verstecken.

»Lasst uns abhauen!«, forderte Tó. »Die haben uns noch nicht gesehen.«

»Hast du viele Drogen in der Kommune gebunkert?«, fragte Matt. »Du weißt doch, dass ich das meiste Zeug außerhalb verstecke.«

Besorgt reckten sie ihre Hälse und beobachteten das Treiben aus der Ferne.

»Die nehmen uns hoch, weil wir uns vorm Militärdienst drücken«, meinte Jorge geknickt. »Schaut doch mal, die trennen die Männer von den Frauen.«

»Meinst du wirklich?«

»Ja klar. Zuletzt haben sie im Dorf immer wieder über den Krieg in Afrika geredet und dass die Regierung wieder verstärkt junge Männer einzieht.«

»Ja, zurzeit geht es in Angola richtig ab!«, bestätigte Tó.

»Wie ihr wisst, haben wir im Ort nicht nur Freunde«, fuhr Jorge fort. »Glaubt mir, diejenigen, die uns nicht mögen, fänden es eine super Idee uns beim Militäreinsatz in Afrika zu sehen!«

Schweigen.

»Dann müssen sich die Spinner endlich mal die Haare schneiden und anständige Schuhe tragen!«, äffte Tó. Wegen seiner brasilianischen Mutter hatte er neben dem portugiesischen auch einen brasilianischen Pass. Somit hatte er vermutlich nichts zu befürchten. Genau wie der Australier Matt.

»Ich muss zu Joana«, haderte Jorge.

Sie gingen zurück zur Küste und über die Klippen nach Ribamar. Alles schien ruhig zu sein. Allerdings wurden sie im Ort seltsam beäugt. Und dann sahen sie auch vor dem Café einen Streifenwagen stehen. Rückzug. Sie liefen runter zu Matts Werkstatt. Die Luft war rein und sie konnten erstmal durchschnaufen. Jorge berichtete ihnen von seinen letzten Telefongesprächen mit seiner Mutter. Dort waren zuletzt mehrere Briefe des Verteidigungs-Ministeriums im Briefkasten gelandet. Jorge wurde aufgefordert, sich beim Militär zu melden. Anderen jungen Männern in der Kommune war es genauso ergangen.

»Meine Mutter hat sich dumm gestellt und gemeint, nicht zu wissen, wo ich stecke. Am Ende musste sie sogar eine Vermisstenanzeige aufgeben. Stellt euch das mal vor! Obwohl sie mich nicht vermisst, wurde sie dazu genötigt. Seitdem sucht die Polizei offiziell nach mir.«

Matt schlug vor, ihnen die Haare zu schneiden. Um sich unauffälliger bewegen zu können. Tó wollte lieber nochmal surfen gehen. Seine Freunde hatten aber keine Lust mehr. Außerdem knurrte allen der Magen und sie hatten nichts zu essen bei sich. Über einen riesigen Umweg, über São Lourenço und Lagoa, gelangten sie schließlich zum Hof des alten Pereira. Eine besorgte Joana erwartete sie bereits. Sie bestätigte ihnen, dass die Polizei alle Männer der Kommune festnahmen und zum Militär einzogen. Wer sich weigerte, würde im Gefängnis landen. Man sah bereits eine kleine Wölbung unter ihrem Kleid. Nach einer ausgedehnten Mahlzeit, in der noch einmal reichlich Rotwein floss, schliefen sie gemeinsam in Pereiras Scheune. Am nächsten Tag schlichen sie vorsichtig runter zur Kommune. Offensichtlich hatten sie auch die Frauen verscheucht. Leider wurden auch all ihre Habseligkeiten geplündert. Tós Drogen waren genauso verschwunden wie Kochutensilien, Kleidung und Surfmaterial. Die Wut stieg in ihnen hoch. Zum Glück hatten sie noch ihre drei Bretter und Neos in Matts Werkstatt verstaut.

Nach Rücksprache mit Joana entschloss Jorge sich freiwillig zu stellen. Er hatte keine Lust, sich hier ewig zu verstecken. Außerdem waren die Strafen für Fahnenflüchtige drakonisch. Erfolglos versuchte Tó ihn umzustimmen. Nach einer letzten gemeinsamem Surf Session zog Jorge geknickt los. Seine Freunde versprachen ihm, auf Joana und die Pereiras aufzupassen und hofften auf ein baldiges Wiedersehen.

Dank seines brasilianischen Passes schaffte Tó es tatsächlich, sich vorm Militärdienst zu drücken. Zusammen mit Matt richtete er die Kommune wieder her. Wie sich bald herausstellte, war Matts Freundin mittlerweile auch schwanger. Er heiratete sie und zog mit ihr im Ort zusammen. Trotzdem ging er weiterhin täglich mit seinem Freund surfen. Tó erinnerte das an ihre Anfangszeit, als sie zu viert Ribeira d'Ilhas entjungferten. Noch im selben Jahr, im Herbst, lernten sie Matt kennen. Der klapperte schon auf dem Weg nach Marokko die Iberische Halbinsel ab. Wie erwartet fand er die beiden portugiesischen Surfer am Strand von Ribeira d'Ilhas. Die waren mehr als erstaunt über den Fremden, der nach dem Lusitano suchte. Der kramte seinen halben Bus leer und fand einen Surfanzug. Feierlich überreichte er ihnen das kostbare Stück. Mit lieben Grüßen von Tom und Jake. Was für eine schöne Überraschung! Fortan eroberten sie gemeinsam die Herbstdünungen. Eine neue Freundschaft entstand.

Jetzt surften sie zu zweit, allerdings fast nur noch in der Baía dos dois Irmãos. Schmerzlich vermissten sie einen der beiden Brüder der Bucht. Der kämpfte nun in Afrika, fürs Vaterland. Gerade an großen Tagen hatte Jorge besonders viel Mut bewiesen und dadurch auch seine Freunde gestärkt. Bleibt noch im Wasser, wir packen das. Nicht aufgeben!

Mit der Zeit kamen sie immer besser mit dem neuen Surfspot zurecht. Surften immer solidere Wellen und verschwanden auch schon häufiger unter der Wellenlippe. Oft saßen sie im Line Up und dachten an ihre Freunde, die nun im Krieg in Afrika um ihr Leben fürchteten. Besonders schöne Wellenritte widmeten sie dem einen oder anderen Freund.

»Yeah, diese Röhre war für Rui«, frohlockte Matt. Und dann dachten sie an den schüchternen Jungen aus Carcavelos. »Weißt du noch, der hat doch manchmal Besuch von seiner Familie bekommen.«

»Oh ja, besonders gut kann ich mich noch an die selbstgemachte Feigen-Marmelade seiner Mutter erinnern.«

»Sein Vater war überhaupt nicht begeistert von uns.«

»Tja. Erinnerst du dich auch noch an Ruis kleinen Bruder? Der war sowas von heiß aufs Surfen. Hat uns alle am Strand ausgefragt und wollte unbedingt ein eigenes Surfboard haben.«

»Das fand der Vater gar nicht gut. Ein verlotterter Surferboy in der Familie war ihm schon einer zu viel!« Beide lachten.

Rollte eine solide Dünung in die Bucht, saß der imaginäre Jorge neben ihnen und pushte sie zu neuen Heldentaten. Ohne diese mentale Stütze hätten sie sicherlich bei der einen oder anderen Welle zurückgezogen. »Und die hier ist für Jorge«, dachten sie schon beim Anpaddeln und nahmen es mit dem Monster auf.

Angeblich pfiffen sich die Big Wave Surfer auf Hawaii heutzutage bewusstseinserweiternde Drogen rein, bevor sie in die Schlacht zogen. Der mentale Druck, es mit haushohen Wellen aufzunehmen, war immens. Und diese neuen Drogen sollten anscheinend auch die Entschlossenheit, die mentale Power stärken.

Es kursierten Geschichten von übernatürlichen Zauberpilzen und LSD. Letzteres, wusste Matt zu berichten, konnte man auch in London kaufen. Angeblich stimuliere es die Freizügigkeit und Kreativität. Künstler wie Jimi Hendrix und sogar die Beatles nahmen das Zeugs anscheinend auch.

Auch wurden diese Drogen auf Partys konsumiert. »Hauen sich die Leute so ein Teil rein, werden sie mitunter völlig wahnsinnig! Anscheinend mutierte nun so manch eine Party zur wilden, endlosen Orgie.« Matt konnte sich nicht vorstellen, wie man so anständig surfen sollte. Tó hingegen war wilden Orgien gegenüber nicht abgeneigt. Zum Surfen, behauptete er, käme es möglicherweise auf die Dosierung an. »Man darf seine Seele halt nur ein bisschen ankitzeln«, meinte er.

»Na toll«, entgegnete Matt. »Todesmutig stürzte er sich in die Welle seines Lebens. Leider überlebte er diesen Ritt nicht, da die Lungen nicht seiner betörten Seele folgen konnten!«

»Klar, körperliche Fitness ist immer wichtig. Aber denk doch mal an die berühmten Perlentaucher aus der Südsee. Die entspannen sich und können so mehrere Minuten unter Wasser bleiben. Ist dein Kopf klar, kannst du sicherlich auch besser kräftigere Waschgänge überstehen.«

Ihre Diskussion, was denn nun ein klarer Kopf sei, ging ins Unendliche und führte zu keinem übereinstimmenden Ergebnis.

Wochen später besuchte Tó Matt in seiner Werkstatt. Paradise Surfboards nannte der jetzt seine Surfboard-Marke. Das Logo war eine grüne, buschige Palme, die auf einer von Wellen umbrandeten Insel stand. Leider lief sein Geschäft schlecht. Kein Wunder, bis auf ein paar durchreisende Ausländer waren sie die beiden einzigen Surfer im Ort. Tós Geschäfte gingen deutlich besser. Allerdings musste er nun regelmäßig nach Lissabon, um seine Waren dort an die gut betuchte Mittel- und Oberschicht zu verhökern.

Breit grinsend zog Tó einen Brief aus seiner Tasche. Schau mal, was mir unser alter Freund Jake geschickt hat. Im Briefumschlag steckte eine bunt bemalte Postkarte. Matt schaute flüchtig, beglückwünschte Tó zu seiner hübschen Post und widmete sich wieder seiner Palmeninsel, die er gerade liebevoll auf ein frisch gehobeltes Surfboard pinselte.

»Nun nimm dir doch mal etwas mehr Zeit«, forderte Tó.

Bei genauerer Betrachtung erkannte er Ausstanzungen. Die gesamte Karte war in unendlich viele Kästchen, wie klitzekleine Mini-Briefmarken, unterteilt.

Matt sah in fragend an.

»Das hier sind 500 LSD Trips. Und damit stürzen wir jetzt Lissabons Party-Szene ins Chaos! Aber vorher probieren wir sie erstmal selbst.«

Tó hatte Matt schon mehrfach angeboten, in sein Geschäft mit einzusteigen. Natürlich war es verlockend, gutes Geld zu verdienen. Trotzdem blieb Matt lieber auf dem rechten Pfad und baute, wenn auch zurzeit unverkäufliche, Surfboards.

LISSABON 1974

Eines sonnigen Vormittags, Tó war gerade in Lissabon und ging auf Geschäftsreise. Mit dem Zug wollte er vom Cais do Sodré nach Cascais fahren. Dort kam er aber nicht an. Er verstand zunächst nicht, warum so viele Menschen in den engen Kopfsteinpflaster-Gässchen unterwegs waren. Die gesamte Stadt schien in Aufruhr. An der nächsten Kreuzung entdeckte er die ersten Soldaten. Unten auf dem Platz stand sogar ein Panzer. Die Bevölkerung jubelte den Soldaten zu und steckte ihnen rote Blumen in die Knopflöcher. Und dort steckte sogar eine Blume im Lauf eines Gewehres! Es war der 25. April 1974, der Tag der später als Nelkenrevolution benannt wurde. An dem sich das Militär gegen das Regime erhob und es aus dem Amt putschte. Lissabons Bürger wussten zunächst nicht, was vor sich ging. Die Soldaten informierten sie, sie sollten den katholischen Radiosender Renascença einschalten.

Rádio Renascença war bekannt für seine regimekritische Haltung und erfreute sich zunehmender Beliebtheit. Bereits 1969 berichtete Rádio Renascença als einziges portugiesisches Nachrichtenmedium ausführlich über die Geschehnisse am Rande des Fußball-Pokalfinales zwischen dem regimetreuen Hauptstadtclub Benfica Lissabon und dem linksgerichteten Studentenverein Académica de Coimbra.

Die Studenten aus Coimbra zeigten im Nationalstadion große Transparente mit Forderungen zur Bildungsreformen.

Seit Jahren schon trafen sich autonome Studenten im Fanblock von Académica und nutzten das Fußballstadion, um der Öffentlichkeit ihren Unmut zu zeigen. Salazars »Quinta«, wie sein autoritäres Regime auch genannt wurde, legte nicht nur Wert darauf, das Land vor äußeren »modernen« Einflüssen zu schützen. Sicherheitshalber wurde der Großteil der Bevölkerung auch noch bewusst dumm gehalten. Die vierjährige Grundschule war ein von Salazar schon äußerst ungeliebtes Zugeständnis ans Volk, das mehrheitlich immer noch aus Analphabeten bestand. Zur Elite des Landes sollten nur wenige, aus einflussreichen Familien stammende Emporkömmlinge gehören. Für diese galt auch das Recht auf Bildung und höhere Aufgaben.

An Coimbras Universität rührte sich Widerstand. Mit ihren demonstrationsähnlichen Auftritten während Académicas Fußballspielen waren Coimbras Studenten dem Regime ein Dorn im Auge. »Was haben die nur?«, fragte man sich. »Sie dürfen doch studieren und haben somit, was sie wollen.« Die Studenten wollten aber mehr. Sie wollten ihre Freiheit. Und erhielten mit der Zeit immer mehr Unterstützung, vor allem von der katholischen Kirche. Zunehmend aber auch von Oppositionspolitikern, die heimlich im Untergrund operierten, und seit Neuestem auch vom Militär. Die Offiziere waren es leid, in einem längst verlorenen Krieg ihre Truppen abzuschlachten. Afrika ertrank in portugiesischem Blut. Und als Dank dafür lebten die Familien der kämpfenden Soldaten zu Hause in Armut und Dummheit. Vom Regime gehasst und verfolgt und von der katholischen Kirche gefeiert und behütet. Académica war der einzige portugiesische Verein, der ohne jegliche Berufsfußballer auskam. Sie lehnten den bezahlten Fußballbetrieb ab, boten aber jungen Talenten, die sich ihrem Verein anschlossen, ein Gratisstudium an.

Bereits am 24. April um 22:50 Uhr spielte Rádio Renascença das Lied: »E depois do adeus« (Und nach dem Abschied). Eine Ballade über einen Mann, der mit dem Ende seiner Beziehung konfrontiert ist. Das war das verabredete Signal an die aufständischen Truppen, aus ihren Kasernen auszurücken.

Die Putschisten, unter der Führung des General Stabschefs António de Spínola, hatten sich in der MFA, der Movimento das Forças Armadas, vereint. Spínola war klar, dass die portugiesischen Kolonialkriege nicht zu gewinnen waren und Unmengen von Geld und Menschenleben kosteten. Außerdem isolierte Portugal sich zunehmend mit der sturen Haltung, an seinen Kolonien festzuhalten. Ein früherer Putschversuch war bereits fehlgeschlagen. Nun aber fanden sie in der katholischen Kirche einen starken Mitstreiter. Über deren linksautonomen Radiosender verabredeten sie geheime Zeichen, um zeitgleich auszurücken und alle strategisch wichtigen Punkte wie Ministerien, Rundfunksender und Lissabons Flughafen zu besetzen.

Gegen 00:30 des 25. April las der Sprecher von Rádio Renascença die erste Strophe des verbotenen Liedes »Grândola, Vila Morena« (Grândola, braungebrannte Stadt) und spielte danach das gesamte Lied des antifaschistischen Protestsängers Zeca Afonso: das verabredete Signal für die Putschisten loszuschlagen. Bereits im Morgengrauen war die Mehrheit der regierungstreuen Militärs zu den Putschisten übergelaufen. Portugals Premierminister und Salazars Nachfolger Marcelo Caetano erkannte die bedrohliche Lage und flüchtete in die Polizeikaserne der ihm noch treuen GNR, Guarda National Republicana, am Largo do Carmo in Lissabon.

Das Militär rückte vor und wurde von den Bürgern mehr und mehr als Befreier bejubelt. Die ersten roten Nelken, das internationale Symbol der Arbeiterbewegung, tauchten auf und wurden den Soldaten an die Uniform und in ihre Gewehrläufe gesteckt. Die Belagerung der GNR Kaserne nahm Züge eines Volksfestes an. In den Straßen wurde gesungen und getanzt. Am Abend gab Caetano dem öffentlichen Druck nach und übergab die Regierung offiziell an den ehemaligen Gouverneur der Provinz Guinea Bissau, General Spínola.

Natürlich drang diese Neuigkeit auch zügig bis nach Ribamar vor. Es dauerte aber Wochen und Monate, bis die Dorfbewohner realisierten, dass dieser politische Wechsel ihr Leben verändern würde.

Bereits am 26. April, einen Tag nach der Nelkenrevolution, entließ die neue portugiesische Regierung Mosambik und Angola in die Unabhängigkeit. Portugal zog sich aus den zuletzt am heftigsten umkämpften afrikanischen Ländern zurück.

Matt hoffte auf eine baldige Rückkehr seiner Freunde, vor allem von Jorge. Dann tauchte Tó in Ribamar auf und berichtete aufgeregt von den Ereignissen in Lissabon. Auch erklärte er feierlich, wieder mit Jake Kontakt gehabt zu haben. Per Telegramm schrieben sie sich. Jake war gerade in London und wollte sie in Portugal besuchen kommen. Matt wusste, dass die beiden vor allem wegen ihrer krummen Geschäfte in Kontakt waren, sagte dazu aber nichts und freute sich auf seinen alten Freund.

Zu dritt surften sie die menschenleeren Surfspots und genossen ihre Zeit. Matt träumte immer noch davon, eines Tages mal J-Bay zu surfen. Jake machte ihnen aber einen neuen Vorschlag: Bali, eine traumhaft schöne Tropeninsel mit unendlich vielen Surfspots. In der tropischen Wärme konnte man den ganzen Tag in Shorts auf dem Wasser verbringen. Abgesehen davon war das Leben in Indonesien spottbillig. Uluwatu hieß der momentan angesagteste Spot der Surfer-Welt. Jake und Tó machten sich auf, diese sagenumwobene Gegend zu erkunden. »Thailand schauen wir uns auch noch an. Wir müssen eh in Bangkok zwischenlanden.« Jake wusste, dass nach Marokko nun auch immer mehr Hippies und Freaks das paradiesische Leben Thailands zu schätzen lernten. Von einer ganz neuen

Droge war auch die Rede. All das wollte er sich nicht entgehen lassen.

1975 stand Portugal kurz vor einem Bürgerkrieg. Nachdem das gemeinsame Ziel, das Salazar-Regime zu beenden, erreicht war, kam es zwischen dem rechtskonservativen General Spínola und der links gerichteten MFA umgehend zu Differenzen. Spínolas Idee einer Portugiesischen Föderation mit den Kolonien wurde missachtet und Portugals provisorische Regierung, letztendlich unter der Führung einflussreicher MFA Männer, begann, mit den Kolonien über eine vollständige Unabhängigkeit zu verhandeln. Spínolas Einfluss schwand zunehmend und er beging erneut einen Putschversuch. Dabei ging er aber völlig überhastet zu Werke und sein Aufstand wurde schon im Keim erstickt. Der einstige Held der Revolution flüchtete ins Ausland.

Die MFA tat sich mit der Kommunistischen Partei Portugals (PCP) zusammen. Sie war die einzig existierende Partei in Portugal und verfügte über eine breite Basis in der Landbevölkerung und in den Arbeitervierteln der Vorstädte. Obwohl sie 1927 von Salazar verboten worden war, hatte sie die gesamte Diktatur hindurch im Untergrund weiter existiert. Damals riskierten die Anhänger harte Strafen, wenn sie nachts loszogen und ihr traditionelles Hammer-und-Sichel-Zeichen auf Hauswände pinselten. Jetzt wehten ihre roten Fahnen ganz legal im Wind.

Die westlichen Mächte machten sich zunehmend Sorgen, dass in Portugal ein neuer kommunistischer Staat entstehen könnte. Besonders die Amerikaner fürchteten, neben Kuba einen weiteren strategisch wichtigen Stützpunkt an die Kommunisten zu verlieren. Eilig forcierten die traditionellen Westparteien Europas Gründungen einer jeweiligen Schwesterpartei in Portugal.

So wurde am 19. April 1975, auf Initiative der Sozialde-

mokratische Partei Deutschlands (SPD) und der Friedrich
Ebert Stiftung, die Partido Socialista (PS) im deutschen
Bad Münstereifel gegründet und mit Geldern unterstützt.
Am 25. April 1975 gewann die PS mit 37,8%, vor allem für
die PCP äußerst überraschend, die Wahlen. Dem westlichen Geldsegen hatten die Kommunisten nichts ent-
gegenzusetzen. Sie wollten sich aber auch nicht mit dem
Wahlergebnis abfinden. Schon bald darauf kam es zu
ersten handfesten Zusammenstößen zwischen den radi-
kalisierten MFA-Militärs und den Anhängern der neuen
demokratischen Wahlsieger. Das Land war gespalten und
wurde von einer ganzen Welle von Streiks und Bomben-
attentaten heimgesucht. Als Vergeltungsakt sprengten
regierungstreue Anhänger den Sendemast von Rádio Re-
nacença. Daraufhin stürmte ein wütender kommunistischer Mob das portugiesische Parlament und kidnappte
den Premierminister sowie einige seiner Minister.

Da auch in den Kolonien die Angst vor Bürgerkriegen
stieg, wurde Portugal von unzähligen Heimkehrern über-
schwemmt. Die sogenannten Retornados bestanden nicht
nur aus weißen Siedlern, sondern auch aus Schwarzen
und Mischlingen. Da es nicht ausreichend Wohnraum
gab, wurden sie in aus eng zusammenstehenden Holz-
baracken bestehenden Camps zusammengepfercht. In
diesen Auffanglagern herrschte pure Armut. Die Einglie-
derung dieser Menschen sollte Jahre dauern.

Nach dem gescheiterten Putschversuch von 1975 beruhigte sich das Land allmählich. Portugal war nun ein
freies, demokratisches Land. Allerdings war die Mehrheit
der Bevölkerung immer noch bettelarm.

Geschickt nutzte Lusitano die politischen Wirren, um
sich ein gut funktionierendes Netzwerk aufzubauen. Er
eröffnete eine Firma nach der anderen und wurde langsam zu einem einflussreicheren Unternehmer. In den Get-

tos der perspektivlosen Retornados holte er sich billige Arbeitskräfte. Sein neu gegründetes Logistik-Unternehmen schickte nun regelmäßig Frachtschiffe zu den portugiesischen Inseln. Niemand hatte Verwendung für die alten Pötte, die im Lissabonner Hafen vor sich hin rosteten. Lusitano bekam sie quasi geschenkt. Hauptsache, der Vorbesitzer musste nicht auch noch die teure Verschrottung bezahlen. Auf Empfehlung seines alten Freundes Jorge fuhr sein erster Dampfer auch nach Terceira, um dort Geschäfte mit den Amerikanern zu machen. Deren Surfmaterial zu kaufen war aber nicht mehr rentabel. Stattdessen verkaufte er ihnen nun Waren vom Festland. Wein, Olivenöl, Käse und was er noch so anbot. Bald schon besaß er seine eigene Lagerhalle im Hafen von Lissabon. Ein vertrauenswürdiger Geschäftsführer musste her, um sein neues Großhandels-Unternehmen zu führen.

Seine zweite Linie nach Funchal war viel rentabler. Im Vergleich zu den Azoren produzierten die Madeirenser mehr. Sämtliche Waren, die auf den Inseln angeboten wurden, nahmen seine Schiffe mit nach Lissabon. Auf dem Weg nach Hause fuhr sein Madeira-Dampfer auch noch einen großzügigen Umweg nach Osten, um sich nachts auf See heimlich mit marokkanischen Fischerbooten zu treffen. Die übergebenen Waren aus dem Rif-Gebirge brachten dem Lusitano viel mehr Gewinn ein als die Bananen von Madeira.

Seine Geschäfte florierten und zunehmend kaufte er sich sowohl Freunde in der neuen portugiesischen Politik als auch beim Zoll ein. Mittlerweile verfügte er sogar über eine kleine, schlagkräftige Privatarmee, die vor allem aus ehemaligen schwarzen Untergrundkämpfern aus Afrika bestand. Jahrelang wurden sie von den Portugiesen gejagt. Und jetzt hatten sie überhaupt kein Problem damit, das böse Spiel umzudrehen. Lusitanos Bluthunde waren bald berühmt-berüchtigt in Lissabon. Mit denen legte man sich besser nicht an! Sie waren ihm dankbare und treue Untertanen und zur Abschreckung seiner Gegner taugten sie allemal. Schließlich konnte er auch nicht den gesamten portugiesischen Justiz-Apparat schmieren. Kam ihm ein Kripo-Kommissar oder Staatsanwalt auf die Schliche und gefährlich nahe, war der fortan seines Lebens nicht mehr sicher. Die Bluthunde wetzten ihre Macheten und bald schon schwamm sein schlimm zugerichteter Leichnam im Rio Tejo. Konnten sie ihren Opfern nicht auf der Straße auflauern, da die sich aus Angst vor Anschlägen bereits zu Hause verbarrikadierten, gingen sie zu ihnen und löschten oft gleich noch die gesamte Familie mit aus.

Auch reisten zahllose Schwarzafrikaner nach Übersee. Sie waren auf Geschäftsreise nach Thailand, wo sie bunte Stoffe, Massageöl und Räucherstäbchen einkauften. Und seit Neuestem flogen seine Männer auch noch nach Südamerika. Der Lusitano hatte ein neues Produkt für seine reichen Lissabonner Freunde kennengelernt.

In Lissabons Baixa hatte er eine exklusive Sportboutique eröffnet. Der Laden war quasi der erste Surfshop in der Stadt beziehungsweise der Erste in ganz Portugal. Natürlich shapte Matt die Bretter, die dort im Schaufenster standen. In den Regalen, zwischen den Golf- und Tennisklamotten, lagen auch aus Australien importierte Boardshorts. Die waren für die Kinder der wenigen reichen Stadtfamilien bestimmt. Die Eltern sollten sich natürlich auch gleich noch was kaufen. So setzte er auf die neuen Trendsportarten Golf, Tennis und Yachtsport. Ein Boot einfach nur als Freizeitbeschäftigung zu nutzen, war bis vor Kurzem völlig undenkbar gewesen. Sein neuer Kundenstamm, ein kleiner exklusiver Jetset Kreis an der Linha de Cascais, füllte nach und nach die kleinen Häfen mit Segel- und Motor-Yachten. Sie genossen ihr Leben mit all diesen neuen Errungenschaften.

Tatsächlich konnte man beim Lusitano bald schon ganze

Segel- oder Motoryachten bestellen. Lusitano ging es aber vor allem um das ganze Drumherum. Nicht nur exklusive Sportgeräte und Mode-Accessoires bot er an. Hatte jemand noch spezielle Wünsche, beispielsweise seine Party interessanter zu gestalten, wurde er zum Geschäftsführer ins Hinterzimmer geführt. Dort kam es dann zur Bestellung der illegalen Waren, die bald auf keiner gehobenen Party an der Linha mehr fehlten. Neben Drogen kaufte ihm die High Society auch gerne illegal importierte Edelsteine aus Angola ab. Auch Menschenhandel und Prostitution wurden zu einem lukrativen Geschäft.

ERICEIRA 2001

Unter den Surfern gab es diesen unausgesprochenen Verhaltenscodex. Wer hatte sich überhaupt so einen Schwachsinn einfallen lassen? Waren die Wellenreiter doch die Freiheit liebende Spezies schlechthin. Gerne entflohen sie den Regeln des bürgerlichen Alltages, um sich dann selbst ihrem eigenen beknackten Codex zu unterstellen?

Der Surfer-Codex bestimmte das Auftreten eines Surfers. Das fing beim Verhalten auf dem Strandparkplatz an und ging bis zur wichtigen Frage, welchen Klamottenstil man bevorzugte. Trug man lieber überdimensionierte Klamotten, Cap und hörte Gangster-Rap? Oder hielt man sich eher an Rock'n'Roll, Röhrenjeans mit langen Haaren? Flip-Flops und Sonnenbrille gingen natürlich auch immer. Oder ganz besonders cool: das berühmte weiße Bintang-Muskelshirt. Unterstrich es doch, dass man augenscheinlich schon in Indonesien gesurft hatte. Auch die verschiedenen bunten Sticker auf den überwiegend schrottreifen Karren zeigten die Stilrichtung des jeweiligen Besitzers. Egal wie, man musste cool daherkommen. Nicht zu cool, aber auch nicht zu wenig.

»Schaut mal, Kelly Slater und Team beehren uns.« Seine Freunde erblickten den auf Hochglanz polierten Mietwagen, der gerade auf den Strandparkplatz einbog und sich langsam näherte.

»Gleich gibt es ein wahres Feuerwerk auf dem Wasser zu bestaunen!« Sie lachten herzlich.

»Plastik Fantastik!«, dokumentierte ein weiterer Local die überdimensionalen Surfboards, die der Wagen auf einem Travel Boardbag mitbrachte.

Kichernd und in unauffälliger James Bond-Manier beobachteten sie die Touristen, wie sie am Geländer lehnten und erfreut das Meer beobachteten. Natürlich gaben auch die Bifes durch ihren Kleidungsstil, zu erkennen dass sie Surfer waren. Als das nächste Set einrollte, ging ein Raunen durch die Gruppe der Ausländer.

»Ob sie es wohl aushalten bis zum nächsten Set? Oder werden sie vorher schon ihre Mega Boards abladen und sich aufgeregt umziehen?«, mutmaßte einer der Einheimischen.

»Erst kommen sie noch rüber und fragen uns nach irgendwelchen Untiefen, oder sonst was für gefährliche Steine im Wasser«, bellte ein anderer.

Keine Fünf Minuten später standen die Ausländer vor den Locals und stellten die obligatorischen Fragen zum Surfspot.

»Das gesamte Meer ist immer gefährlich!« antwortete ein Einheimischer, mit dramatisch aufgesetzter Miene. »Da muss man wirklich aufpassen!«

»Am besten fahrt ihr rüber zum Fisherman's Beach. Dort könnt ihr heute ohne Bedenken ins Wasser gehen«, meinte ein anderer und musste sich das Lachen verkneifen.

Wer mit überdimensionalen Rental Boards am Strand erschien, verlor umgehend sämtliche Coolness-Punkte! Egal ob Cap Träger oder nicht. Es sei denn, es stiegen ein paar hübsche blonde Bifas aus dem Mietwagen. Stopp! Das war natürlich eine völlig andere Situation! Denen erklärte man liebend gerne den Surfspot und natürlich auch gleich noch, wo abends die beste Party stieg.

Jan verstand nicht, warum reisehungrige Surfer zu Hause Fremden gegenüber abweisend sein konnten. So ein Verhalten war für ihn absolut unlogisch. Allerdings erwischte er sich auch beim Gedanken, wie er mit einer Handvoll Surfer die morgendlichen Sessions in Uluwatu genoss. Die einzige Verkehrsanbindung damals war ein rutschiger Single Trail, im Stile eines Mountainbike-Parcours. Wie wild schlängelte der sich durch den balinesischen Dschungel und bot dabei immer wieder Steigungen vergleichbar mit denen des Himalayas. Zu der Zeit standen genau fünf Warungs auf der Klippe von Uluwatu, um die Surfer mit frischen Säften, Nasi Campur, bunten Sarongs und T-Shirts zu versorgen. Nach dem Surfen wurde natürlich auch noch die obligatorische Massage angeboten. Im Wald drum herum versteckten sich vereinzelt Privathäuser, in die sich eine Handvoll abenteuerlustige Surfer einmieteten. Gerne nahmen sie das spartanische Leben, im damals noch dichten Urwald, für gute Wellen in Kauf. Fließend Wasser und Strom war hier noch Fehlanzeige. Gewaschen wurde sich mit kaltem Wasser aus der Zisterne.

»Checkmate!«, freute sich sein neuseeländischer Mitbewohner. Sie saßen auf der Veranda vor dem Haus und die Moskitos tanzten im Schein der Öllampe. Jan hatte zuletzt sämtliche Schach-Partien verloren. Wenn auch manchmal nur äußert knapp. Langsam verließ ihn die Motivation und heute verzichtete er sogar auf eine Revanche.

»Heute Morgen kam das erste Japaner-Boot schon sehr früh bei uns an«, meinte Jan. »Ich gehe lieber schlafen, um morgen noch eine halbe Stunde früher aufs Wasser zu kommen.«

»Vorsicht mit den Wald- und Meeresbewohnern. Die sind in der Dunkelheit noch aktiv!«, ermahnte ihn sein Mitbewohner.

Kurz darauf kroch Jan unter sein Moskitonetz, und war am nächsten Morgen tatsächlich der allererste, der in der Dämmerung ins Line Up paddelte. Bald folgten ihm weitere Surfer. Sie waren aber selten mehr als zehn Ausländer auf dem Wasser. Die Locals waren freundlich und nahmen sich immer die besten Wellen. Die Ausländer ließen sie gewähren und freuten sich der guten Stimmung. Es waren eh genügend Wellen für alle da. Diese Sessions fühlten sich wie gemeinsames Surfen an. Sie feuerten sich gegenseitig an und freuten sich, wenn ein anderer eine perfekte balinesische Röhre gerockt hatte.

»Gut gemacht! Das war genauso wie ich es dir erklärt habe«, lobte ihn sein Mitbewohner. »Kurz vor der Untiefe fährst du einen ausgedehnten Bottom Turn, lenkst einmal kurz ran und schon bist du drin, in der legendären Racetracks Röhre.«

Stolz kam Jan zu ihnen gepaddelt und setzte sich auf sein Surfboard.

»Gut, dass uns die beschwerliche Anfahrt die Massen, die in Kuta wohnen, vom Leib hält«, freute sich ein Australier.

»Die müssen doch erst noch ihren Hangover pflegen und in Ruhe frühstücken«, antwortete sein Buddy.

Tatsächlich tauchten die allerersten Hartgesottenen nicht vor zehn Uhr auf der Klippe auf. Vom letzten wilden Teilabschnitt durch den Dschungel klebte noch ordentlich Schlamm an ihren heiß gelaufenen Mopeds. Die brauchten erst mal eine kleine Pause von ihrem Höllenritt, bevor sie aufs Wasser kamen. Deutlich angenehmer war da die Variante, sich ein teures Motorboot zu chartern. Besonders beliebt war das bei den Japanern. Die obendrein auch immer gleich in der Horde auftauchten.

Die ersten japanischen Boote ankerten oft schon vor zehn Uhr vor Uluwatus Steilküste. Vielleicht hatte es auch damit zu tun, dass die Asiaten weniger Alkohol vertrugen als beispielsweise ein muskelbepackter, trinkfester Aussie? Egal, auf eines war auf jeden Fall Verlass: Die japanischen Boote kamen pünktlich und waren stets gut beladen.

Eindeutige Gesten in Richtung der Boote, untermalt mit den wildesten Flüchen, überwiegend in australischem Englisch, begrüßten die unwillkommenen Eindringlinge. Jan wohnte damals schon mehrere Wochen im Dschungel von Uluwatu. Mit der Zeit erwischte er sich selbst dabei, wie auch er sauer wurde, sobald die ersten japanischen Boote in der Ferne auftauchten. Obwohl er kein Local war, rutschte er innerhalb von wenigen Wochen in den Verteidigungsmodus. Manchmal erschrak er dabei und wunderte sich über sich selbst.

Aus seiner Jugend auf Sylt kannte er überhaupt keinen Lokalismus. Im Gegenteil, tauchte mal ein fremder Surfer vom Festland auf, war der eher eine Attraktion und man freute sich über seinen Besuch. Windsurfende Touristen gab es zuhauf auf der Insel, aber auch ausreichend Platz. Und beim Brandungs-Windsurfen auf der Westseite sortierte die natürliche Auslese der Shorebreak-Überwindung ohnehin die meisten Touristen aus.

Als Jan eines Tages mit seinen Freunden an der Flunderbuhne in Westerland surfen ging, wunderte er sich über ein neues Graffiti am Strandübergang: »Brandenburger Local Power« hatte man dort in bunter Farbe an die Wand geschmiert. Im Scherz fragte er seine Surfer-Buddies, ob man als Wenningstedter nun nicht mehr am Brandenburger Strand surfen durfte.

»Mach dir keine Sorgen, das sind bloß die jungen wilden Capträger«, antwortete ein Freund. »Die machen den Touris gerade das Leben schwer. Seit Neuestem nennen die sich BLP – Brandenburger Local Power.«

Jan schüttelte überrascht den Kopf.

»Ja, BLP heißen die«, meinte ein anderer. »Brain Less People!« Gelächter brach aus.

In vielerlei Hinsicht wuchsen die Sylter behütet auf und genossen ihre Kindheit inmitten der Natur. In der großen weiten Surfer-Welt aber herrschten diese beknackten Regeln. Und jeder Surfer dieses Planeten wurde früher oder später damit konfrontiert. Jan hielt sich auf Reisen an die einfachste Regel des »normalen« Lebens: Respekt geben und Respekt nehmen. Außerdem war es hilfreich, nicht dumm aufzufallen und alleine oder in möglichst kleiner Gruppe surfen zu gehen.

Der Codex war quasi der große Bruder der Priorities. All der modische Schnickschnack hin oder her. Letztendlich ging es immer nur darum, Größe zu demonstrieren und seinen Platz am Surfspot zu finden. Die Locals überpaddelten ja eh alle anderen und positionierten sich am Peak. Kannte man diese Überpaddler nicht, ignorierten sie einen. Wurde man im Vorbeipaddeln flüchtig gegrüßt, war das schon eine große Auszeichnung und zeigte den restlichen Surfern am Spot den eigenen Bekanntheitsgrad. Am Peak tummelten sich also die Platzhirsche. Meistens saßen sie sehr eng aufeinander und quasselten wie Weiber beim Kaffeeklatsch. Das war wiederum Codex konform und das sichere Zeichen für auswärtige Surfer: »Wir kennen uns, haltet Abstand!«

Hinter den Locals ging es munter weiter mit der Codex-Rangordnung. Wer durfte dichter am Peak sitzen und wer nicht? Small Talk war O.K. Zu viel Gerede aber schnell nervig und uncool. Außer natürlich beim Kaffeklatsch am Peak. Kannte man niemanden im Wasser, verhielt man sich besser cool und reserviert.

»Du bist einfach zu freundlich«, ermahnte Jan einmal einen seiner Surfschüler.

Völlig perplex fragte er: »Was bitte schön soll an Freundlichkeit falsch sein?«

»Berechtigte Frage«, antwortete Jan. »Es ist wirklich etwas bescheuert. Aber wenn du alle Surfer hier im Wasser freundlich grüßt, zeigst du ihnen Respekt und musst dann auch entsprechend die Wellen mit ihnen teilen. Ignorierst du die anderen, ist es einfacher ihnen Wellen zu stibitzen. Genauso wie im Straßenverkehr. In der Anonymität kannst du frecher fahren, drängeln und hupen. Wer Blickkontakt zum anderen Fahrer herstellt, fährt sofort defensiver. Oh, da sitzt ja ein Mensch im anderen Auto.«

»Willst du mir jetzt ernsthaft sagen, dass ich unfreundlicher sein soll?«

»Sagen wir mal so, du musst freundlich aufdringlich sein. Sei nicht unfreundlich. Aber lass dich auch nicht abdrängen oder von jedem überpaddeln.«

Sein Gegenüber hörte aufmerksam zu.

»Startet der Surfer vor dir eine Welle an, musst du die entstandene Lücke schließen. Tust du das nicht, wird es der Surfer hinter dir tun. Grüßt du den dann auch noch freundlich dabei, wird er dich fortan immer wieder überpaddeln.«

Jan kam gut damit zurecht, seine Klappe zu halten. Seine Grüße reduzierten sich auf ein kleines Kopfnicken, sobald ihn jemand musterte. Anständig unterhalten konnte er sich eh nicht mit seinem holprigen Portugiesisch. Redete man eine andere Sprache, outete man sich sofort als Bife, was die Sache auch nicht einfacher machte. Mit der Zeit kannte Jan die Gesichter der Einheimischen und wer welchen Surfspot bevorzugte. Seine Anwesenheit fiel auch ihnen auf. Von ihnen akzeptiert zu werden war aber ein äußerst zartes Pflänzchen. Hierbei hatte ihm sein geliebter erster Surfschüler Sven ein paar dicke, fette Minuspunkte eingefahren.

»Du darfst nicht hier draußen am Peak sitzen«, meinte einmal ein junger Portugiese zu Jan.

»Warum nicht?«

»Weil du nicht hier wohnst.«

»Aber ich wohne hier.«

»Du bist aber zu blond«, der Junge wirkte zunehmend unsicher.

Jan musste sich sein Grinsen verkneifen. »Meinst du etwa, weil ich kein Portugiese bin?«

»Ja«, antwortete der Junge und strahlte wieder.

»Also bisher bin ich hier noch niemandem auf den Keks gegangen. Und ich glaube, dass ich auch dich nicht nerven werde.«

»O.K.; es ist aber trotzdem besser, wenn du dich ein bisschen weiter rein setzt«, meinte der Junge. »Falls die Älteren kommen, verstehst du?«

Jans Mitstreiter merkten bald, dass er auf dem Wasser angenehm zu handhaben war. Nahm er eine Welle, zeigte er, was er draufhatte. Das war Codex konform. Wer gut surfte, durfte auch ein bisschen mitmachen. Direkt am Peak sitzen war zwar immer noch nicht drin, aber mitmachen schon.

Saß Jan in der Vorfahrt und es näherte sich ein Surfer, der meinte ihn Codex konform überpaddeln zu dürfen, tat Jan so, als wolle er die nächste Welle anstarten. Egal ob er sie bekam oder nicht. Er paddelte sie an. So gab er dem anderen den Weg in die Vorfahrt frei. Völlig regelkonform, aber den Codex außer Kraft gesetzt. Es war Jans Manöver, Surfern aus dem Wege zu gehen, die ihn noch nicht akzeptierten.

Die Surfer Clique ihres Schulungsstrandes hatte ihn bald schon akzeptiert und aufgenommen. Besonders gut verstand Jan sich mit Pedro, dem großen kurzhaarigen Lifeguard. Von Beginn an konnten sich die beiden gut leiden und Jan kam es so vor, als würde ihm sein neuer Freund bei den anderen Surfern den Rücken freihalten. Jan saß gern etwas abseits. Da am Beach Break die Wellen nicht immer punktgenau an derselben Stelle brachen, kam auch immer wieder eine schöne Welle zu ihm. Dann feuerten ihn seine neuen Freunde an und freuten sich mit ihm, wenn er sie gut erwischt hatte. Jan war echt happy und fragte sich, ob er möglicherweise immer noch auf Sylt sei. Die Qualität der Atlantikwellen beantwortete die Frage mit einem ganz klaren Nein!

Jan freute sich über die Einladung zum Barbecue. Es war nicht immer leicht, nach seinem alltäglichen Surfkurs Programm noch einmal Energie zu mobilisieren und das Haus zu verlassen. Außerdem fühlte er sich auch noch seinen Gästen verpflichtet und wollte sie nicht andauernd allein lassen. Diese Zwickmühle nervte ihn ganz besonders. War ihm der Kontakt zu den Einheimischen doch wichtig. Mareike tickte da ganz anders. Sie hatte weder Lust, ihre Gäste zu animieren, noch reizten sie die Einladungen der Einheimischen. Sie ging gern am Strand spazieren, telefonierte mit Freundinnen und trank Rotwein. Nahm Jan sie mit zu seinen neuen Freunden, langweilte sie sich. Ließ er sie allein zu Hause, nervten sie ihre Gäste. Es wurde immer klarer: Sie war nur seinetwegen in Portugal. Das Auswandern und die Surfschule war seine Idee gewesen. Und sie hatte jeden Tag weniger Lust auf dieses Leben. Sie sehnte sich nach ihrer Insel Sylt.

Beide unterschätzten, wie anstrengend der dauernde Besuch in ihrem Haus war. In der Hochsaison waren sie quasi 24 Stunden nonstop Gastgeber und Ansprechpartner. »Hast du mal 'ne Rolle Klopapier? Legst du uns ein Surfvideo ein? Kannst du uns bitte nach Ericeira fahren?« Niemand wollte ihnen Böses und natürlich gehörte das alles zu ihrem Job. Allerdings war es überhaupt nicht ihr Ding. Mit voranschreitender Saison bekamen sie immer häufiger Streit. Nicht einmal beim Sex konnten sie sich entspannen. Immer mussten sie Rücksicht auf ihre Gäste nehmen und konnten sich nicht gehen lassen.

Mareikes absolute Ausnahme war Peter Jansen. Dieser Schnösel! Er war der wohl einzige Kunde, den sie wirklich herzlich in ihrem Haus begrüßte. Was hatte sie nur an diesem Typen gefressen? Unglaublich wie sie sich freute, dass der Typ gleich zweimal nacheinander bei ihnen gebucht hatte.

Eines Tages, nachdem Jan vom Strand nach Hause kam und das Surfmaterial versorgt hatte, ließ er sich müde auf ihre Bank auf der Veranda plumpsen. Er lehnte sich zurück, atmete tief durch und ließ seinen Blick über die Serra de Sintra schweifen. Mareike reichte ihm ein kaltes Bier.

Das zischte! Vermutlich würde er sich nach diesem Ge-
tränk nie wieder von der Stelle bewegen. So müde fühlte
er sich. Trotzdem genoss er die Wirkung des Alkohols.

»Heute kam noch eine spontane Buchung rein«, hörte
er aus der Küche. Klimpernd tauchte sie durch den Per-
lenketten-Vorhang auf, der als Fliegenschutz vor der Tür
hing und setzte sich neben ihn. »Und rate mal, wer gebucht hat?«

Er war zu müde für solche Spielchen. Schaute sie an und
sein Blick verriet ihr, dass er keine Lust hatte zu raten.

»Peter Jansen.«

Fast hätte er das Bier wieder ausgespuckt, das er gerade
genüsslich in sich reinkippte. Sie merkte sein Unbehagen
und beruhigte Jan. Er hätte sich dieses Mal in einem Hotel
in Ericeira eingemietet und würde ihn nicht jeden Abend
mit endlosen Heldengeschichten aus seinem Leben nerven. Jan verneinte und meinte, dass seine Geschichten
doch ausschließlich für sie bestimmt waren. Er musste
sich beherrschen, denn gerade tauchte der erste Kunde in
der Küche auf und fragte, ob sie heute zusammen kochen
würden. Jan verwies auf die beiden anderen Gäste, die im
Bus noch gemeint hatten, zusammen etwas kochen zu
wollen. Jan selbst hatte heute keine Lust. Und nach dieser
Neuigkeit umso weniger.

Zügig ging ihre erste Saison rum. Sie hatten einen Bilder-
buchsommer mit tollen Wellen erlebt. Im September war
es immer noch so heiß, wie sie es von Sylt nur aus der absoluten Hochsaison gewohnt waren. In der Nachsaison
waren sie unter der Woche fast die einzigen am Strand.
Die kräftigeren Herbstdünungen spülten ihre Surfschüler immer dichter ans Ufer. Fortan schulten sie fast ausschließlich vorn im stehtiefen Wasser. Bei kräftiger See
und starker Strömung wurde das Kursgeben zur wahren
Herausforderung. Dafür bekam Jan aber, nach getaner

Arbeit, anständige Kaventsmänner zum Surfen geboten. Auch seine Schüler fanden es gut, ihn in den Pausen beim Surfen in kräftiger See zu beobachten.

Natürlich erwarteten sie im ersten Jahr nicht gleich das große Geschäft. Leider nahmen sie am Ende noch weniger ein als erwartet. Spektakulär krachten dann noch zwei Flugzeuge in das World Trade Center von New York. Der 11. September 2001 versetzte die Welt in Schockstarre und beendete ihre erste Surfschul-Saison abrupt. Kein einziger Kunde kam mehr in diesem Herbst zu ihnen. Somit war das finanzielle Desaster perfekt. Immerhin konnte Jan nun die Herbstdünungen als Freesurfer nutzen.

Montagvormittag, es war einer dieser Tage, die Jan so liebte. Die Swellvorhersage prophezeite eine Zwei-Meter-Dünung aus Nordwest. Sein routinierter Blick aus ihrem Küchenfenster bewies, dass es auch unten am Meer windstill sein musste. Gut gelaunt stieg er in seinen Bus, entschied sich für das Uprising Tape von Bob Marley und legte den Rückwärtsgang ein.

»Oh Mann, jetzt habe ich die Wasserflasche in der Küche stehen lassen«, fiel ihm ein. Nach kurzem Nachdenken drehte er noch einmal um. Auf vieles konnte er verzichten, nicht aber auf Trinkwasser. An einem guten Surftag konnte er durchaus mal den ganzen Tag am Strand verbringen. Und das ging nicht ohne Wasser.

Er kassierte leicht spöttische Blicke von Mareike, als er kurz nach seiner Abfahrt schon wieder heimkam. »Na, was hast du vergessen?« Ihr gefielen die Sandstrände südlich von Ericeira besser. Da er heute aber an einem der Riffe surfen wollte, blieb sie lieber zu Hause. Auf die offensichtlich unterentwickelten Surfer und ihr dämliches Gehabe konnte sie gut verzichten.

Das Erreichen der Küstenstraße steigerte seine Stimmung noch einmal deutlich. Spiegelglatt lag das Meer da. Bei genauerer Betrachtung entpuppten sich die geraden Linien auf dem Meer als perfekt aufgereihte Lines. Er musste aufpassen, sich nicht zu sehr von der Straße ablenken zu lassen. Zu schön war der Anblick des Meeres. Lines bis zum Horizont, oh yeah!

Schon am Matadouro rollten die Wellen mit perfekten elliptischen Tubes ein. Ganz feiner Spray wirbelte vom Curl in die Luft. Diese Naturschönheiten zu reiten war sein Ziel. Er wurde immer hibbeliger. Denn er wusste auch, dass ihm die heutigen Waschgänge so richtig in die Mangel nehmen würden. Auf der Aussichtsplattform von Ribeira d'Ilhas traf er Pedro mit einem weiteren Freund.

Metrão! Mit Blick aufs Meer gerichtet bestätigte ihm Miguel kopfnickend die Wellengröße. Mal abgesehen davon, dass Metrão, übersetzt ein großer Meter, oder die Steigerung von Meter, wirklich solide Wellen beschrieb, definierte Metrão nie ganz genau die Wellengröße. Prophezeite die Wellenvorhersage einen Meter hohe Wellen, um Metro, stellte sich die Welle im Moment des Überschlagens bis zu doppelt so hoch auf. Somit stürzte man sich bei einem Meter Wellenvorhersage de facto in zwei Meter hohe Wellen. Metrão Wellen wurden noch einmal mit einem nicht festgelegten Faktor X aufgewertet. Bei Metrão hatte man es also eher mit drei bis fünf Meter hohen Faces zu tun. Wer es mit diesen Brechern aufnahm, hatte auf jeden Fall die berühmten zwei Kugeln in der Hose und trug dem Codex nach ein Sternchen mehr auf seiner Schulterklappe.

Jan wollte gern in Coxos surfen, was die beiden Portugiesen erstaunte. Diesen soliden Swell in Coxos surfen? Sie vermuteten, ihr deutscher Freund sei lebensmüde und wollten es mit diesen Big Beauties lieber in Ribeira d'Ilhas aufnehmen. Jan war kurzzeitig verunsichert, wollte sich aber wenigstens die andere Bucht anschauen. Ihre Wege trennten sich. Coxos war die Krönung der Surfspots von Ericeira und in der Surfwelt bekannt als einer der Top Spots Europas. Berühmt für seine kräftig und hohl brechenden Wellen. Eine handvoll alt eingesessener Locals nannte diese Bucht auch heute noch Baia dos dois Irmãos. An guten Tagen brachen dort Top to Bottom Barrels. Die Wellen wurden abrupt vom ansteigenden Meeresgrund gebremst, sodass die Wellenlippe mit voller Wucht nach vorn bis in das Wellental schleuderte. Der so entstandene Wellentunnel formte sich nicht elliptisch wie bei den meisten Wellen, sondern rund wie ein Fass. In solch einer Barrel hatte man besonders viel Platz. Allerdings durfte man sich beim Anpaddeln dieser Wellen nicht den kleinsten Fehler erlauben, sonst katapultierte einen die außergewöhnlich fette Wellenlippe mit voller Wucht ins Riff.

Im Schritttempo rollte er über den Hoppelweg und schaute gespannt aufs Meer. Seine Hoffnung, wegen der auflaufenden Gezeit weniger Surfer auf dem Wasser zu sehen, zerschlug sich. Das erste Set rollte ein und ließ sein Herz in die Hose rutschen. Groß war heute mehr als untertrieben! Todesmutig stürzten sich die Surfer in diese riesigen, perfekten Wellen. Jans Wave Check würde heute sicherlich deutlich länger ausfallen als sonst. Einige der abgestellten Fahrzeuge kannte er und bekam so einen ersten Eindruck, wer sich so alles auf dem Wasser tummelte. Er parkte, schnappte sich Board und Anzugtasche und lief zum südlichen Ende der Anhöhe. Von dort aus konnte er den gesamten Spot überblicken. Ein kleiner Trampelpfad schlängelte sich runter zur Riffplatte. Wie eine große windgeschützte Terrasse lag sie da.

Mehrere Leute hielten sich dort auf. Sie unterhielten sich und beobachteten gespannt die Surfer auf dem Wasser. Ein paar von ihnen zogen sich um. Ihre nassen Haare waren der Beleg, sie waren bereits fertig mit dem Surfen.

Ein Surfer balancierte, mit seinem Board unterm Arm, über die spitzen Felsen in Richtung eines Felsquaders.

Der markierte eine gute Einstiegsstelle. Es lagen mehrere dieser riesigen Felsen auf der Riffplatte. Sie waren der eindrucksvolle Beleg, wie kräftig das Meer hier sein konnte. Denn diese tonnenschweren Brocken wurden einst von kräftigen Wellen ans Ufer geschleudert. Manche lagen dort jahrelang rum, um, wie von Geisterhand, bei der nächsten kräftigen Dünung meterweit verschoben zu werden. Mitunter verschwanden diese Brocken sogar wieder ganz im Meer.

Die Faszination eines Surfspots wurde immer wieder durch pikante Details, in diesem Fall Felsen im Wasser, ausgemacht. »Vorsicht, bei ablaufendem Wasser wachsen die Pilze!«, warnte Pedro ihn einmal. Gogumelos, also Pilze, nannten die Locals die Steine, die bei ablaufendem Wasser nach und nach aus dem Wasser wuchsen. Wer hier regelmäßig surfte, wusste aber genau, wo welcher Gogumelo lauerte.

An der Uferlinie standen zwei Fotografen. Ihre kanonenähnlichen Objektive auf das Meer gerichtet, erwarteten sie das nächste Set. Auf dem Wasser zählte Jan vierundzwanzig Surfer, die sich entlang der Riffplatte aufreihten. Das waren schon einige. Es hätte aber auch noch schlimmer kommen können, dachte er sich und stieg, wohlwissend, dass die auflaufende Gezeit auf seiner Seite war, den Pfad hinab.

Draußen auf dem Meer kündigte sich ein neues Set an. Majestätisch schoben die Lines Richtung Küste und türmten sich dabei immer größer auf. Auch die Surfer hatten die Wellen bemerkt und positionierten sich entsprechend. Alle Anwesenden warteten gespannt auf das Set. Jede Welle wurde von einem Surfer geritten. Einige von ihnen erkannte er schon von Land aus. Auch Matt und Pepe von Paradise Surfboards hatte er auf dem Wasser entdeckt.

Die beiden alten Herren schlugen sich mehr als ordentlich zwischen all den jungen Wilden. Pepe surfte für sein

Alter immer noch sehr radikal, tat das aber mit seinem fast schon arrogant wirkenden Stil. Gerade schnappte er sich eine Welle. Take Off, Free Fall, Bottom Turn. Während er sich lässig wie Gerry Lopez in die Kurve lehnte, hätte er sich auch einen Tabakbeutel aus seiner Tasche ziehen können, um sich gemütlich eine Kippe zu drehen. So zog er unter die leuchtende Wellenlippe und verschwand im Schlund der Welle. Sekunden später tauchte er weiter Inside wieder auf, fuhr noch zwei, drei Manöver und paddelte zurück zum Peak.

Die nächste Welle schnappte sich der amtierende portugiesische Meister.

Athletisch kontrollierte sein kräftiger Körper das kleine gelbe Board. Die Welle war deutlich größer als er selbst. Sämtlichen Speed nahm er aus dem Bottom Turn mit, um dann mit dieser Energie oben den Wellenkamm in Tausend Stücke zu zerreißen. Als die Gischt meterhoch über die Welle spritzte, war das gelbe Board samt Reiter schon längst wieder auf dem Weg ins Wellental, nahm Geschwindigkeit auf und attackierte die Lippe aufs Neue. Donnernd rollte das Set in die Bucht und ließ das Ufer beben. Die Fotografen hingen hinter ihren Kameras und machten ihre Speicherkarten voll. Ab der Mitte der Bucht konnte man das gelbe Board samt Reiter nicht mehr sehen. Das lag nicht nur am Blickwinkel des Zuschauers, der die vorbeilaufende Welle ab einem gewissen Punkt von der Seite und dann nur noch von hinten sah. Der Surfer steckte in einer dicken, fetten Barrel. Zuvor sahen sie ihn tief in den Buttom fahren, eine kurze S-Kurve zur Welle hingedreht und unter dem grün- weiß schimmernden Vorhang verschwinden. Erst weit hinten am Ende der Bucht sahen sie ihn über die Wellenschulter zurück in ihr Blickfeld rutschen. Die Jungs am Ufer jubelten und applaudierten.

Jan zögerte kurz. Würde er unter all diesen regionalen

und nationalen Surfgrößen überhaupt eine Welle abbekommen? Normalerweise setzte er sich gern zwischen die beiden Hauptpeaks und hoffte, die etwas kleineren Wellen, die draußen keiner nahm, abzustauben. Heute war er sich nicht sicher, ob das funktionieren würde. Er entschied sich, es wenigstens zu probieren.

Hastig sprang Jan in seinen Neo und machte ein paar Stretching-Übungen. Er befestigte die Leash an seinem Fuß und ging zum Einstieg. Heute war Geduld gefragt. Sprang er im falschen Moment ins Wasser, würde er schnell Bekanntschaft mit der zerklüfteten Uferkante machen.

Er wartete auf die passende Setpause und sprang auf eine kleine Welle, die den Meeresspiegel anhob. So landete er nicht auf den Gogumelos. Das vom Ufer zurückgeworfene Wasser zog ihn gleichzeitig von der Felsküste weg. Zügig paddelte er zur Mitte der Bucht, musste noch durch zwei kleine Weißwasser-Wellen tauchen und war rechtzeitig vor dem nächsten Set im sicheren tiefen Wasser.

Die Strömung drückte ihn tief in die Bucht. Es dauerte mehrere Minuten, bis er sich langsam in Position paddelte. Weit draußen brach wieder ein Set. Auf der ersten Welle war schon wieder der quirlige portugiesische Meister. Nicht nur sein Fahrstil, sondern auch wie er sich gegen die anderen Surfer durchsetzte, war beeindruckend. O.K., er war einer der Locals vom Spot, was ihm erlaubte, immer wieder raus auf die Outside zu paddeln. Da draußen aber saßen viele gute Jungs und es war bewundernswert, wie viele Wellen er dort abgriff.

Jan war begeistert und aufgeregt. Die Gier, selbst eigene Welle zu reiten, stieg in ihm. Allerdings musste er sich heute sehr gedulden. Fast jede Welle wurde auf der Outside angestartet und meistens auch bis zum Ende durchgeritten. Zu gut waren die Bedingungen. Matt und Pepe ritten auch immer wieder Wellen. Alle pushten sich gegenseitig zu Höchstleistungen. Wahnsinn, wie tief sie die Wellen anstarteten. Jeder Surfer landete über kurz oder lang im runden, glitzernden Wellenauge. Seine Mitstreiter huschten über die Wellenschulter und jubelten, während der Surfer unter ihnen, den richtigen Trimm suchend, im Tunnel vorbeizog.

Jan konnte nur zuschauen und staunen. Als wieder mal alle Surfer über eine Wellenlippe paddelten und den voll konzentrierten Surfer anfeuerten, bemerkte Jan dessen falsche Position in der Welle. Es waren Nuancen, die hier über Erfolg oder Misserfolg entschieden. Der Surfer wurde vom Tunnel gefressen. Jan drehte sofort bei und paddelte die frei gewordene Welle an. Er konnte sich kaum noch positionieren und wollte nur möglichst schnell paddeln. Kurz darauf schleuderte ihn die Wellenlippe kräftig nach vorne und er landete im Vollwaschgang.

Fast hatte er schon aufgegeben, da bekam er wieder eine Chance. Mit auflaufendem Wasser verließen die ersten Surfer den Spot und wie durch ein Wunder rollte plötzlich eine unbesetzte jungfräuliche Welle auf Jan zu. Letztendlich waren heute alle Wellen Biester und es würde wieder ein heikler Take Off werden. Er positionierte sich und paddelte los. Seine Entschlossenheit wurde belohnt. Nach einem kurzen Moment des freien Falls, mit rudernden Armen, fand er sich vor einer massiven, glitzernden Wasserwand wieder. Dann schnellte das grüne Dach über ihn. Er kam sich vor wie in einem Film, der in Superzeitlupe ablief. Trotzdem brauchte er Geschwindigkeit. Zweimal zog er kurz ran, um die Linie in der Welle zu halten. Seine Geschwindigkeit reichte nicht aus und die Welle fraß ihn auf. Betört vom Erlebten genoss er sogar noch den heftigen Waschgang. Jan war noch nicht fertig und positionierte sich erneut im Line Up.

Mit dem besten Gezeitenstand hatten die Locals auch die besten Bedingungen genutzt. Aber nun lichtete sich der Spot mehr und mehr. Die etwas seichter werdenden Wellen brachen immer noch super. Seit Miguel ihm einmal die beste Ausstiegs-Möglichkeit bei Hochwasser gezeigt hatte, eine kleine Stufe in der Felsküste, machte ihn die einsetzende Flut auch nicht mehr so nervös. Immer häufiger rollten jetzt ungesurfte Wellen auf ihn zu. Beim nächsten Set positionierte er sich für eine gute Welle. Allerdings sprang er einen Tick zu früh aufs Board. Ohne zu beschleunigen stand er hoch oben auf der Welle. Der Abgrund vor ihm wurde immer tiefer. Im nächsten Bruchteil einer Sekunde würde ihn die umschlagende Wellenlippe mitreißen. Beherzt pushte er sein Board, das urplötzlich beschleunigte. Der erwartete Wipe-Out blieb aus. Wie durch ein Wunder behielt sein Board Wasserkontakt und er glitt mit weit erhobenen Armen ins Wellental. Unten angekommen wurde seine Fahrt auch nicht von einem Nose Dive beendet. Er lehnte sich in die Kurve und im nächsten Moment schleuderte ein massives grünes Dach über ihn. Die Akustik veränderte sich und wieder war er tief in einer dieser fetten Coxos Barrels. Instinktiv positionierte er noch sein Board auf der Wasserwand. Diesen Moment empfand er wie eine Ewigkeit. Er befand sich in einem eingefrorenen Standbild! Ein Surfer huschte vor ihm über die Wellenschulter. Noch nie zuvor war er so tief in einem Wellenschlund gelandet. Vor lauter Begeisterung verlor er die Ideallinie und wurde erneut von den tosenden Wassermassen begraben. Wahnsinn! Durch einen Fehler beim Anstarten, quasi ungewollt, war er im Wellentunnel seines Lebens gelandet. Nachdem er sich sortiert hatte, paddelte er stolz wie ein Pfau zurück ins Line Up.

Jan freute sich über ihre gelungene erste Surfschul-Saison. Umso mehr genoss er die jetzigen Herbstwellen für sich. Allerdings reichte das Verdiente nicht, um über den

Winter zu kommen. Somit war klar, er musste im Winter arbeiten.

Sein gesamter portugiesischer Bekanntenkreis bestätigte ihm, dass es hier für Installateure immer Arbeit gab, da gute Klempner Mangelware waren. Ein konkretes Arbeitsangebot machte ihm aber keiner. Als sich der November neigte, fürchtete er, bald zum alten Manuel gehen zu müssen, um nach einem Mietaufschub zu fragen.

Nicht einmal sein alter Sylter Arbeitskollege Horst hatte Arbeit für ihn. Jan hatte so etwas noch nicht erlebt. Keine Arbeit zu bekommen, wenn er welche brauchte. Auf Sylt gab es im Winter doch immer ausreichend Baustellen und Renovierungsarbeiten zu verrichten. Wenn allerdings Horst schon wenig zu tun hatte, musste momentan wirklich Flaute herrschen. Denn der hatte eigentlich immer Arbeit. Deshalb wurde er auch von den anderen Handwerkern als klugschnackender Workaholic belächelt. Der quasi auf dem Bau lebte. Nach Ende seiner offiziellen Arbeit legte er erst richtig los. Vor lauter Arbeit kam er gar nicht mehr dazu, seine ganze Knete wieder auszugeben.

»Hey, du Arsch, pass doch auf«, schrie Jan und schlug mit der Handfläche auf die Hupe. Er kam von einem Vorstellungsgespräch bei einem Lissabonner Installations-Betrieb, das aber nicht gerade nach seinen Wünschen verlaufen war. Dabei hatte es so gut angefangen. Rita gab ihm diesen Tipp, und als er dort anrief, bekam er sofort einen Vorstellungstermin.

Sein dortiger Ansprechpartner hörte sich angestrengt Jans auf Portugiesisch vorgetragene Vorstellung an. »In Ordnung, Junge«, meinte der irgendwann. »Du wirst noch besser Portugiesisch sprechen müssen, um dich mit deinen Kollegen verständigen zu können. Trotzdem werden wir es mal mit dir versuchen, du kannst morgen früh anfangen.«

Er sollte auf irgendeine Großbaustelle südlich von Lissabon geschickt werden. Jan verdrängte alle Nachteile wie das tägliche Hin- und Herfahren, das ihm zusätzlich seine letzte Zeit rauben würde. Fortan würde er nur noch am Wochenende surfen können. Trotzdem sah er diesen Job als neue Herausforderung an und vor allem brauchten sie das Geld.

Schließlich fragte er noch, was er gezahlt bekäme. Er rechnete mit dem Schlimmsten. Aber nicht mit 350,00 Escudos, pro Stunde. Das waren umgerechnet etwa 3,50 DM.

In der Autowerkstatt hatte Jan neulich 2.000 ESC, also etwa 20,00 DM pro Stunde, gezahlt. Über den Daumen rechnete er damit, etwa fünf Mark angemeldet oder aber schwarz etwa zehn Mark die Stunde zu verdienen. Schnell spürte er, keinen Verhandlungserfolg mehr erzielen zu können und verabschiedete sich mit einer erbetenen Bedenkzeit.

Abends saßen sie bedröppelt in ihrer Wohnküche. Von draußen prasselte der Regen gegen die Fenster. Auf der Innenseite der Scheibe zeichneten Rinnsale ihren Weg auf die beschlagene Scheibe. Die Feuchtigkeit kroch in ihre Glieder. Sie hatten sich zwei rollbare Gasstrahler besorgt, je einen fürs Unter- und einen fürs Obergeschoss. Gegen das typisch feuchte Winterklima in den portugiesischen Häusern kamen diese Biester aber überhaupt nicht an.

»Auch wenn der Typ dich total abzockt, Jan, wir brauchen das Geld«, meinte Mareike besorgt.

»Da geht doch das ganze Geld fürs Hin- und Herfahren drauf!«, motzte Jan. »Drei fünfzig die Stunde«, er tippte sich an die Stirn. »Der Typ hat sie doch nicht alle. Da mach ich lieber gar nichts und gehe erhobenen Hauptes zu Grunde.«

»Ho, ho, ho, das ist jetzt wieder die friesische ‚Lever duad us Slav' Manier, oder?«

Jan plusterte sich auf und nickte ihr stolz zu.

»Leider kommst du damit jetzt nicht weit.«

Just in diesem Moment klingelte ihr Telefon.

»Hallo?«, Jan war rangegangen.

»Moin, spreche ich mit Jan?«

»Hoschie! Na das ist aber eine Überraschung. Sach bloß, du hast Arbeit für mich?«

»Jo, Alter, hau die Hacken in Teer und komm längs. Ich hab 'n fetten Bau am Start. Die melden dich als Minijob an und den Rest kriegste käsch inne Täsch«.

»Ist nicht dein Ernst«, erwiderte Jan.

»Du hast hier locker zwei Monate zu tun.« Bei diesem Satz lag die Betonung auf dem locker.

Horst war das Geschenk des Himmels. Schlagartig hatten sie wieder gute Laune und Mareike sagte: »Beziehungen sind doch das halbe Leben. Hier haben wir keine Beziehungen und das macht die Sache eben nicht einfacher.«

Absichtlich hatte sie »keine Beziehungen« gesagt. Denn neulich erst hatte Jan sich aufgeregt, als sie meinte, hier noch keine Freunde zu haben. Er zählte ihr daraufhin ein paar Namen auf. Sie aber meinte, das seien alles nur Bekannte und keine richtigen Freunde.

»Endlich können wir alle wiedersehen und müssen nicht mehr in diesem scheiß feuchtem Haus frieren. Jan, wollen wir nicht wieder ganz nach Deutschland gehen?« Jetzt freute sie sich so sehr, dass sie es gar nicht mehr abwarten konnte, endlich los zu kommen.

Jan freute sich auch, wusste aber, dass er sich schon bald wieder nach Ericeira und den Wellen sehnen würde.

Ein wenig Sorgen machten sie sich um das Haus oder vielmehr und ihre Sachen, die sie zurückließen. Sie ahnten bereits, wie ihre Möbel und Kleidungsstücke unter der winterlichen Feuchtigkeit leiden würden.

Hoschies Baustelle war ein Volltreffer. Sie sollten ein Doppelhaus komplett sanieren. Als Jan dort anfing, hatte Horst schon angefangen die alten Objekte zu demontieren. Mit den schweren Schleppereien wartete er aber auf seinen portugiesischen Helfer. So konnte Jan gleich die gusseisernen Badewannen rausschmeißen und der gesamte Heizraum samt Kessel wartete auch noch auf ihn. Jan beschwerte sich nicht, sondern packte an. Er war voller Tatendrang und froh, Arbeit zu haben. Dank Horst gab es keine Engpässe an Werkzeug und Material. Auch hatte er beim Bauherrn ein gutes Wort eingelegt. So konnte Jan noch weitere Tätigkeiten, die am Bau anfielen, ausführen.

Tagsüber hatte Jan auf dem Bau seine Ruhe. Bis auf den Bauherrn, ein hektischer, aber netter Gastronom, der immer mal wieder vorbeischaute, arbeitete er allein. Die anderen Handwerker waren in ihren Firmen beschäftigt und tauchten erst nach Feierabend auf.

Horst hatte quasi die Bauleitung. An sich war er nur der Mann für Heizung und Sanitär. Durch seine ewigen Fachsimpeleien hatte er aber großen Einfluss auf den Kunden. Gerne mischte er sich überall mit ein. So hatte er Jan auch seine zusätzliche Arbeit verschafft: »Den Estrich kann Jan doch raushauen. Der hat morgen Vormittag eh nichts zu tun«, schlug er bei einer Besprechung vor.

Horst organisierte alles und es war besser, sich mit ihm gut zu stellen, da er sonst zur Mega-Nervensäge mutierte. Bald gehörte es zum täglichen Ablauf, dass Horst im Beisein des Bauherren bestimmte, welche Arbeiten Jan am kommenden Tag zu verrichten hatte. Jan verstand nicht, wie Horst abends immer noch so energiegeladen sein konnte. War er erst einmal fertig mit seinen ewigen Sabbeleien, haute er tatsächlich auch noch selber rein.

Da sie in Jans alter Garagenwohnung bei seinen Eltern unterkamen, konnten sie Jans verdientes Geld für Portugal sparen. Seine Mutter bekochte sie gerne und gut. Hin und wieder zog Jan mit seinen Freunden um die Häuser. Am nächsten Morgen machte er sich Vorwürfe, wieder so viel Geld versoffen zu haben. Horst bemerkte auch jeden seiner Züge durch die Gemeinde. Kam er auf den Bau, schlich er sich manchmal von hinten an, um dann, mit ernster Miene, den Kontrolleur zu spielen. »Bist du immer noch nicht raus aus dem Bad, oder wat? Boah, was sind das denn hier für Ausdünstungen? Wart ihr schon wieder einen saufen?« Jan war sich nicht immer sicher, ob Horst es ernst meinte oder ihn nur auf den Arm nehmen wollte. Am besten lenkte er ihn, ohne auf seine Anspielungen einzugehen, mit Fachfragen ab: »Wenn ich den Abfluss noch bis hinten zur Küche lege, müssen wir doch noch eine Lüftung aufs Dach ziehen, oder?«

»Ja, nee, das geht schon so. Wir könnten die Lüftung nirgends verstecken. Und die Küche dafür mit einem Rohrkasten verschandeln? Nee, das ist doch nichts.«

»Also bauen wir ein Schnüffelstück ein!«

»Ja, eigentlich müsste es auch so gehen. Komm erst mal mit runter zum Ausladen, ich habe Material mitgebracht.«

Als der Januar zur Neige ging, wurde Jan langsam unruhiger und verspürte den Drang, nach Portugal zurückkehren zu wollen. Mareike hatte eine feste Anstellung in Aussicht und überlegte ernsthaft, auf Sylt zu bleiben.

Auf dem Bau musste er noch etwa zwei Wochen arbeiten. Er war Horst dankbar und wollte ihn nun nicht auf der Zielgeraden hängen lassen. Letztendlich feierte er noch das traditionelle Biikebrennen auf Sylt. Ende Februar ging es dann endlich zurück nach Portugal. Ohne Mareike. Sie wollte tatsächlich wieder auf Sylt leben und ließ Jan alleine ziehen.

Wieder war das Auto bis unters Dach mit Umzugskartons gefüllt. Als er durch die Dunkelheit rollte, machte er sich Gedanken über seine finanzielle Situation. Erst einmal hatte er ja gut verdient. Trotzdem musste er äußerst sparsam sein. Das verdiente Geld würde auf keinen Fall bis zur Hochsaison reichen. Zwar hatte er schon erste Buchungen für die Osterkurse. Danach würde es wieder ruhiger werden. Nach den finanziellen Dingen widmete er sich einer viel wichtigeren Frage: Wann und wo würde er wohl seine nächste Surf Session abhalten? Gedanklich klapperte er die Spots von Ericeira ab und sah sich deren Wellen an. »Zur Begrüßung kommt es bestimmt wieder fett. Damit ich gleich weiß, wo der Hase längs läuft.«

KOLUMBIEN 1985

Kolumbien, nahe der ecuadorianischen Grenze. Zwei Entlaubungsflugzeuge, dessen Leitwerke die US-amerikanische Flagge zierten, überflogen das dichte Dschungelmeer. Eskortiert von drei schweren Black Hawk Kampfhubschraubern der kolumbianischen Armee. Modernste Aufklärungstechnik führte sie genau zum Ziel. Um den außer Kontrolle geratenen Drogenhandel zu bekämpfen, unterstützten die USA Kolumbiens Armee im Kampf gegen die Kokain-Produzenten.

Mit einem Budget von 1,3 Milliarden Dollar pro Jahr wollten sie möglichst die gesamte Kokainproduktion Kolumbiens zum Erliegen bringen. Wurden die ausgewählten Felder erreicht, sanken die Flugzeuge ab und fingen mit ihrer eigentlichen Arbeit, dem Besprühen, an. Zäher Nebel aus Unkrautvernichtungsmittel legte sich auf die Coca Sträucher und hinterließ eine weiße Staubschicht. Ironischerweise ähnelte sie dem Kokain, zu dessen Produktion die Plantage diente. Schon Tage darauf starben sämtliche Pflanzen ab. Zurück blieben Felder, die wie abgebrannt aussahen. Aus saftigem Grün wurde verdorrtes Braun.

Vom Wind getrieben wurden die Pestizide jedoch unkalkulierbar. Die Giftwolken gelangten auch auf Kaffee-, Bananen- und Maniokfelder und drangen bis in die ärmlichen Hütten der ansässigen Kleinbauern vor. Durchfall, Hautausschläge und Atemprobleme machten vor allem den Kindern zu schaffen. Man nahm diese »Kollateralschäden« in Kauf. Schließlich hatte jeder, der dort lebte, irgendwie mit Kokain zu tun.

Auch die Sprühflugzeuge litten. Sie waren übersät mit kleinen Punkten, die freundlich in der Sonne glitzerten. Was da so glänzte, war der neue Lack der vielen Reparaturstellen von Einschusslöchern. Die tief fliegenden Flugzeuge waren leichte Beute für die feindseligen Kämpfer, die sich im Dickicht versteckten. Denn in diesem dichten Regenwald hatten die Guerillas das Sagen. Regelmäßig wurden die Flugzeuge bei ihrer Arbeit unter Beschuss genommen. AK 47 Maschinengewehre konnten bis auf 500 m Entfernung ziemlich genau treffen, auch Black Hawks der neuesten Sorte. Die Flugzeuge waren da, um die Pflanzen zu killen, und die Terroristen wollten die Flugzeuge killen.

»Seit den 60er Jahren tobt hier der Bürgerkrieg«, erklärte Lusitano. Interessiert schaute er aus dem Fenster. Zwischen den dicht bewachsenen grünen Hügeln der Anden tat sich in der Ferne ein unendliches Häusermeer auf. Sie befanden sich im Landeanflug auf Bogotá, der Hauptstadt von Kolumbien. »Früher terrorisierten Linksextreme den Staat, der sich mit seinem Militär zur Wehr setzte. Die darunter leidende Zivilbevölkerung verteidigte sich bald mit militanten Bürgerwehren. Mittlerweile kämpfen alle gegen alle. Es geht nur noch um Geld und Macht. Denn im Schatten des Kriegs hat sich hier eine gigantische Kokain-Industrie entwickelt. Und irgendwie sind sie alle daran beteiligt, um mit Drogengeldern ihre Armeen zu finanzieren.«

»Die FARC kontrollieren die Anbaugebiete, richtig?«, fragte die hübsche Helena. Schokobraune Haut, lange, glänzend glatte schwarze Haare und dazu noch diese unglaublichen dunkelbraunen Augen, in denen man sich schnell verlieren konnte. Sie hatte die südamerikanischen Indio-Gene von ihrer Mutter geerbt. Gemischt mit der europäischen Note ihres Vaters, ergab sich eine äußerst verführerische Mischung. Lächelte sie einen freundlich an, gab es kein Entkommen.

Zu diesem Charme kam noch ein unbändiger Ehrgeiz hinzu, unglaublich. Lusitano war sich seiner Wahl sicher.

Ihr würde bald die gesamte Welt zu Füßen liegen. Es sei nur eine Frage der Zeit, bis sie ihre volle Souveränität entwickeln und ausleben würde.

»Die Anbaugebiete und Südkolumbien sind mittlerweile aufgeteilt in Linksextremes FARC- Land und AUC-Land.«

»AUC sind die Bürgerwehren?«

»Ja, die »Autodefensas Unidas de Colombia. Zumindest waren sie es einmal«, antwortete Lusitano. »Mittlerweile sind auch sie skrupellose Guerillas, die mit der FARC um jeden Meter Land kämpfen.

»Und mit wem treffen wir uns heute?«, erkundigte sich Helena ehrfürchtig.

»Zuletzt machten wir Geschäfte mit beiden Seiten. Heute treffen wir uns aber mit dem Medellin-Kartell.«

Helena verstand nicht recht.

»Die regeln das alles hier vor Ort«, meinte Lusitano. »Das Medellin-Kartell besorgt uns, was wir wollen. Ist mir doch völlig schnuppe von wem.«

Rumpelnd fuhr unter ihnen das Fahrwerk aus.

»Hauptsache, der Preis und die Qualität stimmen«, fuhr Lusitano fort. »Am besten hältst du dich bei unseren Gesprächen zurück. Höchstwahrscheinlich treffen wir heute Pablo Escobar persönlich.«

Lusitano hatte schon mit einigen üblen Ganoven Geschäfte gemacht. Das Treffen mit Escobar sollte nun aber die Krönung werden. Er hatte große Pläne mit den Kolumbianern. Seinen Sohn und rechte Hand, den unerschrockenen Zé, ließ er lieber zu Hause. Der sollte die Geschäfte fortführen, falls dieses Treffen völlig aus dem Ruder lief. Stattdessen begleitete ihn nun diese junge, aufstrebende Surferin Helena aus Brasilien.

Sie und ihr Bruder, Neco de Sousa, fielen auf Nachwuchs-Wettkämpfen in Brasilien auf. Ein alter Bekannter Lusitanos machte ihn auf die beiden jungen Talente aufmerksam. Lusitano und Matt waren persönlich angereist,

um die beiden auf den Santa Catarina-Junioren-Meister-
schaften zu beobachten. Lusitano gefiel deren Kampfes-
lust, die bei Helena ganz besonders ausgeprägt war. Matt
mochte die überdimensionale Meerjungfrau, die Helena
liebevoll aufs Unterwasserschiff ihres Surfboards gemalt
hatte. Bei radikalen Cut Backs sah man sie kurz aufblit-
zen. So als bodysurfte dort tatsächlich eine Meerjungfrau
in der Welle. Die Geschwister wurden ins Team Paradise
aufgenommen und zogen nach Portugal. Necos Karriere
nahm zügig Fahrt auf. Für eine ernstzunehmende Profi-
Karriere wurde Helena allerdings ein paar Jahre zu früh
in die Welt geboren. Das Frauensurfen war einfach noch
nicht so weit.

Letztendlich war Helena das sogar recht. Auf den wenigen Frauen-Wettkämpfen, die es zu der Zeit gab, war sie
schnell unterfordert. Also trat sie immer häufiger bei den
Männern an. Genaugenommen waren das ja überhaupt
keine expliziten Männer- Wettbewerbe. Nur war es bisher niemand gewohnt, dass plötzlich auch eine Frau mit-
machte. Bald schon langweilte Helena der Contest Alltag.
Den ganzen Tag musste man am Strand warten, bis man
endlich mal für zwanzig Minuten surfen durfte. Dann
meistens zur falschen Gezeit, oder wenn der Onshore einsetzte. Immer wieder gab es Ärger, weil sich jemand von
den Punktrichtern ungerecht bewertet fühlte. Die Profi-
Tour verschwamm ihr zu einem Affenzirkus voller auf-
geblasener Machos. Das war nichts für sie. Sie wollte sich
mit der Natur messen und nicht mit diesen bekloppten
Testosteron Bomben.

Lusitano hielt an ihr fest und plante sie für höhere Aufgaben ein. Nachdem er sich schweren Herzens von seinem alten Freund und Partner Jorge verabschiedet hatte,
musste er seine Südamerika-Connection neu strukturie-
ren. Die ehrgeizige Helena sollte ihm dabei behilflich sein.

Nach Jorges Ableben erhielt Lusitano Angebote von verschiedenen kolumbianischen Strohmännern. Ob Freund oder Feind wusste er bei den meisten Offerten nicht. Zuletzt hatte er ja nicht mal mehr Jorge trauen können. Entschlossen ging er aufs Ganze. Er wollte das Medellin-Kartell und er bekam es auch.

»Warum willst du dich unbedingt mit dem Medellin-Kartell treffen?«, fragte Helena.

»Weil sie die Besten sind. Genauso wie auch wir es sind«, strahlte er stolz.

Anfangs war Lusitano unsicher, ob dieses Treffen wirklich richtig war. Es musste unbedingt in Kolumbien stattfinden, da Escobar sein Land nicht verlassen wollte. Dieses Treffen bedeutete nur eines: leben oder sterben. Kamen sie nicht ins Geschäft, hätten die Kolumbianer sicherlich keine Skrupel, den kleinen Gangster aus Europa zu beseitigen. Noch verkauften sie ihre Waren überwiegend nach Amerika und waren nicht auf Lusitano angewiesen. Das wollte er ab sofort ändern! Nicht zu diesem Treffen zu gehen war also keine Alternative. Er ging hin. Als Feuertaufe nahm er Helena de Sousa gleich mit.

Sie saßen in der VIP Lounge des El Dorado Airports. Vor der Glastür ihres Separees standen neben den Sicherheitsleuten beider Parteien auch zwei in Uniform gekleidete Hostessen des Flughafens. Sie würden ihren Gästen jederzeit jeden Wunsch erfüllen. Jetzt aber war die Glastür geschlossen und die Gangsterbosse unter sich.

»Ich verstehe, dass Ihre Zeit knapp ist, Senhor Lusitano«, eröffnete Senhor Escobar das Gespräch. »Bei Ihrem nächsten Besuch sollten Sie sich aber mehr Zeit nehmen, um unser schönes Land kennenzulernen. Unsere Pazifikküste ist ein Traum für jeden Surfer. Vergessen Sie Hawaii und besuchen Sie unsere Strände. Die sind das wahre Paradies.«

Lusitano schaute überrascht zu Helena. Denn bevor er antworten konnte, hatte sie lausbubenhaft das Wort an sich gerissen.

»Surfen Sie auch?«, fragte Helena.

Pablo Escobar huschte ein amüsiertes Lächeln übers Gesicht. Man sah ihm nicht an, wie viele Leben dieser Mann schon auf dem Gewissen hatte. Das kleine Dickerchen, in einem übergroßen, bunten Leinen-Anzug, kam eher wie Danny de Vito, wie der nette Onkel von nebenan daher. Tó wusste es durchaus zu schätzen, dass sich der zurzeit meistgesuchte Schwerverbrecher der Welt höchstpersönlich Zeit für ihn nahm.

»Nein, nein, ich surfe nicht«, schmunzelte Escobar. »Trotzdem bin ich regelmäßig unten an der Küste, zum Angeln und Ausspannen.« Helenas Frage hatte letztendlich die Runde erheitert. Alle Beteiligten entspannten sich und rutschten etwas tiefer in die Couchgarnitur.

»Glauben Sie mir, ich untertreibe nicht, wir leben hier in Kolumbien im Paradies. Was man von Bogotá aber nicht gerade sagen kann«, ergänzte er. Mit versteinerter Miene ließ er seinen Blick über das Rollfeld und die dahinter liegende Stadt schweifen. Ein endloses Meer aus Häusern zog sich bis zu den fernen Berghängen hinauf.

»Sie wissen es sicherlich«, wandte er sich wieder an Lusitano. »Bogotá zählt nicht zu unserem Gebiet. Jeder zweite Taxifahrer der Stadt steht auf der Gehaltsliste unserer Gegner. Würden wir den Airport verlassen, wüssten sie sofort, wo wir uns befinden. Was schnell sehr gefährlich werden kann. Selbst hier drin dürfte unsere Anwesenheit bereits aufgefallen sein. Kommen wir daher zum Geschäftlichen. Ich freue mich, Sie persönlich kennenlernen zu dürfen. Den großartigen Senhore Lusitano! Sie sind der Mann, der uns in Europa vertreten und groß machen wird, richtig?«

»Genauso ist es«, stolz plusterte Lusitano sich auf. »Ab sofort kaufe ich den gesamten Stoff, den Sie nach Europa exportieren.«

»Immer schön langsam«, bremste Escobar freundlich.

»Sie müssen keine Geschäfte mehr mit der italienischen Camorra machen. Das übernehmen ab sofort wir.«

Schweigend musterte Escobar sein Gegenüber.

»Haben sie auch Kontakte zur Russenmafia?«, bohrte Lusitano weiter.

»Tut mir leid, Senhor Lusitano. Genauso wie wir keine Informationen von Ihnen preisgeben, können wir Ihnen auch nichts über andere Kunden erzählen.«

»Also zählen sie zu Ihren Kunden?«

»Lassen Sie gut sein, Lusitano«, sagte Escobar bestimmt.

»Bevor Sie denen etwas verkaufen, wenden Sie sich bitte an mich. Ich werde Ihnen immer etwas mehr bezahlen als die.«

Lissabon 1986

Natürlich werde ich Rui deine Grüße ausrichten«, verabschiedete Pepe sich von seiner Mutter. Er griff nach der Tasche mit den Lebensmitteln und versuchte diese noch irgendwie im vollgestopften Auto unterzubringen. Auf dem Rücken seines T-Shirts prangte eine wellenumsäumte Palmeninsel. Er war zu einem stattlichen Mann herangewachsen und lebte mittlerweile in Ericeira. Die Surfboard-Marke Paradise gab ihm Arbeit als Handelsvertreter. Sein Auto war bis unters Dach mit Muster-Artikeln beladen. Die präsentierte er seinen Kunden, diesen neuartigen Surf-Shops. Seine Order-Touren führten ihn durch ganz Portugal. Surfboards und Zubehör waren ihm am liebsten. Den meisten Umsatz bescherte ihm aber die neue Modelinie von Paradise. Boardshorts und bunt bedruckte T-Shirts waren der absolute Renner. Flip-Flops und Sonnenbrillen verkauften sich auch super. Die obligatorische Büroarbeit war nicht gerade sein Steckenpferd. Seine Bestellungen zu ordnen und weiterzureichen gehörte aber auch zu seiner Aufgabe. Immerhin gab ihm sein Job genügend Freiraum für seine eigentliche Aufgabe. Als einer der ersten portugiesischen Profisurfer nahm er an internationalen Wettbewerben teil.

Es war nicht leicht als Profi seinen Lebensunterhalt zu verdienen. Dafür genoss er aber Ruhm und Ehre. Die portugiesische Surf-Szene wuchs kontinuierlich und es gab auch zunehmendes Interesse an den nationalen Wettbewerben. Im Vergleich zu England oder Frankreich steckte das portugiesische Surfen aber noch in den Kinderschuhen. Zusammen mit seinem Klinkenputzer-Job hatte Pepe die perfekte Kombination für sich gefunden. Oft luden ihn die Shop-Besitzer des Landes zum Essen ein und wollten auch mit ihm zusammen surfen gehen. Im ganzen Land knüpfte er Freundschaften. Auf einem nationalen Tourstopp an der Costa da Caparica tauchten nicht nur seine Freunde aus Carcavelos und Ericeira auf. Auch der ortsansässige Surfshop hatte seine gesamten Stammkunden mobilisiert. So versammelte sich eine beachtliche Menschentraube am Strand, um ihren Pepe lautstark anzufeuern. Mit Erfolg, denn er zog wie erhofft ins Finale ein. Das verlor er leider knapp gegen Neco de Sousa. Der war auf nationaler Ebene sein größter Konkurrent. Immer wieder kreuzten sie ihre Klingen, konnten bisher aber noch keinen klaren Sieger ausmachen.

»Dieses Jahr schnappst du dir den Gesamt-Titel«, munterte Matt ihn direkt nach der Siegerehrung auf. »Du bist viel konstanter als in der Vorsaison.« Damals verlor er auf dem letzten Tourstopp, in Vila Nova de Gaia, die Nerven und schied bereits im Viertelfinale aus.

»Obwohl du nur Vizemeister wurdest, warst du auch in der vergangenen Saison der wahre portugiesische Meister!«, wetterte der Surfshop Besitzer, in Anspielung darauf, dass Neco de Sousa ein eingebürgerter Brasilianer war.

»Liegst du mal hinten, bleibst du ruhig und wartest auf die passende Welle«, analysierte Matt. »Auch auf der Welle darfst du nicht überdrehen und holst souverän die höchstmögliche Punktzahl raus.«

Letztendlich waren die nationalen Wettkämpfe für beide wie Balsam für der Seele. Denn ihr eigentlicher Auftrag war es, vor allem auf internationalen Wettkämpfen Punkte und Preisgelder einzufahren. Hier ging es zu wie bei den Boxern. Verschiedene Verbände wollten das Profisurfen kontrollieren und machten sich gegenseitig das Leben schwer.

»Auch international ist Pepe viel stabiler geworden«, wandte Matt sich an den Surfshop Besitzer.

Der entgegnete fachmännisch, dass es viel schwieriger

sei, Punkte auf der europäischen EPSA Tour (European Professional Surfing Association) einzufahren. »Dort wird mit ganz anderen Bandagen gekämpft!«

Außerdem war Pepe im Ausland auf sich alleine gestellt. Niemand feuerte ihn an oder half ihm bei organisatorischen Dingen. Seine Reisen kreuz und quer durch Europa organisierte er selbst. Neco und Pepe hätten sich hier gut gegenseitig unterstützen können. Die meisten anderen Surfer taten sich oft mit ihren Landsleuten zusammen und planten gemeinsam ihren Tour-Alltag. Bei Neco und Pepe war das leider nicht mehr möglich. Vergangenes Jahr verließ Neco de Sousa das Team Paradise. Bis dahin versammelten Matt und Tó die besten portugiesischen Surfer in ihrem Team und pushten sie ordentlich. Plötzlich aber hatten sich die beiden Bosse zerstritten. Der plötzliche Tod ihres alten Freundes Jorge schien ihre Freundschaft schwer zu belasten. Tó stieg mit der Hälfte der Team Rider aus und gründete sein eigenes Surf Team.

Der geschäftige Lusitano verfügte über ausreichende finanzielle Mittel. Seine nagelneue Sardinen-Fangflotte stach aus dem Hafen von Peniche in See. Sogar eine kleine Konservenfabrik gehörte zur neuen Geschäftsidee. Der unerschrockene Zé wollte noch ihre Bluthunde auf den abtrünnigen Matt hetzen. Das ließ Lusitano aber nicht zu. Er würde niemals seine Schlägertruppe zu Matt schicken. Allerdings erlaubte er sich noch einen kleinen Seitenhieb. Neben der Konservenfabrik baute er gerade einen Schuppen, in dem fortan auch Surfboards gebaut wurden. So legte Sardinhas de Peniche nicht nur Fisch in Dosen ein, sondern produzierte unter gleichem Namen auch Surfboards und die obligatorisch dazugehörigen T-Shirts. Sardinhas de Peniche war jetzt der Hauptsponsor von Neco und seinem Team. Und der große Konkurrent von Paradise Surfboards.

»Gratulation zu deinem heutigen Sieg«, rief Matt seinem

ehemaligen Schützling hinterher, als der sich gerade vom Podest der Siegerehrung verdrücken wollte.

Neco hielt inne und ließ sich überraschenderweise auf einen kleinen Smalltalk ein.

»Du bist heute super gesurft«, lobte Matt. »Rufen du und Pepe eure heutige Leistung auf internationalen Wettkämpfen ab, hättet ihr dort sicherlich auch ein ernstes Wörtchen mitzureden.«

Beide Surfer fühlten sich geschmeichelt. Neco spürte, wie ihn seine neuen Teamkollegen aus der Ferne beobachteten.

»Meinst du, die EPSA und ASP einigen sich, sodass nächste Saison mehr Europäer auf der World Tour mitfahren können?«, fuhr Matt fort.

»Über die EPSA Rangliste qualifizieren sich immer noch viel zu wenige Europäer für die World-Tour«, mischte Pepe sich ein.

»Ja, das stimmt. Allerdings glaube ich nicht an eine schnelle Einigung.« Neco wurde langsam unruhig. »Schön mal wieder mit euch gequatscht zu haben. Die Jungs warten auf mich.« Er nickte seinen Kopf in Richtung seiner Kollegen. »Ich muss jetzt los.«

»Ja klar. Viel Spaß noch auf eurer Siegesfeier.«

Alle Surfer der jungen europäischen Profiszene wollten möglichst viele Punkte auf der EPSA-Tour sammeln. Nur die allerbesten qualifizierten sich am Saisonende für die World Tour der ASP (Association of Surfing Professionals – spätere World Surf League). Leider stritten sich die EPSA und die ASP um die Vorherrschaft im europäischen Profisurfen. Zunehmend organisierte die ASP nun auch Surf Contests in Europa, an denen aber nur die Besten der Welt antreten durften.

Die drei größten Surfmarken dieser Zeit hielten lieber zur einflussreicheren ASP und sponserten deren Wettbewerbe, um im wachsenden europäischen Markt anständig werben zu können. Die ASP Wettkämpfe gehörten zur großen World Tour, dessen namhaftes Starterfeld für mehr Aufmerksamkeit sorgte. Für die unterklassigen einheimischen Surfer blieb da nicht mehr viel Sponsoring-Budget übrig.

Tom Curren und Tom Carroll lieferten sich zurzeit einen harten Kampf um den Weltmeistertitel. Es war auch ein Kampf der beiden großen Surf-Nationen Amerika und Australien. Der amtierende Europameister Carwyn Williams aus Wales überraschente mit ein paar gute Ergebnissen auf der diesjährigen ASP-Tour, schaffte es aber nicht, sich dauerhaft durchzusetzen. Für die anderen Europäer blieb noch ein kleines Hintertürchen. Und das hieß: Wild Card. Eine Wild Card bekam man nur über Beziehungen und hier hatte Neco de Sousa, mit der Buisness Power des Lusitano, gute Karten. Kaum überraschend sponserte Sardinhas de Peniche auch den ersten großen ASP Contest, der bald in Portugal stattfand.

Mit Vorliebe schickte Lusitano Neco auf Wettkämpfe nach Übersee. Es war einer von vielen Wegen, wie er seine Waren ins Land bekam. Peinlicherweise geriet neulich sein Surf Team in die Schlagzeilen, weil bei einer Kontrolle auf dem Lissabonner Flughafen mehrere Päckchen Kokain in dessen Surfboards gefunden wurden. Neco hatte am Rio Pro in Brasilien teilgenommen. Den Drogenschmuggel schoben sie letztendlich einem weniger bekannten Teamkollegen in die Schuhe.

Lusitano tobte! »Wie konnte das nur passieren?« Der Verlust der Ware war nicht sein größtes Problem. Vielmehr ärgerte ihn, wieder mal einen seiner Lieferwege verloren zu haben. »Und dass, obwohl bereits zahlreiche Zöllner auf unserer Gehaltsliste stehen!«

»Das Schmuggeln per Einzelpersonen über die Flughäfen wird eh immer riskanter«, meinte sein Sohn Zé. »Gut, dass unser Netzwerk von Schiffen immer besser funktioniert.«

Die größeren Frachtschiffe verteilten ihre Waren vor der Küste auf kleine Fischerboote. Die brachten die Ware dann in mehreren kleinen Häfen an Land. An einer großen und dauerhaften Verbindung nach Südamerika arbeiteten sie gerade. Mit Kokain verdienten sie nicht schlecht. Vor allem aber kauften sie sich damit neue Freunde in der Lissabonner High Society. Das meiste Geld brachte momentan Heroin aus Asien. In den 80er-Jahren überschwemmte Lusitano Lissabon damit, im ganz großen Stil.

Die durch die Nelkenrevolution gewonnene Freiheit hatte auch ihre Schattenseiten. Die Wirtschaft musste sich nach dem Zusammenbruch des autoritären Regimes quasi neu erfinden. Wohin mit den vielen Soldaten, die nach Portugal heimkehrten? Das Militär brauchte einen Großteil seiner Soldaten nicht mehr. Die landeten auf der Straße, wo sich eh schon viel zu viele Arbeitslose herumtrieben. Traurige Berühmtheit erlangte das Viertel Casal Ventoso in Alcântara, landesweit bekannt als der Drogensupermarkt Lissabons. Hier vermischten sich die arbeitslosen Dockarbeiter mit den perspektivlosen Soldaten. Völlig ungeniert drückten sich die Junkies, auf offener Straße, Spritzen in ihre Körper. Völlig verwahrlost lungerten sie in den verdreckten kleinen Gassen. Hepatitis und HIV Infektionen grassierten. Gewalt und Verbrechen waren an der Tagesordnung. Casal Ventoso war Lissabons menschliche Müllkippe. Wer hier landete, hatte keine Hoffnung mehr.

Dorthin führte heute Pepes Weg. Er wusste genau, wo sein geliebter Bruder würdelos vor sich hinvegetierte. Ob er immer noch Lusitanos Heroin verkaufte oder mittlerweile nur noch seine eigene Junkie-Karriere beackerte, wollte Pepe gar nicht wissen. Zu groß war der Schmerz über den Verlust seines Bruders. Wie Zombies hingen die blassen, verlotterten Gestalten in den Gassen von Casal

Ventoso. Nicht mehr am Leben, aber auch noch nicht tot. Und immer gierend nach einem neuen Schuss. Dafür waren sie zu allen Schandtaten bereit. Problemlos verrieten und beklauten sie sogar ihre eigenen Weggefährten, die schon lange keine Freunde mehr waren. Pepe war auf der Hut. Sie beobachteten ihn und vermutlich spekulierten sie, was er wohl in seiner Tasche mit sich trug. Er hatte alles Erdenkliche probiert, um seinen Bruder aus diesem Sumpf zu ziehen. Erfolglos. Er machte sich auch nicht mehr viel Hoffnung, es noch zu schaffen.

Pepe fand ihn in einem dunklen Treppenhaus, zusammengerollt auf einer modrigen Matratze liegend. Beißender Fäkaliengeruch stieg ihm in die Nase. Überall lagen Müll und gebrauchte Spritzen herum. Schwerfällig rappelte Rui sich auf und stabilisierte sich leicht wankend im Schneidersitz. Die Biochemie seines Körpers war umgekippt. Wie ein Gewässer nach jahrelanger Verklappung großer Giftmengen. Er war ein menschliches Wrack.

»Wer ist da?«, krähte Rui und zog sich wie ein Oktopus zusammen. Rot verquollene Augen beäugten den Eindringling. »Pepe? Bist du das?«

»Ja. Hallo.«

Nach einem Schreck-Moment entspannte Rui sich wieder. Obwohl Pepe sich ekelte, setzte er sich neben seinen Bruder und stellte die Tasche mit den Lebensmitteln vor ihn. Der stinkende Junkie mit zerzausten Haaren fragte, ob Mama wieder Marmelade eingemacht hätte. Ein zahnloses Grinsen kam zum Vorschein.

»Hör mal, Rui. Es gibt ein neues Programm, das Sucht jetzt als Krankheit anerkennt.«

Schweigen.

»Die Süchtigen werden dort wie Kranke gesehen und behandelt.«

Seine Antwort war ein rostiges Lachen.

»Die sehen dich nicht mehr als moralisch verkommenes Luder, das durch strenge religiöse Erziehung oder Zwangsarbeit geheilt wird. Die Seelen der Menschen sind unterschiedlich. Und deshalb wird jetzt jeder Suchtkranke individuell begutachtet und dann entsprechend behandelt.«

»Los geht's, Bruder. Wir fahren nach Coxos und gehen ne Runde surfen«, witzelte Rui mit wankendem Oberkörper.

Beiden war zum Heulen zumute. Aber keiner zeigte es.

»Sehr gerne. Aber erst gehen wir zusammen in diese Klinik.«

»Du als Un-Abhängiger kennst doch sicherlich den Wunsch, nach getaner Arbeit ein Feierabendbier zu trinken? Richtig? Mein Verlangen ist der große Bruder deines Wunsches.«

Pepe kannte diesen Wunsch nicht, da er überhaupt keinen Alkohol trank.

»Klar, jetzt denkst du: Da muss man doch einfach nur Nein sagen. Einfach! Hahaha, einfach ist das Einmaleins!«

»Ich habe dort schon angerufen und einen Termin vereinbart. Wir können sofort zusammen dahinfahren. Rui, du schaffst das. Und ich helfe dir dabei.«

Die erste Träne rollte über Ruis blasse Wange.

»Schon bevor das Verlangen nach einem Schuss an meine Tür klopft, bin ich im Krieg. Ich bin ständig im Krieg!«, jammerte er leise. »Dann säuselt es: Na, wie wär's mit uns beiden? Lasse ich das Schwein nicht rein, wird es immer lauter. Es randaliert im Treppenhaus und schreit im Befehlston nach Stoff! Im Gegensatz zu den Zeugen Jehovas lässt es sich aber nicht einfach so abwimmeln. Das Verlangen bleibt! Und es wird immer stärker.«

Pepe presste eine geballte Faust vor seinen Mund und starrte stumm auf die vollgeschmierte Wand gegenüber.

»Ich habe schon mehrere Entzüge hinter mir. Das ist die Hölle, Mann! Krämpfe, Kotzerei und Schmerzen, als hätte man dich mit einem Nudelholz windelweich geprügelt. Leider ist das Problem danach nicht beseitigt.«

Bitte tue mir den Gefallen und komm mit. Wenigstens einmal zum Schauen. Du wirst sehen, die sind dort wirklich nett. Und hübsche Krankenschwestern lernst du bestimmt auch kennen.«

Er schüttelte seinen gesenkten Kopf, grunzte wie ein Schwein. Pepe wusste nicht genau, ob es eher ein Lachen oder Weinen war.

»Wie viele Waschgänge hast du über dich ergehen lassen, bis du anständig surfen konntest?« fuhr Pepe fort. »Und trotzdem hast du es gepackt und Surfen gelernt.«

Schweigen.

»Du darfst dich jetzt nicht aufgeben. Rui! Egal wie oft du schon auf die Schnauze gefallen bist, du kannst es immer noch packen. Bitte lass dir helfen. Ich möchte dir auch helfen. Ich bin immer für dich da!«

»Mir ist nicht mehr zu helfen!«

Das war der letzte Tag, an dem er seinen Bruder lebend sah.

Berge von Akten stapelten sich in Inspektor Coelhos Büro. Sowohl sein Schreibtisch als auch er selbst waren dahinter kaum noch zu erkennen. Behäbig und bleich, wie ein Untoter, stöberte er nun schon seit Tagen in den alten Ordnern. Er suchte nach dem alles entscheidenden Hinweis, um den Lusitano endlich dingfest zu machen. Je länger er blätterte, umso klarer wurde ihm, so nicht zum Erfolg zu kommen. Er wusste nun schon einiges. Aber die wirklich entscheidenden Details fehlten. Erschöpft griff er zum Telefonhörer und wählte die Nummer der Partnerin seines Vorgängers. Nach kurzer Unterhaltung meinte sie, es sei besser sich persönlich zu treffen. Kurz darauf klopfte es an die nicht verschlossene Tür. Noch bevor er etwas sagen konnte, erschien eine mollige Mittfünfzigerin im Türrahmen. In ihren vor dem Bauch verschränkten Armen hielt sie ein paar Akten.

»Inspector Coelho?«

»Äh, ja. Klasse, Sie sind ja wirklich flink.«, Coelho sprang auf, zog sich sein faltiges Jackett zurecht und betrachtete freundlich seine Besucherin. Verlegen ließ er seinen Blick durchs unaufgeräumte Büro schweifen. »Bitte entschuldigen Sie das Chaos.« Hastig räumte den Schreibtisch, vor seinem Besucherstuhl frei und lud sie mit einer Handbewegung ein sich zu setzten.

»Möchten Sie auch einen Kaffee?«

Nachdem sie es sich einigermaßen gemütlich gemacht hatten, berichtete ihm seine Kollegin, was sie wusste:

»Geschickt nutzte der Lusitano die politischen Wirren nach der Nelkenrevolution, um sein Imperium auszubauen. Angefangen hatte er in einer kleinen Surfer-Kommune in Ribamar. Ausländische Surfer belieferten ihn damals mit allem, was man seinerzeit nicht in Portugal kaufen konnte.«

»Vielen Dank, seine Geschichte ist mir mittlerweile schon bekannt.«, fiel Coelho ihr ins Wort. »Was wir brauchen sind Fakten, mit denen wir ihn, wenn schon nicht dingfest machen, zumindest unter Druck setzen können.«

»Mithilfe vieler fleißiger Retornados dehnte er seine Geschäfte schnell nach Lissabon und bald schon über das gesamte Land aus«, fuhr seine Kollegin unbeirrt fort. »Seine Straßenkämpfer sind heute noch berüchtigt. Sehen sie sich vor, Coelho! Mindestens einer ihrer Vorgänger, nämlich mein ehemaliger Partner, wurde von diesen miesen Kanalratten umgebracht.«

Sie zeigte ihm ein Foto vom Lusitano: »Schauen Sie mal, Sie sehen ihm ähnlich.« Erster Blickfang waren seine Freddie Mercury Zähne.

Coelho war des selbst auch schon aufgefallen. Ja, auch er hatte so ein Gebiss. Er erinnerte sich, früher in der Schule deswegen gehänselt worden zu sein. Passend zu seinem Namen Coelho = Hase.

»Ich bin ja wohl viel hübscher als der da«, lächelte Coelho. Es war glatt gelogen. Denn weder war besaß er den typisch bräunlichen Teint eines Surfers, noch hatte er einen so athletischen Körper. Warum sagt sie das jetzt, fragte er sich, ließ sich aber nichts anmerken.

»Was ist aus diesem Jorge Costa geworden?«, kehrte Coelho zum Wesentlichen zurück. »In den Akten steht, dass er nervlich angeschlagen aus den afrikanischen Kolonialkriegen heimkehrte.«

»Ja, er fand sich nicht mehr in seinem alten Leben zurecht. Viele Kriegsveteranen trafen sich zu Jagdwochenenden, um dem Erlebten in Afrika, wenn überhaupt möglich, irgend einen Sinn zu geben. Jorge reichte es aber nicht, seine Mordlust an Kaninchen zu befriedigen. Außerdem litt er unter Verfolgungswahn. Er war einfach nicht mehr er selbst.«

»Der perfekte Mann, um sich in der harten südamerikanischen Gangsterwelt durchzusetzen«, fügte Coelho hinzu.

»Lusitano installierte ihn in Südamerika, um dort das neue Kokain Geschäft zu organisieren. Schnell machte Jorge sich einen Namen in der südamerikanischen Unterwelt. Seine Schläger rekrutierte er aus den Favelas der Großstädte. Sie sollten möglichst genauso skrupellos sein wie er selbst. Brutal räumte er unzuverlässige Geschäftspartner aus dem Weg.«

»Wirtschaftete er in die eigenen Taschen, am Lusitano vorbei?«

»Höchst wahrscheinlich. In vollen Zügen genoss der schizophrene Costa das süße südamerikanische Leben. Offiziell war er der seriöse und verheiratete Geschäftsmann. Man respektierte ihn. In Wahrheit blieb er aber stets ein Abenteurer und wilder Partyhengst. Bis es plötzlich vorbei war. Der größte Draufgänger seiner Zeit, Jorge Costa, verscholl auf einem Surftrip im dichten Urwald des Amazonasgebietes. Lebend sah man ihn zuletzt in Belém.«

»Das steht aber nicht in den Akten«, sagte Coelho erstaunt.

»Doch.«

»Was passierte dann?«

»Jorge Costa hatte von einer gigantischen Flusswelle gehört, die regelmäßig den Araguari Fluss hinauf schwappen sollte. Zusammen mit seinem Freund, dem Lusitano, wollte er die Welle finden und surfen. Beide hatten schon vom Phänomen solcher Gezeitenwellen gehört. Konnten sich aber kaum vorstellen, tatsächlich auf so einer endlosen Welle durch den dichten, grünen Dschungel zu gleiten. Sie stellten ein kleines Expeditionsteam zusammen und brachen mit ihren gecharterten Booten auf. Die beiden Freunde erlebten ein weiteres gemeinsames Abenteuer, von dem aber nur einer zurückkehrte. Lusitano konnte es sich nicht erklären. Eines Morgens stand Jorges Zelt offen und von ihm fehlte jede Spur. Vermutlich musste er nachts pinkeln und wurde dabei von einem Krokodil überrascht.«

»Haha, wer's glaubt ...«, feixte Coelho.

Seine Kollegin ließ sich aber nicht unterbrechen. »Kurz darauf wurde Jorges Ehefrau bei einem Raubüberfall erschossen, inklusive all ihrer gemeinsamen Kinder!«

»Welch ein Zufall!«

»Viel Zeit um seinen alten Weggefährten zu trauern, blieb dem Lusitano nicht. Sein rasch wachsender europäischer Markt wollte beliefert werden. Er selbst übernahm die Organisation in Südamerika. Bald darauf übernahm dann eine gewisse Helena de Sousa die Südamerika-Geschäfte.«

»Neulich wurde doch ein brasilianischer Profi-Surfer

namens de Sousa mit Kokain am Lissabonner Airport erwischt?«, kombinierte Coelho.

»Ja, Neco und Helena de Sousa sind Geschwister, beziehungsweise Halbgeschwister. Beide stecken tief drin in den Machenschaften des Lusitanos. Für den Kokainfund am Airport wurde aber letztendlich ein Begleiter de Sousas verantwortlich und dingfest gemacht.«

»Natürlich! Wie immer. Und wo ist nun die Schwachstelle in Lusitanos System?«

»Leider scheint es keine zu geben.«

»Was?«

»Wir müssen immer wieder sein System abklopfen. Sein Surf-Team, sein Logistikunternehmen mit all seinen Schiffen und natürlich auch seine Fischerei-Flotte.«

Enttäuscht schaute Coelho seine Kollegin an.

»Haben Sie in den Akten gelesen, dass über kurz oder lang all Ihre Vorgänger unter mysteriösen Umständen verschwanden?«

»Ja, die ermittelnden Beamten wechseln so schnell wie Ebbe und Flut am Meer.«

»Ihr letzter Vorgänger war wirklich ein hartnäckiger Hund. Hoch motiviert ermittelte er gegen Lusitano. Mit der Zeit bekam er von allen Seiten Gegenwind. Arbeitskollegen und Politiker machten ihm zusehends das Leben schwer. Auch privat ging es bergab.«

»Seine Frau verließ ihn«, merkte Coelho an.

»Und bald darauf war auch er verschwunden. Urplötzlich und ohne jede Spur zu hinterlassen. Einfach weg.«

Seit Jahren wurde Lusitano nun schon observiert. Aber nie kam es zu einer erfolgreichen Anklage. Immer wieder ging wichtiges Beweismaterial verloren. Brauchbare Zeugenaussagen gab es so gut wie nie. Kam einer seiner Vorgänger dem Lusitano doch mal näher, verschwand der Beamte urplötzlich. Es zeigte, wie gefährlich sein neuer Auftrag war. Zuletzt hatten ihm ungewöhnlich häufig at-

traktive Frauen den Hof gemacht. In den unscheinbars-
ten Situationen. Neulich morgens frühstückte er im Café
um die Ecke, als ihn diese charmante Blondine, sie hatte
sich als Venezolanerin vorgestellt, in ein Gespräch verwi-
ckelte. Oder die junge Brasilianerin, die ihn eines Abends
direkt vor seiner Stammkneipe abfing und ihn bat, sie zu
beschützen, da sie sich verfolgt fühlte. Kein Problem, beschützen war ja schließlich sein Beruf. Dass sie sich aber
gleich so an ihn schmiegte und mit ihrer prallen Ober-
weite bedrängte, war schon ungewöhnlich.

Die blonde Venezolanerin am Bierstand vor dem Benfica Stadion wieder zu treffen, wunderte ihn schon nicht
mehr. Fröhlich winkte sie ihm mit ihrem roten Schal und
kam schnurstracks zu ihm rüber. Natürlich tat sie ganz
überrascht und meinte, welch ein Zufall es doch sei, dass
sie sich schon wieder begegneten. Jaja, wegen solcher Zu-
fälle hatte sein Vorgänger vermutlich auch Eheprobleme
bekommen. Trotzdem lud er sie auf ein Bifana und Bier
aus dem Plastikbecher ein.

Obwohl Coelho geschieden war und allein lebte, machte
es ihn nervös, sich mit der Venezolanerin zum Essen verabredet zu haben. Er wollte nichts von ihr und glaubte
auch nicht, dass sie wichtige Details wusste. Allerdings
erhoffte er sich, in welcher Form auch immer, über sie
Kontakt zur illegalen Seite herzustellen. Sie hatten ihre
Telefonnummern ausgetauscht.

Leider brachte Alice, so hieß die hübsche Dame, zumindest hatte sie sich unter diesem Namen vorgestellt, ihm
keine neuen Erkenntnisse. Ihre Überprüfung hatte auch
nichts Außergewöhnliches ergeben. Sie versuchte ihm
lediglich den Kopf zu verdrehen und von seiner Arbeit
abzuhalten. Neulich verabredete er sich mit ihr zum Dinner im Bairro Alto. Wie immer war sie elegant gekleidet,
hinreißend und charmant. Nach dem Dessert griff sie behutsam seine Hand und schlug vor, bei ihr zu Hause noch

ein Gläschen Vinho do Porto zu trinken. Er wusste, dass es falsch war, redete sich aber ein, dass es zu seiner Arbeit gehörte und ging mit. Ihre Wohnung lag nur ein kleines Stückchen westlich der Bairro Alto. Dort standen sie nun mit ihrem Portwein auf der Veranda und genossen die Aussicht. Unter ihnen glitzerte die Stadt und im Rio Tejo spiegelte sich der Mond.

Hinten bei der Ponte 25 de Abril hatten sie gerade erst den Kadaver seines Vorgängers aus dem Wasser gezogen. Er mutmaßte, dass sie nicht wirklich hier wohnte und die Wohnung nur von ihren Auftraggebern gestellt bekommen hatte. Er konnte aber nichts Auffälliges oder Gefährliches in der Wohnung entdecken. Behutsam nahm sie ihm das Glas ab, griff seine Hand und zog ihn in die Wohnung.

ERICEIRA 2002

G anz allein lag sie in der Nachmittagssonne am Strand.
Ihre bronzenen, vollendeten Rundungen schmiegten
sich verführerisch in den Sand. Er hielt es nicht mehr aus.
Er musste sie haben und zwar jetzt! Er ging auf sie zu, lächelte sie an, beugte sich über sie und nahm sie. Schnell
und kompromisslos. Ohne schlechtes Gewissen. Schließlich findet man nicht alle Tage eine Finnenschraube im
Sand.«

»Auf was für Ideen du immer kommst.« Jan schüttelte
grinsend den Kopf und biss in sein Sandwich. Er war froh,
dass ihn sein Freund Olaf besuchte und bei seiner Arbeit
unterstützte.

Stolz wie Oskar kam er mit seiner Finnenschraube durch
den Sand gestapft. »Siehst du, ich bin einer der wenigen
Longboarder am Strand und dieses kleine süße Schräub-
chen wollte einfach nur zu mir.«

Sie standen am Flutsaum, die Surfanzüge bis zur Hüfte
runtergekrempelt und ließen sich von der Sonne wärmen.
Sobald ein Surfschüler auf dem Wasser in Aktion trat,
hielt Jan mit der Kamera drauf.

»Die Kleine da drüben sieht mir leicht überfordert aus«,
meinte Olaf. »Ich kann doch auch filmen und du gehst
raus und hilfst ihr.«

»An sich hatte ich die Anfänger schon in die Pause geschickt. Sie wollte es aber unbedingt weiter probieren.
Und da die Wellen heute nicht so heftig sind, habe ich sie
gelassen.«

Olaf lachte herzhaft. »Na, auf die Aufnahmen bin ich ja
mal gespannt.«

Im nächsten Moment wurde eine andere Schülerin von
einer Welle mitgerissen. »Siehst du, die kriegt es auch
nicht hin«, fühlte Olaf sich bestätigt. »Los jetzt, Anzug

an und raus da mit dir. Geh arbeiten und ich filme euch dabei.«

»Nun lass sie es doch auch mal allein probieren. Wir haben sie doch nun schon lange genug in die Wellen geschoben.«

»So, jetzt kriegst du Faulpelz erstmal Bericht«, feixte Olaf.

Die Schülerin, die eben noch von der Welle gefressen wurde, verließ das Wasser und kam direkt auf sie zu. Am Stampfen ihrer Schritte erkannte man, dass sie offensichtlich geladen war.

»Ich kriege es einfach nicht hin. Im entscheidenden Moment bekomme ich immer noch Angst.«

»Ja, das solltest du auch!«, antwortete Jan grinsend.

Sein Gegenüber fand die Antwort nicht lustig. Seit Tagen sprachen sie darüber, wie sie den Take Off in der grünen Welle schaffen würde. Er fand es gut, dass sie nicht aufgab und es immer wieder allein versuchte.

»Im Ernst, wie oft haben wir schon besprochen, was passiert, wenn du gewaschen wirst?« ... »Na?«

»Nichts! Ich weiß, ich soll den Waschgang genießen. Und wenn er doch mal etwas heftiger wird, kristallisiert sich der wahre Surfer heraus, weil er sich dadurch nicht unterkriegen lässt. Ich weiß, klappt aber trotzdem nicht!«

»Stehe so auf, wie du es in den Schaumwalzen gelernt hast. Oder so, als würde ich dich auf die grüne Welle schieben. Einfach machen, ohne zu denken!«

»Einfach. Jaja.« Sie lachte skeptisch. »Theoretisch weiß ich ja, worum es geht. Nur mit der Umsetzung ist das so eine Sache.«

»Einfach machen und nicht denken!«, wiederholte er freundlich.

»Du immer mit deinem einfach!«

»Projizieren Sie Ihr Problem, junge Dame! Geben Sie von mir aus Ihrem Mann die Schuld! Oder dem Surfboard oder

der falschen Gezeit! Wenn all das nicht hilft, lassen Sie folgenden Film in Ihrem Kopf ablaufen. Sprechen Sie laut mit! Wellenauswahl, langsam lospaddeln und die Welle kommen lassen, die Welle hebt das Tail an, jetzt kräftig paddeln, Punkt der Beschleunigung spüren, aufspringen. Verinnerlichen Sie jeden dieser Punkte und hören Sie auf, im Punkt der Beschleunigung zu zögern! Sonst komme ich vorbei und tauche Sie nach Ihrem Waschgang gleich noch einmal unter! Verstanden?«

»Aye, aye, Herr Kapitän!« Sie salutierte, schnappte sich ihr Board und war wieder auf dem Weg zur Outside.

Seine Arbeit machte ihm Spaß. Leider zählte er immer noch zu wenige Surfschüler in seinen Kursen. »Ich habe ein Jobangebot als Fischer bekommen.«

»Als Fischer?«, Olaf schaute ihn erstaunt an.

»Ja, die zahlen außerordentlich gut und ich muss immer nur in Schichten arbeiten.«

»Wie bist du denn an den Job gekommen?«

»Neulich beim Surfen in Santa Cruz traf ich ein paar Surfer aus Ericeira. Wir unterhielten uns auf dem Parkplatz und einer von denen gab mir den Tipp. Und wie gesagt, ich muss dort eine Woche arbeiten und habe dann eine Woche frei. So kann ich dann immer noch Surfkurse geben und im Wechsel zum Fischen gehen.«

»Hier in Ericeira?«

»Nee, in Peniche. Macht aber nichts. Ich fahre einmal hoch und komme nach einer Woche wieder zurück.«

»Im Schichtdienst fischen gehen. Kommst du etwa auf einen Hochsee-Fischer oder warum der wöchentliche Wechsel?«

»Nun ja, die waren sich noch nicht so ganz sicher, wo ich eingesetzt werde. Zunächst mal auf den Sardinen-Fangschiffen, die nur über Nacht draußen bleiben. Die haben aber auch noch Frachtschiffe, die zu den portugiesischen Inseln fahren. Surfbretter bauen die auch noch und haben sogar ein eigenes Profi-Surf-Team! Ich erzählte denen von meiner Surfschule und jetzt überlegen sie, mich als Team-Physio mit zu den Contests zu schicken.«

»Hä? Was ist das denn für ein Laden? Du bist doch überhaupt kein Physio!«

»Na ja, ich soll halt ein bisschen Stretching und Massagen und so mit den Teamfahrern machen. Ist doch scheißegal, Hauptsache, die zahlen gut! Die heißen Sardinhas do Peniche. Hast du bestimmt schon mal gesehen. Das sind die Surfboards mit der silbernen Sardine als Logo drauf.«

»Du wirst jetzt also Fischer, Seemann und Physiotherapeut. Obwohl du keine Ausbildung dazu hast? Soso!«

»Wie gesagt, die Kohle stimmt und zunächst stecken die mich aufs Fischerboot. Alles Weitere sehen wir dann.«

»Na, das sind ja mal Karrieren! Deine Ex brennt mit einem Banker aus Frankfurt durch und du wirst Physio auf einem Fischerboot!«

Jan war nicht entgangen, dass Mareike sich letzten Sommer äußerst gut mit diesem Schnösel Peter Jansen verstanden hatte. Normalerweise waren es doch die Surflehrer, die von ihren Schäfchen angehimmelt wurden. Hier schien es aber so, dass ein Surfschüler plötzlich die Dona da Casa begehrte. Und zu seinem Erstaunen hatte ihr das auch noch gefallen. »Warum fiel sie nur auf das Gelaber dieses Schmierlappens herein?«, fragte er sich. Der war doch gar nicht ihr Typ!

Nach dem Surfen brauchte der immer eine Ewigkeit, um sich seine Elvis Tolle zu richten. Dieser gestopfte Geldsack aus Königsstein im Taunus. Jan musste sich schütteln. War es möglicherweise doch nur sein Geld? Oder fand sie diesen Typen tatsächlich nett?

Wäre Jan seinerzeit nicht so oft zu seinen portugiesischen Freunden verschwunden, hätte er es möglicherweise verhindern können. Aber vielleicht hatte er ganz tief in sich drin schon mit seiner Beziehung abgeschlossen? Immerhin wusste er, dass Mareike mehrmals von ihrem neuen Freund zum Essen ausgeführt wurde. Und jetzt lebte sie nicht mehr auf Sylt, sondern in Königsstein.

»In Kingston Town – the place I long to be", sang Jan leise die UB40-Melodie. Irgendwie hatte er sich das angewöhnt. Immer wenn er an Mareike dachte, kam ihm dieses Lied in den Kopf.

»Willst du einen anständigen Surferboy raushängen lassen, musst du dir wohl einen Hund zulegen. Der tröstet und bringt dich gut durch den Winter«, feixte Olaf. »Aber ein Haustier kollidiert wohl mit deinen Fischerboot-Plänen.«

Setúbal 2002

Ein mit Gasflaschen beladener Kleinlaster fuhr von Setúbals Stadtzentrum in Richtung Osten. »Luso Gas Lda., Industrie- und Edelgase« stand auf den Türen geschrieben. Darunter eine Telefonnummer. Der südländisch aussehende Fahrer brummte auf Portugiesisch: »Verstehe ich bis heute nicht, warum die Werft damals von Almada nach Setúbal umgezogen ist.« Sein Ziel waren die Trockendocks der Lisnave Werft, die am Nordufer des Sado-Deltas mitten im Naturschutzgebiet thronten.

»Du musst auch nicht immer alles verstehen, oder?«, entgegnete ihm sein Beifahrer. Der hatte seine Sicherheitsstiefel lässig gegen das Handschuhfach gestellt und pulte sich mit seinem Butterflymesser Dreck unter den Fingernägeln raus. »Genieß lieber die schöne Natur. Mit etwas Glück siehst du sogar die Flussdelphine.«

Der unerschrockene Zé drehte unmerklich seinen verschwitzten Stiernacken zur Seite. Er war diese Strecke schon häufig gefahren und interessierte sich weder für den dreckigen Fluss noch für dessen Bewohner.

»Ich bin froh, wenn wir die Flaschen ausgetauscht haben. Das stinkt doch zum Himmel, dass es die letzten beiden Male nicht klappte.«

Am meisten ärgerte Zé, keine bewaffnete Verstärkung von seinem Vater erhalten zu haben. Nach all dem Ärger, den sie in letzter Zeit hatten.

»Da stecken doch die Russen hinter!«

Sein Kollege antwortete nicht.

»Ohne Verstärkung sollen wir hier den einfachen Gaslieferanten spielen. Noch nicht einmal eine Uzi dürfen wir mitnehmen.«

Ihr Boss wollte nicht den geringsten Verdacht auf seinen Handelsweg lenken. Aber Zé verstand es nicht. Schmierten sie doch eh schon wichtige Schaltstellen in der Zollbehörde. Auf beiden Seiten des Atlantiks! Und jetzt, wo es brenzlig wurde, sollte all das nicht helfen? Er könne nicht die gesamte Belegschaft der Werft einweihen, meinte Lusitano. Dass der Stoff nicht wie verabredet in den Gasflaschen war, hatte es bisher noch nie gegeben. Dann hieß es plötzlich, es seien die falschen Flaschen gewesen. Dann sollten sie die richtigen eigenhändig aus der Doppelwand des Schiffes rausbrennen. Kaum waren sie an Bord gegangen, stand plötzlich der Zoll hinter ihnen und machte Probleme. Auch das hatte es vorher noch nicht gegeben. Nun sollten die Gasflaschen wie ursprünglich verabredet doch wieder im Lagerschuppen stehen.

Zé und sein Spannmann zeigten ihre Papiere am Wärterhäuschen vor. Da hier Schiffe aus internationalen Gewässern im Dock lagen, kontrollierte nicht nur die Werftsicherheit, sondern auch der Zoll. Normalerweise war diese Hürde geregelt. Neben Schmiergeldern musste Lusitano dem Zoll auch hin und wieder einen Drogenfund zugestehen, den sie dann als Erfolg feierten. Allerdings fanden diese an anderen Stellen und in kleineren Dimensionen statt.

Dieses Mal fuhren sie nicht zum brasilianischen Frachter, auf dem sie zuletzt der Zoll festgenommen hatte. Hin und wieder sahen sie das Schiff, zwischen den großen Lagerhallen hindurch, im Trockendock liegen. Wie immer folgten sie dem Jeep des Dockarbeiters, der sie zu einem etwas kleineren Schuppen am ruhiger gelegenen östlichen Ende des Werftgeländes leitete.

Große Warnschilder markierten, dass hier explosive Güter lagerten. Außer dem Werftarbeiter, der die Schlüsselgewalt über den Schuppen hatte, und ihnen war niemand zu sehen. Obwohl alles ruhig war, entsicherte Zé unauffällig seine Handfeuerwaffe und versteckte sie in seinem grauen Overall.

»Bist du verrückt geworden!«, ermahnte ihn sein erschrockener Partner. »Es wurde uns doch ausdrücklich verboten, Schusswaffen mitzunehmen!«

Vorwurfsvoll schaute Zé ihn an. »Und wenn du mit deinem Zahnstocherchen da nicht mehr weiterweißt«, Zé deutete mit dem Kinn auf seine Tasche, »kannst du dich freuen, dass ich dich wenigstens mit diesem kleinen Handlocher hier beschütze!«

Er legte den Rückwärtsgang ein und lenkte den Transporter in die dunkle Öffnung im Schuppen. Als sie darin verschwunden waren, zog der Werftarbeiter das Schiebetor zu, verriegelte von außen und hastete davon.

»Wo ist denn jetzt der Typ hin? Sollen wir uns unsere Flaschen jetzt etwa selbst suchen? Und warum brennt hier nicht einmal Licht?«

»Sag ich doch, dass hier etwas faul ist«, antwortete Zé, zog seine Waffe und schwang sich aus dem Transporter.

Im nächsten Moment erschütterte eine heftige Explosion das Werftgelände, die den kleinen Lagerschuppen mitsamt seiner explosiven Inhalte zerriss und als Kleinteile in einem riesigen Feuerpilz in die Luft katapultierte.

LISSABON 2002

Der junge Inspektor ging an die Arbeit. Die Akte eines gewissen Inspektor Coelhos fand er besonders aufschlussreich. Coelho hatte damals Kontakt zur US-Drogenbehörde DEA und der kolumbianischen Anti-Drogen-Einheit Policia Antinarcoticos aufgenommen. Er durfte ihre Akten lesen und sich dort über den Fall Lusitano informieren. Tatsächlich hatte Lusitano sich mit dem Medellin-Kartell getroffen. Um die Zusammenhänge besser zu begreifen, nahm der junge Inspektor selbst Kontakt mit der DEA auf und durfte sich bald in deren Rechner einloggen. Gerne hätte er seinen Vorgänger befragt, da dessen Akte lückenhaft war, als hätte man wichtige Passagen einfach rausgerissen. Leider war Coelho irgendwann spurlos verschwunden. Der junge Mann ging noch einmal die amerikanischen Akten durch.

Angefangen bei Pablo Escobar, der Anfang 1970 mit seinem Medellin-Kartell ein riesiges Drogenimperium aufbaute. Zu seiner besten Zeit soll Escobar bis zu 1,5 Millionen US-Dollar am Tag verdient haben. Die US-Regierung subventionierte Ende der 1980er Kolumbien im Kampf gegen die Drogenbarone. So wollte sie der immer mehr außer Kontrolle geratenen Kokain- und Crack-Epidemie in den USA ein Ende setzen. Hunderte von Millionen US-Dollars flossen in die kolumbianische Armee. Da sich die Kartelle zu wehren wussten, schwappte eine blutige Welle der Gewalt durch das Land. 1993 wurde Escobar bei einer wilden Verfolgungsjagd erschossen. Bald darauf folgte die Zerschlagung des mächtigen Medellin-Kartells. Was wiederum das Wachstum des Cali-Kartells und anderer, unabhängig voneinander operierender Organisationen zur Folge hatte. Ein paar Jahre später gelang auch die Zerschlagung des Cali-Kartells. Woraufhin aber wieder neue Organisationen das Machtvakuum füllten und den Drogenmarkt übernahmen. Es war wie bei einer Hydra. Schlug man ihr einen Kopf ab, wuchsen prompt zwei neue nach.

Später arbeitete Lusitano mit kolumbianischen Zwillingen und deren Kartell Los Mellizos zusammen. Durch den teuren Kraftakt erlangten die USA und ihre Verbündeten langsam die Oberhand. Los Mellizos erkannten die Gefahr und orientierten sich fortan verstärkt in Richtung Europa. So rückten sie aus dem Fokus der amerikanischen Anti-Drogen-Allianz und erschlossen neue lukrative Märkte in der alten Welt. Lusitanos wichtigste Kontaktperson für Südamerika schien die Brasilianerin Helena de Sousa zu sein.

Nächtelang saß der junge Inspektor am Rechner und recherchierte in den für ihn so anstrengenden englischsprachigen Berichten. Alles drehte sich dabei um Kokain. Ironisch witzelte er, dass er sich bei seinen Recherchen auch gut mit dem Zeug bei Laune halten könnte. Neulich lernte er eine wirklich attraktive Dame am Bierstand vor dem Fußball-Stadion kennen. Er zog mit ihr weiter durch die Bairro Alto und landete schließlich bei ihr im Bett. Mehrfach hatte sie ihm Kokain angeboten. »Wenn die wüsste, woran ich gerade arbeite«, dachte er sich.

ERICEIRA 2002

Ahoi, mein Surferboy. Wie geht's dir denn?«, erklang Olafs Stimme am Apparat.

»Gut geht's mir. Ich hole gerade Leute vom Flughafen ab. Und bei dir?«

»Hast du dir endlich ein Headset fürs Telefon besorgt? Oder willst du deine Gäste wieder mit waghalsigen, einhändigen Manövern beeindrucken?«

»Mach dir keine Sorgen. Ich bin noch auf dem Hinweg und auf der Autobahn. Und wie läuft's bei dir?«

»Auf ‚four letter island' ist wie immer alles im Lot. Was mir fehlt, ist eine Surfsession mit meinem portufriesischen Freund. Du weißt ja, im Sommer kannst du auf Sylt besser Makrelen angeln als anständig surfen. Ein paar fette Atlantik-Klopper täten mir zwischendurch wirklich gut. Was macht eigentlich dein neuer Angel-Job? Oder hältst du dich nun doch besser an deine Surfkurse?«

»Auf den Sardinentrawlern war ich nur ganz kurz. Als ich denen erzählte, dass ich Hobby-Skipper bin, haben die mich kurzerhand in ein Yacht-Charter Unternehmen nach Cascais verfrachtet.«

»Oh Mann, das wird ja immer skurriler mit dir! Als professioneller Skipper taugst du doch genauso wenig wie als Physiotherapeuth. Was ist überhaupt aus der Geschichte geworden?«

»Nun lass mich doch erst mal das eine zu Ende erzählen, bevor du mich mit der nächsten Frage bombardierst!«

»Sorry, ich bin halt unausgelastet, weil ich lange keine anständigen Wellen mehr gesehen habe.«

»Komm gerne hier runter. Ich kann deine Unterstützung gut gebrauchen!« Jans Stimme klang komisch verängstigt. Seine neuen Seemanns-Jobs kollidierten immer wieder mit seinen Surfkursen. Wurde er von Sardinhas de Peniche gebucht, meldeten sich just für denselben Zeitraum Leute für seine Surfkurse. Murphy's Law, dachte sich Jan und sagte schweren Herzens seinen erwartungsvollen Surf-Interessenten ab. Ich werde mich wohl bald entscheiden müssen, welcher Job mir wichtiger ist.« Nun dachte er an die Schmuggler und ihm wurde mulmig im Bauch. War das alles richtig so, wie er momentan lebte?

»Erzählst du mir nun endlich deine Geschichte, oder was?«

»Ja. Also auf den Fischerbooten war ich nur ganz kurz. Zurzeit schippere ich Touristen vor der Tejo Mündung hin und her.«

Höhnisches Gelächter schallte aus Jans Handy.

»Das ist ganz schön seltsam, was da abläuft!«, wetterte Jan. »Neulich bin ich mit drei ganz komischen Typen in See gestochen. Die hatten einen romantischen Segeltörn in den Sonnenuntergang gebucht.«

»Ahahaha«, Olaf konnte sich kaum noch beruhigen. »Mein Surferboy stach mit einem Gay Club in See!«

»Ganz bestimmt nicht! Zunächst war alles in Ordnung. Wir liefen am späten Nachmittag aus. Bei leichter Nordwest-Brise segelten wir runter zum Cabo Espichel. Der Himmel färbte sich langsam rot. Romantik kam aber trotzdem keine auf. Irgendwie waren die Typen angespannt. Die von mir gereichten Häppchen haben sie noch verdrückt. Aber nicht einen Tropfen Alkohol angerührt. Als es dunkel war, wollten die drei plötzlich umdrehen und hoch zum Cabo da Roca. Ich wies sie darauf hin, dass das zu lange dauern würde. Außerdem sei der Schiffsverkehr bei Nacht nicht zu unterschätzen. ‚Wir bleiben noch etwas länger', wiederholten sie eindringlich und überreichten mir Tausend Euro.«

»Wie bitte?«

»Das war krass, Mann. Sie verlangten von mir, sämtliche

Positionslampen zu löschen und dann ging es in Schleich-
fahrt durch die mondlose Nacht.«

Olaf summte jetzt die Film-Melodie von »Das Boot«.

»Hör bloß auf!«, meinte Jan empört. »Ich war mega aufgeregt und hatte Angst, von einem der fetten Pötte unter-
gepflügt zu werden. Das war richtig krass! Mitten in der
Nacht ohne Beleuchtung auf die Schifffahrtsstraße des
Lissabonner Hafens zu zu steuern. Plötzlich wollten die
zu einem der Frachter, die da draußen immer auf Reede
liegen. Einer von den Kerlen übernahm das Steuerrad. Der
wusste genau, wo er hin musste und ging beim Frachter
längsseits.

Unser Schiff hat ganz schön geschaukelt, neben diesem
riesigen Stahlkoloss. In Windeseile wurden mehrere Kisten vom Frachter herabgelassen.«

»Was?«, Olaf klang nun völlig ernst.

»Ja, mit einer Seilwinde oder so. Das ging alles ganz
schnell. Danach haben wir uns wieder Richtung Süden
davongeschlichen.«

Am anderen Ende des Hörers wurde es mucksmäus-
chenstill.

»Nach dieser Aktion redete keiner mehr von ihnen. Sie
wollten Ruhe an Bord haben! Noch nie habe ich das Plät-
schern der Bugwelle so deutlich vernommen wie in dieser
dunklen Nacht.«

»Mann, das war Schmuggeln im großen Stil! Kommst
du denen dumm, machen die dich kalt! Garantiert! Ohne
jeden Skrupel!«

»Vielen Dank für dein Mitgefühl!«, antwortete Jan.

»Shit! Sorry, ich weiß gerade echt nicht, was ich sagen
soll. »Wie ging es dann weiter?«

»Kurz bevor wir eingelaufen sind, überreichten sie mir
einen weiteren Tausender. Sie nannten es ein kleines
Trinkgeld, für die Unannehmlichkeiten. Sie lobten mich
und meine Kooperationsbereitschaft. Außerdem verlang-

ten sie absolute Diskretion und würden ab sofort häufiger mit mir in See stechen wollen.«

»Das waren garantiert Schmuggler!« Olafs Worte klangen nun ängstlich. »Und warum erzählst du mir das jetzt? Bist du verrückt geworden?«

»Alta, mit wem soll ich denn sonst darüber sprechen? Etwa mit meiner Mutter?«, wetterte Jan. »Zur Polizei gehen ist wohl auch keine gute Idee.«

»Dann gehe zu deinem Chef, von diesem Charter-Laden.«

»Vergiss es.«

»Was sagt denn dein Skipper-Handbuch? Sind solche Längsseits-Manöver überhaupt erlaubt?«

»Wenn du einen triftigen Grund hast, schon. Das Manöver an sich ist für mich aber gar nicht das Problem. Ich frage mich vor allem, was passiert, wenn wir mit deren Ware erwischt werden.«

»Dann erzählst du den Bullen die wahre Geschichte! Genauso wie du sie mir jetzt auch erzählst. Und ich bin dein Zeuge!«

»Die sagten, sie würden mich kaltmachen, falls ich mit irgendjemandem über diese Aktion reden würde! Sie seien zuverlässige Partner und ich könne gutes Geld mit ihnen verdienen. Allerdings müsse ich unbedingt schweigen.«

»Pass bloß auf, Mann! Vielleicht hören die ja schon dein Telefon ab.«

»Ich habe keine Lust, für mehrere Jahre im Knast zu landen.«

Schweigen.

»Ich denke, ich werde das nächste Mal mit den Typen reden und ihnen klarmachen, dass ich meinen Job verliere, falls ich weiterhin solche illegalen Touren mit denen drehe.«

»Oh Mann, meinst du, die lassen dich einfach so wieder aus dieser Nummer raus?«

»Keine Ahnung«, antwortete Jan mutlos. Er näherte sich der Mautstelle und ging vom Gas. »Whow, hier steht schon ein fettes Werbebanner für die Fußball-Europameisterschaft«, freute er sich.

»Die Welt schaut auf Portugal!«, trug Olaf theatralisch vor. »Am besten konzentrierst du dich wieder voll und ganz auf deine Surfschule. Jan, wirklich, ich habe kein gutes Gefühl bei deinen komischen neuen Jobs! Die EURO wird garantiert jede Menge ausländischer Touristen nach Portugal und in deine Surfschule spülen.«

»Komische Jobs?«, wiederholte Jan verdutzt. »Komisch finde ich die ganz und gar nicht. OK, beim nächsten Segeltörn werde ich nochmal mit den Schmugglern reden und denen erklären, dass ich fortan keine Zeit mehr habe. Da meine Surfschule meine volle Aufmerksamkeit fordert.«

Kurz darauf meldete sich Sardinhas de Peniche. Sie brauchten ihn als Physiotherapeuten, für eine Reise nach Peru. Ein paar auserwählte Surfer sollten an einem Big Wave Contest am Pico Alto, südlich von Lima, teilnehmen. Einerseits freute Jan sich über diesen spannenden Auftrag. Mit dem Surf-Team in Südamerika anzutreten, war natürlich klasse. Andererseits wurde er immer unsicherer. War das alles richtig, was er zurzeit tat? Brachte ihm die Peru-Reise etwas Abstand zu seinen ungewollten Schmugglertouren? Oder erwartete ihn möglicherweise die nächste böse Überraschung? Viel Zeit zum Nachdenken blieb ihm nicht. Sein Arbeitgeber drängte und er brauchte das Geld. Also packte er seine Tasche und fuhr zum Flughafen. Schon während der Anreise war das gesamte Team aufgeregt.

Das legendäre Geschwisterpaar Helena und Neco de Sousa sollte auch am Wettkampf teilnehmen. Beide waren langjährige Sardinhas de Peniche Teamrider. Neco reiste in den 80ern und 90ern fürs Team als dessen erster

Profisurfer um die Welt. Seine Schwester war eine Pionierin des Big Wave Surfens. Jaws, Mavericks, Waimea und all die anderen furchteinflößenden, berühmten Big Wave Spots hatte sie schon erobert. Vergangenen Winter paddelte sie in Todos Santos, Mexico, als erste Frau überhaupt, todesmutig eine über dreißig Fuß große Welle an. Bravourös meisterte sie den Take Off und ritt somit die bisher größte Welle, die jemals eine Frau gesurft hatte. Besonderes Markenzeichen dieser hübschen Indio-Brasilianerin war eine überdimensionale, grünblau leuchtende Meerjungfrau auf ihrem Surfboard. Besagtes Logo kannte Jan schon von den Girlie T-Shirts von Sardinhas de Peniche. Aber erst jetzt verstand er, was es mit diesem Logo auf sich hatte. Da Helena und Neco in Brasilien lebten, reisten sie direkt nach Peru. Stiegen dort aber, gemeinsam mit dem Team, im Hotel ab.

Gleich zu Beginn des Wettkampfes brandeten die erhofften Big Waves ans äußere Riff des Pico Alto. Alle Teilnehmer waren auf heftige Bedingungen eingestellt und entsprechend trainiert. Trotzdem wurden sie von den großen Wellen mehr als gefordert. Man sah Neco sein fortgeschrittenes Alter kaum an. Erste graue Strähnchen zogen sich durch seine volle, schwarze Haarpracht. Gepaart mit seinem dunklen Teint und der athletischen Figur war er das Musterbild eines Mannes. Heutzutage war er ein erfolgreicher Geschäftsmann. Allerdings surfte er immer noch für sein Leben gern und ließ dabei, abgesehen von seiner kleinen Schwester, so manch jungen Surfer neben sich alt aussehen! Geduldig wartete er am Peak auf die größten Wellen des Tages und paddelte diese dann entschlossen an. Weder Helena noch Neco gewannen den Wettkampf. Sie pushten aber alle Teilnehmer an ihr Limit. Alle respektierten sie. Auch die Organisatoren waren stolz auf die Anwesenheit dieser beiden südamerikanischen Surf-Ikonen.

Jans Dienste als Physiotherapeut nahmen Helena und Neco nicht in Anspruch. Trotzdem hielten die beiden immer wieder entspannt Small Talk mit ihm. Eines Abends hockte Jan an der Poolbar des Hotels und schlürfte mit Helena einen Tequila Sunrise. Gerade versank die Sonne im Meer und tauchte sie in goldenes Licht. »Ja was denn nun, Sunset oder Sunrise?«, witzelte Jan und erhob sein Glas. Ihre Gläser klirrten zusammen. »Unglaublich, diese Augen«, dachte sich Jan und musste kurzzeitig zum Strand schauen. Sie war fast zehn Jahre älter als er. Trotzdem fand er sie sehr attraktiv. Helena fand es lustig, dass Jan vom Fischerboot kam und nun als Physiotherapeut ins Surf-Team gerutscht war.

»Bei den Sardinen-Fischern war ich nur ganz kurz«, erklärte Jan. »Mittlerweile bin ich Skipper und segle mit Touristen vor der Küste von Cascais hin und her.« Er dachte an seine drei Stammkunden und bekam einen flauen Magen.

»Hast du auch Hochsee-Erfahrung?«, erkundigte Helena sich interessiert.

»Nun ja, ich bin früher hin und wieder auf Nord- und Ostsee zwischen den Inseln hin und her gesegelt. Demnächst möchte mein neuer Chef mich auf Segeltörns nach Madeira und Porto Santo schicken.«

»Ich plane gerade einen Bootstrip, mit ein paar Freunden von mir. Leider hat sich unser Skipper bei einem Verkehrsunfall das Bein gebrochen und fällt aus. Du kannst doch für ihn einspringen!«

Jan war verdutzt. Schon wieder bekam er so ein unglaubliches Job-Angebot. Oder machte sie ihn etwa gerade an? »Gern. Allerdings muss ich erst meinen Chef fragen, ob er mir frei gibt.«

»Mach dir darüber keine Sorgen. Dein Chef ist ein alter Freund von mir. Höchst wahrscheinlich kommt er sogar mit auf den Trip«, grinste Helena schelmisch.

Hatte sie gerade mit Absichts ein Bein gestreift? Jan war sich nicht ganz sicher. Sollte er in die Offensive gehen? Diese Frau reizte ihn wirklich. Aber würde er überhaupt bei dieser erfolgreichen Geschäftsfrau und todesmutigen Abenteurerin landen können? Was sollte er nur von diesem Surf-Trip Angebot halten? Kopfkirmes. »Wohin soll's denn gehen?«, fragte Jan.

»Das steht noch nicht ganz fest. Entweder nach Asien oder in die Südsee.«

Zwei Teamkollegen gesellten sich zu ihnen und beendeten ihre Zweisamkeit.

Jan war froh, dass er in Peru kaum als Physiotherapeut arbeiten musste. Bis auf gemeinsame Gymnastik- und Stretching-Sessions wurde er nicht großartig gefordert. Allerdings wunderte er sich, warum ihn sein Arbeitgeber quasi in bezahlten Urlaub geschickt hatte. Auf der Rückreise drückten sie Jan ein mit mehreren Surfboards vollgestopftes Boardbag in die Hand. Das sollte er nach Peniche mitnehmen.

Zurück in Portugal rief er wieder seinen Freund Olaf an. Der bestätigte ihm seine eigenen Befürchtungen, schon wieder in irgendwelche Schmuggeleien verwickelt worden zu sein. »Nagelneue, leuchtend weiße Surfboards aus Südamerika einführen. Natürlich! Vor allem produziert dein Arbeitgeber doch selber Surfboards in Portugal. Oder etwa nicht? Wie kriegen wir dich nur wieder raus aus dieser Nummer?«, fragte Olaf besorgt.

Jan war über das Wochenende runter an die Algarve gefahren. Endlich mal wieder eine kleine Tour im Camper drehen. Auf andere Gedanken kommen und die Seele baumeln lassen. Mehr stand nicht auf dem Programm. Wobei, Bekannte von Bekannten seines Vaters waren auch nach Portugal ausgewandert und führten bei Aljezur eine kleine Pension. Mit denen verabredete er sich auf einen Kaffee und um Erfahrungen auszutauschen. Da die Wellen nicht sehr groß waren und er sich mit dem deutschen Paar verstand, wurde aus dem Kaffee gleich ein ausgedehntes Barbecue. Eingerahmt von alten Olivenbäumen saßen sie in der gemütlichen Grillecke des kleinen Anwesens. Jan genoss den Blick auf das hügelige Hinterland und erzählte, dass er hin und wieder in der Bucht von Arrifana, ganz in der Nähe, surfen ging. Bei solidem Swell rollte dort eine schöne Rechte in die Bucht. Die beiden Gastgeber surften nicht. Beherbergten aber immer wieder Surfer, die in Arrifana und Umgebung auf Wellenjagd gingen.

Sie zeigten Jan ein altes Surfboard, das sie seit Jahren auf ihrem Dachboden lagerten. Jan befreite es flüchtig vom Staub und staunte nicht schlecht. Das spitz geformte Pintail musste mindestens 20 bis 30 Jahre alt sein und war dafür noch mehr als gut erhalten. Die beiden hatten keine Verwendung für das Board und wollten es verkaufen. Jan willigte sofort ein und erklärte schließlich, dass das Brett ein gut erhaltener Oldtimer sei. Lustigerweise wurde es in dem Ort, wo er wohnte, gebaut. Tatsächlich prangte auf dem vergilbten Board die berühmte Palmeninsel von Paradise Surfboards.

Da der Swell nicht für die berühmte Rechte von Arrifana reichte, wurde die erste Surfsession mit seinem neuen, alten Board verschoben. Ein paar Tage später, zurück in Ericeira, war es dann soweit. Jan schnappte sich die Planke und ging in Coxos surfen. Bereits am Ufer wurde er neugierig beobachtet. Er zog sich um und sprang ins Wasser. Allein durch die Wellen zu tauchen, war mit diesem voluminösen Board eine Herausforderung. »Die Planke hat ja mehr Auftrieb als mein Longie«, feixte Jan. Wie immer positionierte er sich etwas weiter Inside und wartete auf die etwas kleineren Wellen. Die Surfer, die auf der Outside die Wellen nahmen, rauschten an ihm vorbei und paddelten kurz darauf zurück zum Peak. Als sie Jan passierten, der da auf seinem vergilbten Oldtimer saß, wurde er wieder neugierig beäugt. Einige der Locals hatten augenscheinlich bemerkt, was Jan da für ein Schmuckstück bei sich hatte. Auf der Outside unterhielten sie sich und schauten immer wieder zu ihm zurück. »Man zeigt nicht mit nacktem Finger auf andere Leute!«, schmunzelte Jan. Dann startete Matt eine Welle an und saß kurz darauf neben Jan und seinem Blickfang. Matt staunte nicht schlecht, als er das alte Paradise Board erkannte.

»Wo hast du das denn her?«, fragte er erstaunt. Stieg von seinem Board und schwamm zu Jan, um liebevoll über das Rail des Boards zu streicheln.

»Ich besuchte neulich ein deutsches Paar, an der Algarve. Die haben es mir verkauft.«

»Weißt du«, fuhr Matt fort, »ich habe dieses Board vor langer Zeit für Pepe gebaut und er hat damit einige Erfolge auf großen Surf Wettkämpfen erzielt. An sich ist es bloß ein altes Brett. Aber für uns hat es einen hohen nostalgischen Wert. Umso mehr noch, weil wir demnächst, zum fünfundzwanzigjährigen Jubiläum, einen Retro Surf Contest in Ribeira d'Ilhas veranstalten.«

Jan schaute erstaunt.

»Pepe!«, rief Matt laut zur Outside. »Komm rüber und schau dir das hier Board an.«

Urplötzlich war Jan von den Locals umringt und die Attraktion im Wasser. Alle wollten das alte Pintail sehen. Lustigerweise nannten sie das alte Board einen Bacalhão (Stockfisch). Am meisten amüsierten sich die Jungs über das von Matt noch handgemalte Palmeninsel-Logo unter dem Laminat. Für solche Detailarbeiten war heutzutage überhaupt keine Zeit mehr. Heute legte der Laminierer das auf Reispapier maschinell gedruckte Logo zwischen Schaumkern und die Glasmatten, um es dann beim Laminieren mit Polyesterharz fest im Board zu verankern. Das aktuelle Paradise-Logo war auch nicht mehr so farbig und verschnörkelt wie das alte.

Als das nächste Set einrollte, feuerten die Locals Jan an, sich eine Welle mit dem alten Bacalhão zu schnappen. Der war so perplex von dieser Situation, dass er die erste Welle verpasste. Großes Gelächter brach aus. Die zweite Welle bekam er. Es war aber gar nicht so einfach, dieses alte, bockige Surfboard zu kontrollieren. Bald darauf tausche er mit Matt die Bretter. Es schien so, als wollten plötzlich alle Anwesenden nur noch dieses uralte Surfboard geritten sehen. Auch Matt bestätigte, dass das Surfboard, im Vergleich zu den heutigen Shapes, ganz anders lief und wirklich gewöhnungsbedürftig sei.

»Lasst den alten Besitzer auf seinem Brett surfen,« forderte die Meute. Wieder wurden die Bretter getauscht und so kam zusammen, was zusammengehörte. Am Ende seiner Wettkampf-Karriere begann bereits die Zeit der Materialschlachten und Pepe verschliss unzählige Bretter. Dieses Board aber war noch aus seiner Anfangs-Zeit. Aus der Zeit, als jedes einzelne Board noch ein kostbarer Schatz war. Er erinnerte sich noch ganz genau an den Tag, an dem Matt ihm dieses nagelneue Board überreichte. Er sollte es auf eine Wettkampf-Tour nach England und Frankreich mitnehmen. Aber seine allererste Surf-Session fand genau hier, in Coxos statt. Pepe brauchte nicht lange, um sich an sein altes Pintail zu gewöhnen. In gewohnt lässiger Manier carvte er die grünen Wände rauf und runter und verschwand immer wieder unterm Wellendach. Sein Fahrstil passte perfekt zum alten Board, das deutlich weniger radikal in die Kurven ging als die modernen Shortboards von heute.

Jan hatte gerade eine Welle gesurft und paddelte zurück zu seinen neuen Freunden.

Vor ihm, lautstark von den anderen angefeuert, startete Pepe eine Welle an. Er droppte an einem scheinbar unmöglichen Punkt in die hohle Welle, kontrollierte sein Rail, lenkte kurz ran und ließ sich in lässiger Haltung vom Wellentunnel einschließen. Jan wunderte es nicht zu sehen, wie Pepe wieder einmal eine perfekte Welle absahnte. Um nicht von dieser Wasserwand erwischt zu werden, musste Jan sich nun sputen. Er paddelte steil nach oben. Kurz bevor sein Brett über die Wellenlippe klappte, schaute er schnell noch in die fette Röhre, wo Pepe sich häuslich eingerichtet hatte. Jan konnte es nicht fassen. Jeder andere Surfer benötigte dort die volle Konzentration auf sich selbst und die Welle. Pepe jedoch erblickte Jan über sich, hielt beide Daumen hoch, und schoss freudestrahlend unter ihn vorbei. Was für ein majestätischer Anblick, zum Greifen nahe!

Später am Ufer, ihre feuchten Neos trockneten bereits in der Sonne, bedankte Pepe sich bei Jan für diese nette Session und wollte ihm das Board zurückgeben.

Jan rubbelte sich gerade seine feuchten Haare trocken. Erstaunt machte er Pause und schaute Pepe an: »Nein, nein, das Board gehört besser in deine Hände. Ich möchte es dir schenken«, strahlte er. Jan versuchte immer sich mit den Locals auf Portugiesisch zu unterhalten. Nach holprigem Beginn endeten die meisten Unterhaltungen aber im Englischen. Immerhin erntete er durch seine portugiesischen Versuche immer wieder respektvolle Anerkennung.

»Das kann ich nicht annehmen!« Erstaunt über diese Großzügigkeit lehnte Pepe ab. Offensichtlich war das nicht mit seinem Stolz vereinbar.

»Du kannst doch es viel besser surfen als ich«, fuhr Jan fort. »Mal ganz abgesehen vom nostalgischen Wert.«

»Du gibst Pepe das alte Board und ich baue dir dafür ein neues, modernes Pintail«, mischte Matt sich ein.

»Und was trage ich dann dazu bei?«, beschwerte sich Pepe.

»Du kannst uns beide zum Mittagessen einladen«, lachte Matt. »Im Pescador gibt's heute Cozido à Portuguesa.«

Jans Bedenken, er hätte noch einiges in seiner Surfschule zu erledigen, ließen seine neuen Freunde nicht gelten. In Portugal brauchte es schon einen deutlich schwerwiegenderen Grund, um den Mittagstisch sausen zu lassen. »Meine beiden Söhne sind sicherlich auch da und werden mit uns essen. Die sind in deinem Alter«, munterte Matt Jan auf mitzukommen.

Kurz darauf standen sie am Tresen des Restaurants. Wer zwischen ein und zwei Uhr zum Mittagstisch ging, war mittendrin im alltäglichen portugiesischen Leben. Stimmengewirr, klapperndes Besteck und Geschirr sowie jede Menge bekannte Gesichter. Denn am liebsten ging man in einem seiner Stamm-Restaurants essen. Das war absolut ein Stück portugiesischer Kultur. Leute treffen und Neuigkeiten austauschten.

Bis ein Tisch frei wurde, mussten sie noch ein paar Minuten warten. Um die Zeit zu überbrücken, bestellte Matt jedem ein kleines Bier. Seine beiden Söhne tauchten auf und gesellten sich zu ihnen. Zur Begrüßung schüttelten sich alle die Hände und tauschten ein paar Nettigkeiten aus. Jan kannte die Jungs flüchtig vom Strand. Matts Söhne wiederum wussten von Jans neuer Arbeit und fragten ihn, ob er mit Sardinhas de Peniche nach Peru gereist war und was er dort erlebt hatte.

Jan bestätigte und berichtete stolz von der Reise. Auch wie er die legendären Teamrider Helena und Neco de Sousa kennengelernt hatte. Matt und Pepe schauten sich erstaunt an.

»Sag mal, habe ich das gerade richtig verstanden?«, fragte Pepe. »Du arbeitest für Sardinhas de Peniche?«

»Ja«, antwortete Jan selbstbewusst. »Und als Nächstes haben die mich für einen Segeltörn in der Südsee gebucht.«

Sie rieten Jan eindringlich, sich vor diesen Leuten in Acht zu nehmen. Auf keinen Fall sollte er sich auf krumme Geschäfte einlassen. Und schon gar nicht irgendwelche fremden Taschen oder Surfboards transportieren.

Jan wurde die Situation unangenehm, da das ja bereits passiert war.

Ihr Tisch wurde frei. Schnell räumte die Bedienung das dreckige Geschirr ab. Die Papier-Tischdecke wurde zusammengeknüllt und der Tisch abgewischt. Bis sie ihr Bier ausgetrunken hatten, lag die frische Papier-Tischdecke fein säuberlich am Platz und der Tisch wurde neu eingedeckt. Die Oliven und das Brot gehörten zur Refeição Completa, also dem täglich wechselnden Mittagsgericht. Man konnte immer zwischen zwei Gerichten auswählen, entweder Fleisch oder Fisch.

Jan beobachtete wieder mal schmunzelnd, wie viel Alkohol hier schon tagsüber konsumiert wurde. Auf sämtlichen Tischen stand neben Wasser auch Wein oder Bier. Und bei den meisten Gästen blieb es nicht nur bei einem Gläschen. Jetzt verstand er auch den Spruch seines Vermieters, der neulich zu ihm sagte: »Vermutlich hat er das neue Schloss erst nach dem Mittagessen eingebaut.« Jan war zu ihm gegangen, da seine Haustür erst nach kräftigem Drücken und Treten schloss. Ein Tischler kam, um das Problem mehr oder weniger erfolgreich zu beheben.

»Hör mal, Jan«, meinte Matt. »Es ist wirklich besser, wenn du dich auf deine Surfschule konzentrierst und den Kontakt zu Sardinhas de Peniche beendest! Der internationale Tourismus im Ort wird immer mehr. Bald wirst du vor lauter Surfkurse geben kaum noch Freizeit haben.«

»Die Fußball-Europameisterschaft wird dem internationalen Tourismus sicherlich auch noch einen Push geben«, merkte Pepe an.

Jan bedankte sich für die Ratschläge. »Mal ganz abgesehen davon, dass ich das Geld benötige, entlassen die mich tatsächlich äußerst ungern. Neulich sprach ich erst mit meinem Vorarbeiter in Peniche. Der lehnte mein Kündigungs-Gesuch ab und schickte mich stattdessen gleich mit auf den Peru-Trip.«

Matt hörte aufmerksam zu und nickte. »Die meisten von denen kenne ich noch von früher. Ich rede mit ihnen und sage, dass du ab sofort für uns arbeitest. Und als Einstand werden wir dich gleich für unseren Retro-Contest engagieren.«

Wehmütig dachte Jan an Helena, die er so nun nicht wiedersehen würde. Letztendlich war er aber erleichtert, durch Matts Hilfe nun endlich aus dieser Nummer rauszukommen.

»Spielst du eigentlich Fußball?«, fragte einer von Matts Söhnen. »Wir brauchen noch einen Sechser in unserem Team. So einen deutschen Abräumer wie Lothar Matthäus.«

Jan fühlte sich geschmeichelt und bestätigte, dass er gegen einen Ball treten könne, sonst aber nur seine Nationalität mit Lothar Matthäus übereinstimme. Alle lachten und die Jungs luden ihn zum kommenden Fußball-Training ein.

Nach dem Nachtisch tranken sie noch draußen auf der Terrasse einen Kaffee. Sie blödelten ausgelassen rum. Nach so langer portugiesischer Konversation sank Jans Konzentration. Glücklich blickte er auf das Meer, das da in der Ferne unter der Sonne glitzerte und ließ seine Gedanken schweifen. Feinsäuberlich aufgereihte Lines schoben unaufhaltsam zur Küste. Das war es, wofür er hier war. Er wollte surfen! Außerdem hatte er neue Freunde gefunden. Nicht nur zum Surfen, sondern auch noch zum Kicken. Jan lächelte. Pepe beobachtete ihn und klopfte ihm kumpelhaft auf die Schulter: »Na, gehen wir gleich noch mal surfen?«

Lissabon 2002

Die Mühlen im Kopf des Inspektors mahlten. Die Explosion in der Lisnave-Werft. Die gefundene Waffe in den Trümmern des Schuppens. Das Ableben des unerschrockenen Zé.

All das hing mit Lusitanos Südamerika-Connection zusammen. Nur wie genau? Klar war, dass der brasilianische Frachter die Schmuggelware geliefert hatte. Nachdem ein Informant den Tipp geliefert hatte, wurde Zé auf dem Schiff erwischt. Natürlich war es ihm verboten, das Schiff ohne Zollerlaubnis zu betreten. Da der Zugriff aber zu früh kam, konnten sie Zé nichts weiter anhängen. Warum hatte der Zoll nicht auf ihn gewartet und warum wurde dem Inspektor selbst der Einlass auf das Werftgelände verwehrt? Bis auf eine flüchtige Durchsuchung, direkt nach dem Zugriff, durfte er das Schiff nicht wieder betreten. Er hätte den Staatsanwalt würgen können. Entweder waren ihm wirklich die Hände gebunden oder der stellte sich mit Absicht quer. Der Inspektor wollte am liebsten den ganzen Kahn stilllegen und bis in seine letzte Schraube zerlegen. Pustekuchen, dem Staatsanwalt sei Dank! Immerhin ermittelte er jetzt gegen den Beamten, der ihn am Tor so lange aufgehalten hatte.

Lusitano schienen langsam seine Vertrauenspersonen auszugehen. Von seinen Söhnen war der erschrockene Zé die sicherlich wichtigste Person für ihn gewesen. Die Zwillinge Simão und Pedro waren seine jüngsten Sprösslinge. Sie betrieben mehrere Discos und Kneipen im Großraum Lissabon und waren ohne Zweifel die wildesten in der Familie. Die Zwillinge kontrollierten das Nachtleben, verteilten ihre Drogen an Heerscharen von kleinen Straßendealern. Simão war zuletzt nach Brasilien geflogen und hatte sich dort mit den de Sousa Geschwistern getroffen.

Doch urplötzlich schien er verschwunden zu sein. Warum auch immer, die brasilianische Polizei hatte seine Spur verloren. Die ehemalige Profi-Surferin Helena de Sousa schien in Lusitanos Imperium eine steile Karriere hingelegt zu haben. Im Wettkampfmodus stach sie so manchen Konkurrenten aus und schien mittlerweile in der Chefetage angelangt zu sein.

Ein paar Tage später erfuhr der Inspektor, dass Lusitano auf dem Weg nach Fidschi war. Man berichtete ihm, er würde sich dort mit den de Sousas treffen.

FIDJI 2002

In den 80ern und 90ern hielt Lusitano seine Familientreffen an den exotischten Orten der Welt ab. Auf der World-Tour erfuhr Neco aus erster Hand über neue Surfspots. Die australischen Pros waren besonders abenteuerlustig. Ihre Neuentdeckungen machten sie zu Geld, indem sie mit dem meistbietenden Magazin einen Surftrip dorthin planten. Noch bevor die Story auf Hochglanz abgedruckt im Zeitungsregal stand, wusste Neco schon Bescheid. Gepaart mit dem Organisationstalent seines alten Buddys Jake, der immer Lusitanos Firmen-Meetings organisierte, entstanden wirklich atemberaubende Surftrips.

Sie genossen den menschenleeren Line Up von G-Land, bevor dort ein Camp existierte. Tagelang ankerte ihre Yacht in der Bucht und sie surften sich die Seele aus dem Leib. Seinerzeit gab es weder Google Maps noch sonst irgendwelche Surf-Reports. Sämtliche Informationen liefen über Mund-zu-Mund-Propaganda und wurden feinsäuberlich in den Landkarten der Surfer markiert. Sie surften vor sämtlichen indonesischen Inseln, lange bevor die Surfer-Welt den magischen Namen Mentawais kennenlernte. Jakes Organisationstalent reduzierte sich nicht nur auf Drogengeschäfte. Er kannte sich auch bestens in der asiatischen Surfwelt aus. Tupfte weiße Flecken auf der Surfspot-Weltkarte farbig. Abenteuerlust und Surfen, das war es, wofür er lebte. Mit diesen Zutaten überraschte er seine Freunde immer wieder aufs Neue.

Sie genossen es immer ein paar Tage gemeinsam zu surfen. Natürlich gab es auch Geschäftliches zu bereden. Früher drehte sich alles um den Vertrieb von Haschisch und Heroin. Heute war der Kokainschmuggel ihr Kerngeschäft. Mittlerweile waren sie zum europäischen Großhändler aufgestiegen. Fast jede Line, die in der alten Welt vom Spiegel gezogen wurde, hatten sie über den Atlantik geholt.

Lusitanos Geschäftspartner waren allesamt nicht zu unterschätzende Schwergewichte. Er war sich nicht sicher, wer zuletzt sein Geschäft torpedierte. Kam es von außen oder gar aus den eigenen Reihen? Einiges sprach für die Russenmafia, die schon immer unbequeme Verhandlungspartner waren. Seinen Sohn in der Lisnave-Werft in die Luft zu sprengen, sah ganz nach deren Handschrift aus. Der unerschrockene Zé war Lusitanos potenzieller Nachfolger gewesen. Seine südamerikanischen Geschäftspartner konnten an sich kein Interesse an solchen Fehden haben. Aber letztendlich hatten doch längst Helena und Neco die Kontrolle in Südamerika übernommen. Plötzlich verschwand auch noch einer seiner der Zwillinge in Brasilien. Hatte Lusitano es übertrieben? Einen kurzen Moment lang fühlte er sich schwach. War sein Imperium zu groß geworden?

Früher verdiente er viel mehr Geld im transatlantischen Geschäft. Konnte er den de Sousas noch trauen? Die installierten immer mehr eigener Leute im Geschäft, während Lusitanos wichtigen Männer schwanden. Bildete er es sich ein oder waren sie bereits mittendrin, das Geschäft und die Macht an sich zu reißen? Wie sollte er damit umgehen? Helena und Neco absägen? Er dachte an seinen alten Freund Jorge, den er auf so tragische Art und Weise im brasilianischen Regenwald verloren hatte. Ihm wurde mulmig. »Gott habe ihn selig«, bekreuzigte er sich flüchtig.

Die Organisation der Fidschi-Tour hatte Helena übernommen, da Jake mit einem Beinbruch im Krankenhaus in Perth lag. Der gute alte Wellenentdecker Jake. Früher stürzten sie sich noch in wahre Abenteuer. Heutzutage gab es kaum noch neue Surfspots zu entjungfern. Selbst die abgelegensten Winkel dieser Erde waren schon von

Surfern erkundet. Im Alltag schaute man kurz in die Webcam und entschied sich dann für den Strand mit den besten Bedingungen. Oder einfach die Swell-Forecast checken und dann entsprechend die Destination gewählt. Wie langweilig! Zum Glück konnten sie damals die Welt noch ohne das Internet erobern. Heute wurde sogar in Alaska und auf Island gesurft. Dort gab es sicherlich noch Neues zu erleben. Lusitano war es dort aber zu kalt.

Helenas Skipper, ein Deutscher, der in Ericeira lebte, war nun plötzlich auch noch ausgefallen. Kurzentschlossen mietete Lusitano das gesamte Tavarua Resort an. »Ist eh besser, wenn ich mich nicht komplett auf Helenas Pläne verlasse«, dachte Lusitano. Die lange Wartezeit, die der Betreiber anmahnte, wurde durch das nötige Kleingeld aufgehoben. Soll er seine geldgestopften amerikanischen Stammkunden doch auf die Nachbarinsel verfrachten. Hauptsache, sie konnten den inseleigenen Surfspot Restaurants allein surfen! Tatsächlich gehörte bald das kleine palmenbewachsene Eiland mit Puderzuckerstrand ihnen. Lusitano brachte auch sein eigenes Wachpersonal mit. Überall patrouillierten sommerlich gekleidete Verbrecher, im Miami-Vice-Style, deren verdeckte Waffen ihre weißen Jacketts ausbeulten. Auch seine eigenen Köche und seinen Leibarzt hatte Lusitano sicherheitshalber mitgebracht.

»Ist das nicht herrlich, gutes Essen in entspannter Atmosphäre? Da bekommt man klare Gedanken.« Lusitano streckte sich genussvoll in seinem knarrenden Korbstuhl und blickte aufs Meer. Der geschäftliche Teil ihrer Unterhaltung war allerdings weniger schön. Neco hatte keine Erklärung. Weder für den Vorfall in der Werft noch für den Verbleib der Ware. Jahrelang lief alles wie geschmiert. Jetzt aber stotterte der Motor zunehmend. Gemeinsam klopften sie ihr Netzwerk auf mögliche Schwachstellen ab, Vertrauenspersonen, Geschmierte, Geschäftspartner.

Tó ließ sich nichts anmerken. Spürte aber Necos Drang, sein Geschäft übernehmen zu wollen.

Vor ihnen kam Helena an Land gepaddelt. Eben spielte sie noch mit ein paar sauberen Restaurants-Lines. Jetzt ging sie ein Stück den Strand hinauf, wickelte die Leash um ihr Board und schüttelte ihr Haar. Graziös näherte sie sich, stellte ihr mit der Meerjungfrau dekoriertes Brett in den Boardständer und gesellte sich zu ihnen.

»Und hattest du noch Spaß?«, erkundigte sich Neco.

»Durchaus. Der Swell nimmt tatsächlich zu. Vielleicht können wir morgen schon Cloudbreak surfen«, antwortete sie.

»Ich glaube, ich werde langsam zu alt für unsere Geschäfte«, seufzte Lusitano. »Es wird Zeit für mich, euch Jüngeren das Feld zu überlassen. Als Nachfolger habe ich natürlich an euch beide gedacht.« Er überreichte Helena einen Umschlag. »Das ist ein Finanzplan, wie ihr mich auszahlen werdet.«

Gelangweilt reichte den Helena den Umschlag ihrem Bruder weiter. Der nahm ihn freundlich lächelnd entgegen. »Wir werden dir auf jeden Fall einen angemessenen Ruhestand bereiten.«

»Pedro und Simão sind mit der Kontrolle des Lissabonner Nachtlebens zufrieden. Behandelt sie gut und sie werden euch immer treu sein.«

Am nächsten Morgen fuhren sie in der ersten Dämmerung rüber nach Cloudbreak. Verschlafen und wortkarg schauten sie über den Bug und suchten nach den erhofften schönen Lines. Immer deutlicher zeichnete sich am Horizont der Surfspot ab.

Sie waren nicht die ersten am Spot. Aus ihrem Begleitboot sprangen ein paar muskelbepackte, tätowierte Bluthunde ins Wasser und machten den anwesenden Surfern unmissverständlich klar, dass sie heute am nächsten Riff garantiert deutlich mehr Spaß bekommen würden. Weitere böse schauende Muskelberge, die noch in den Booten hockten, unterstrichen die Aufforderung schleunigst zu verschwinden. Es funktionierte. Die wenigen Surfer, die sich am Spot tummelten, räumten zügig das Feld.

Auf die Drogenbosse warteten ein paar jungfräuliche, mannshohe Barrels. Sie wachsten ihre Bretter und nahmen noch einen tiefen Schluck aus der Wasserflasche.

»Wusstest du eigentlich, dass Jorge mein Vater war?«, fragte Helena aufgebracht.

Erstaunt ließ Tó von seinem Surfboard ab und schaute sie an.

»Jorge lernte unsere Mama damals auf den Azoren kennen. Sie arbeitete in einem Restaurant am Hafen. Neco war damals schon geboren und als kleiner Junge mit auf den Azoren. Kurz nachdem Jorge aufs Festland zurückkehrte, ging auch unsere Mama wieder nach Brasilien. Da war sie schon mit mir schwanger. Anscheinend ist dir entgangen, dass ich zu Jorges Familie gehöre. Gott habe ihn selig«, bekreuzigte sie sich. »Warum hast du das nur getan? Warum hast du Schwein meinen Vater umgebracht?«

»Jetzt mach mal halblang, Mädchen!«, konterte Lusitano. »Warum sollte ich bitte schön Jorge umgebracht haben?«

»Er wurde dir zu unbequem!«

Tós irritierter Blick bestätigte ihr, dass sie den Nagel auf den Kopf getroffen hatte.

»Jorge war dein Vater?«, fragte er unsicher. »Das glaub ich dir nicht!«

»Meine Mutter erzählte es mir kurz nach Jorges Beerdigung. Wir sind dann noch zu seinem Grab gereist und haben uns von ihm verabschiedet.«

»Niemals!«, bellte Lusitano.

»Es war mein Onkel, der dir empfahl, uns anzustellen. Meine Mutter und er fassten damals den Plan, Jorge zu rächen und eine angemessene Entschädigung zu bekommen. Nun ja, viel Geld haben wir mittlerweile alle.«

Lusitano drehte sich zu seinem Wachmann, der hinter ihm am Außenborder saß und forderte lautstark: »Schnapp sie dir!«

In diesem Moment rammte Helena Lusitano eine kleine Spritze in den Rücken. Der zuckte zusammen.

»Es ist zwecklos«, sagte sie. »Deine Bluthunde hören schon längst nicht mehr auf dich. Dir scheint ernsthaft entgangen zu sein, wie wir dich nach und nach ausgebootet haben.«

»Was willst du von mir?«, krächzte Lusitano leicht panisch.

»Schon mal was von der Dubois' Seeschlange gehört?«, zischte Helena und zeigte erneut die kleine Spritze. »Es wird etwas dauern, aber das Gift wird dich ganz sicher umbringen. Heute begleichen wir den Tod meines Vaters. Die Explosion in der Lisnave Werft war übrigens auch kein Unfall. Was für ein Spektakel, dieser fette Rauchpilz!« Ihre sonst so freundlichen Augen waren jetzt eiskalt.

Lusitano geriet in Rage und stürtzte sich auf Helena. Neco eilte zu Hilfe. Gegen beide zusammen hatte Lusitano keine Chance.

»Entspann dich!«, forderte Neco ihn auf. Je besser du deinen Kreislauf kontrollierst, umso mehr Zeit bleibt dir noch.«

»Was ist mit Simão?«, fragte Lusitano und ahnte Böses.

»Simão? Der fühlte sich schon immer von dir vernachlässigt und Pedro genauso. Du hast Zé immer viel mehr zugetraut als den Zwillingen. Dabei sind sie viel skrupelloser als du denkst. Zuletzt sprengten sie sogar ihren eigenen Bruder in Setúbal in die Luft. Es hat ihnen viel Freude bereitet dieses Attentat zu planen. Jetzt werden sie seinen Platz einnehmen«, entgegnete Helena triumphierend.

Lusitanos erneuter Versuch, sich auf sie zu stürzen,

wurde wieder erfolgreich abgewehrt. Jetzt spürte er ein leichtes Kribbeln in Armen und Beinen. Sein Herz begann zu rasen.

»So, genug geredet. Deine Zeit wird knapp. Die sollten wir doch besser für eine letzte gemeinsame Surfsession nutzen! Sag Adieu, süßes Leben! Sag Adieu zu den Frauen, zu den Wellen und zur Party«, feixte sie. »Nur zu, großer Lusitano. Heute ist dein letzter Tag auf Erden. Und das hier ist unser Abschiedsgeschenk an dich. Ich nehme dir zwar dein Leben, bin aber kein Unmensch wie du! Ein paar Wellen darfst du zum Abschluss noch reiten.« Sie deutete mit dem Arm auf die Wellen, die in Perfektion an ihrem Boot vorbei rauschten.

»Wie gesagt, je besser du deinen Kreislauf kontrollierst, umso mehr Zeit bleibt dir. Ich weiß nicht, ob die Welt dich vermissen wird. Dein außergewöhnlicher Tod, hier und heute von einer Schlange gebissen worden zu sein, wird aber sicherlich in Erinnerung bleiben. Genauso wie das angebliche Krokodil, das meinen Vater gefressen haben soll.«

Sie schnallten sich die Leashes an und sprangen ins Wasser. Tó spielte jetzt mit, brachte sich in Position und startete eine schöne saubere Line an. Kurz darauf warf sie ihr glitzerndes Dach über den Drogenboss. Perfektion im Paradies. Zeitlupe. Just in diesem Moment droppte ihm eine grünblau leuchtende Meerjungfrau rein und verdarb ihm eine seiner letzten Paraden.

Auf der nächsten Welle kam Neco angeschossen. Konzentriert steckte er tief in der Barrel. Seinen größten Erfolg auf einer linken Welle feierte er damals bei den legendären Pipe Masters auf Hawaii. Damals hatte er die Trials gewonnen und sich für das Hauptevent qualifiziert. Dort schlug er dann überraschend den amtierenden Weltmeister Barton Lynch. Tó war nach Hawaii geeilt, um ihn zu bestaunen und anzufeuern.

Langsam, aber unaufhaltsam schwoll seine Zunge an. Sein gesamter Rachenraum schien auszutrocknen. Er blickte verzweifelt zu Neco, der gerade zu ihm zurückgepaddelt kam. »Na, geht es dir schon schlechter?«, fragte der gehässig schmunzelnd.

Das nächste perfekte Set rollte auf sie zu. Tó war immer noch in der Lage, es mit diesen steilen, schnellen Biestern aufzunehmen. Er meisterte den Take Off. Doch dieses Mal fuhr ihm Neco in die Parade. Er rutschte so knapp vor Tó in die Welle, dass dieser im hämmernden Waschgang endete und über das flache Riff gespült wurde. Es dauerte eine Ewigkeit, aber mit allerletzter Kraft schaffte er es doch noch zurück ins Line Up. Dort angekommen musste er sich übergeben. Helena und Neco lachten ihn höhnisch aus.

»Bald wirst du deine Hände und Füße nicht mehr spüren. Langsam kriecht die Lähmung tiefer in deinen Körper. Und irgendwann kannst du nur noch über dein Zwerchfell atmen«, berichtete Helena schadenfroh. »Wusstest du eigentlich, dass Vergiftete bis zum Schluss bei vollem Bewusstsein bleiben? In deinem Fall heißt das wohl, dass du dein Ertrinken live miterleben wirst.«

Lusitano bekam es mit der Angst zu tun.

»Entspann dich, alter Freund, und genieße deine letzten Minuten. Jorge hätte ganz bestimmt auch von so einem paradiesischen Tod geträumt.«

Tó riss sich zusammen und startete noch eine Welle an. An sich wollte Helena ihm wieder den Spaß verderben. Ließ aber Gnade vor Recht ergehen und gönnte Tó die allerletzte Welle seines Lebens. Kurz darauf dümpelte er steif wie ein aufgeblähter Tierkadaver auf seinem Surfboard und versuchte sich krampfhaft über Wasser zu halten.

Sie paddelten zu ihm rüber: »O.K., wenn du uns ohne weitere Forderungen dein Imperium überlässt, spritzen wir dir das Gegengift.«

Tó brachte nur noch undefiniertes Geröchel heraus.

»Schade, alter Freund. Aber ehrlich gesagt hätten wir dich heute eh sterben lassen.«

Der Blick des Gelähmten zielte aufs Riff, das sich mitten aus dem Meer erhob. Er sah noch ein paar schöne Tubes an sich vorbeirauschen und glitt dann sanft vom Board.

DANKSAGUNG

Herzlich bedanken für die tatkräftige Unterstützung und Geduld möchte ich mich bei Anne Schleusener und meiner Familie. Außerdem bekam ich grandioses Fehlerlesen und Feedback von Birgit Olsock aus Berlin, Britta Schewski aus Bad Bentheim und allen voran von meinem langjährigen Freund und Profi-Texter »Big Wave Ralf« Höhfeld aus Bremen. Ich empfehle einen Blick auf Ralfs Werke: www.ralfnh.de Ein weiteres Dankeschön geht wieder nach Bremen, an Thomas Blandow, für die tolle Cover Gestaltung. Vielen Dank ihr B's aus B, ihr seid alle einfach klasse!

Über den Autor

Frithjof Gauss 1972 in Westerland auf Sylt geboren ist er von klein auf vom Meer fasziniert. Bereits im Kindesalter bodysurft er die Nordsee-Wellen oder reitet sie mit einer Luftmatratze. 1985 wird ein klobiger, alter Windsurfer sein erstes eigenes Board. Reicht der Wind nicht aus, wird auch der immer wieder zum Wellenreiten zweckentfremdet. Studium? Ja, auf Sylt und auf Reisen rund um den Globus hat Frithjof Gauss das Meer intensiv studiert! 1996 wird er deutscher Longboardmeister und kommt auf den World Surfing Games als erster Deutscher überhaupt mal eine Runde weiter. Das jamaikanische Bob-Team lässt grüßen. 1997 gibt er in Frankreich seinen ersten Surfkurs und eröffnet im Frühjahr 2001 seine eigene Surfschule in Ericeira, Portugal. Auch wenn das meiste dieser Geschichte Fiktion ist: Die Surfschule in Portugal existiert tatsächlich. Surf doch mal rein: www.tresondas.de

2009 erscheint Frithjofs Surf-Lehrbuch »Wellenreiten, vom Weißwasser bis zur grünen Welle« und ist mittlerweile in der 4. Auflage erhältlich:

https://www.delius-klasing.de/wellenreiten-10689?sPartner=111

WELLENREITEN LERNEN

Frithjof Gauss
Wellenreiten
Vom Weißwasser bis
zur grünen Welle
ISBN 978-3-667-10689-6

Autor, Surflehrer und erster deutscher Longboard-Meister: Frithjof Gauss erklärt Manöver wie den gesprungenen Take Off, den Dreischritt und den Grün-Wellen-Take-Off. Zeichnungen und Fotos machen diese Manöver selbst für Einsteiger leicht nachvollziehbar.

Ausführlich behandelt Gauss in seinem Buch auch alle anderen wichtigen Themen, angefangen bei der Ausrüstung über die Beurteilung der Surfreviere, die ersten Trockenübungen und Vorfahrtsregeln bis hin zur Gezeiten-, Wellen-, und Wetterkunde.

Für Fortgeschrittene gibt es außerdem ein Zusatzkapitel, mit dem Sie Ihr Wissen nach den ersten Übungen vertiefen können.

 DELIUS KLASING   **www.delius-klasing.de**

Theater-Werbung!

Stücke von Ralf N. Höhfeld (aka Big Wave Ralf)

Hamstergemetzel

In einem bekannten Theaterstück („Der Gott des Gemet-
zels") streiten sich zwei Elternpaare über die Ge-
walttätigkeit ihrer Söhne. „Hamstergemetzel" dreht die
Situation um! Hier haben es vier Jugendliche mit einer
Mutter zu tun, die versehentlich einen Hamster ge-
tötet hat. Und nun? Muss die Mutter bestraft werden?
Reichen zwanzig Euro für einen neuen Hamster? Die vier
17- bis 18-Jährigen, international aufgewachsen, über
alle Maßen gebildet, aufgeklärt, teils perfekt Französisch und Chinesisch sprechend, werden auf einmal mit
lebensgrundsätzlichen Fragen konfrontiert. Es geht um
Mord, Hamsterbeerdigungen, humanitäre Hilfe für China,
Eifersucht, Schwangerschaft, Clafoutis, Angelina Jolies
Brüste und natürlich um die Frage, was aus einem werden
soll. Vier Jugendliche versuchen, ihren Platz in der
Welt zu finden. Dabei kann man schon mal seine Vorder-
zähne verlieren.

Das vierte Treffen

Treffen sich ein Mann und eine Frau in einem Sushi-
Restaurant. Es ist ihr viertes Treffen. Wenn es diese
ominöse Date-Regel denn wirklich gibt, dann hatten sie
vermutlich bei ihrem letzten Treffen, beim dritten Date
also: Sex. Das Thema ist demnach erledigt — und beim
vierten Treffen geht es jetzt: um echte Liebe, die Zu-
kunft und alles und so. Sie plaudern, flirten, labern,
lachen und überlegen, gemeinsam eine günstige 100 qm
Wohnung zu mieten. Aber dann: Gesteht die Frau, dass
sie in Wirklichkeit ein Roboter ist. Was er natürlich
nicht glaubt. Hat er schließlich bei drei Treffen nicht
bemerkt. Aber sie sagt, die neueste Robotergeneration
ist so menschlich, dass man einfach keinen Unterschied
mehr erkennt. Und nun? Wird das vierte Treffen zu einem
ersten?

Mehr Drama: ralfnh.de

—